AF206708

Entführt in den Orient
Ausgeliefert 2

Bibliografische Information der Deutschen Nationalbibliothek: Die Deutsche Nationalbibliothek ver-
zeichnet diese Publikation in der Deutschen Natio-
nalbibliografie; detaillierte bibliografische Daten
sind im Internet über dnb.dnb.de abrufbar.

Herstellung und Verlag:
BoD – Books on Demand, Norderstedt

ISBN: 9783750412378

Miriam Malik

Entführt in den Orient

Ausgeliefert 2

Kapitel 1

Luisa rannte voller Panik die nur spärlich beleuchtete enge Straße entlang. Die Schritte ihres Verfolgers hämmerten hinter ihr auf das Pflaster. Hohe Backsteinmauern erhoben sich rechts und links neben ihr und gaben den Weg vor, nirgendwo zweigte eine Gasse ab, nirgendwo tat sich ein neuer Fluchtweg auf, es ging immer nur geradeaus. Ihre Lunge brannte, sie bekam kaum noch Luft. Reiß dich zusammen, weiter, immer weiter, spornte sie sich verzweifelt an. Sie wusste nur zu gut, was er mit ihr tun würde, wenn er sie erreichte.

Da, vor ihr, eine Feuertreppe aus Metall! Sollte sie versuchen, sich daran hochzuziehen und nach oben zu klettern? Doch sofort verwarf sie den Plan wieder, ihr Verfolger war bereits zu nah und er kam immer näher, seine Schritte dröhnten immer lauter und lauter. Also weiter geradeaus, ihre einzige Chance bestand darin, ihn auf diese Weise abzuschütteln. Die Gasse verengte sich zunehmend, wurde schmaler und schmaler. Sie stolperte über eine Unebenheit, konnte sich gerade noch fangen, bevor sie hart auf dem Boden aufschlug, und hetzte weiter, doch sie wusste genau, auch das hatte wieder entscheidende Meter gekostet ...

Da vorne, was war das ... Ihr Magen krampfte sich zusammen. Eine glatte Wand ragte vor ihr auf, dunkle Fensterlöcher starrten wie mitleidslose Augen, die sich an ihrer Angst weideten, auf sie herab. Dort rechts, eine Tür in der Backsteinmauer! Sie packte die Klinke und rüttelte daran, doch die Klinke ließ sich nicht herunterdrücken ... Helles Licht leuchtete auf, eine Hand packte sie an der Kehle, zwang sie, sich umzudrehen. Sie blickte in zwei kalte, eisblaue Augen.

„Na, Schlampe?", zischte Royce. „Ich habe dir doch versprochen, dass ich dich finden werde."

Er schleuderte sie zu Boden, sie fiel auf den Rücken und wollte wegkriechen, doch sie konnte sich nicht bewegen, so sehr sie es auch versuchte. Eine Welle der Panik überrollte sie, sie wollte schreien und öffnete den Mund, doch kein Laut kam heraus.

Unendlich langsam beugte Royce sich mit seinem kalten Grinsen zu ihr hinunter, dann setzte er sich auf ihre Beine, zückte ein Messer und zerschnitt ihr Shirt.

Bitte nicht!, wollte sie rufen, doch noch immer kam kein Ton über ihre Lippen.

Ein südländisch aussehender Mann erschien neben ihrem Peiniger und starrte mit kalten, ausdruckslosen Augen auf sie herunter. Sie brauchte einen Moment, bis sie ihn erkannte. „Mike!", krächzte sie. „Hilf mir, Mike! Bitte!"

„Er wird dir sicher nicht helfen", grinste Royce. „Er gehört mir. Und du gehörst mir auch." Mit diesen Worten stieß er ihr das Messer in die Brust.

Der Schmerz raubte ihr den Atem und die Sinne, sie öffnete den Mund und hörte einen durchdringenden, verzweifelten Schrei. Sie ahnte, dass sie es war, die diesen Schrei ausstieß.

Royce bohrte das Messer tiefer in sie und sie schlug wild um sich und traf ihn, er fiel zu Boden, zu Füßen von Mike, der sie weiterhin mit ausdruckslosem Gesicht musterte.

„Gott verdammt", brüllte Jonas.

Verdutzt stellte Luisa fest, dass nicht Royce am Boden lag, sondern ihr Freund, der sich zu allem Überfluss an die Stirn fasste und anklagend zu ihr heraufsah. Sie befanden sich auch nicht in einer von Backsteinmauern Gasse, sondern in ihrem Schlafzimmer in einem Vorort von München. Mike allerdings stand wirklich in der Tür und musterte sie mit ausdruckslosem Gesicht. Bei diesem Anblick wünschte sie sich nichts sehnlicher, als sich die Decke über das Gesicht zu ziehen und sich zu verkriechen und einzuschlafen und nie wieder aufzuwachen.

Mike brach den Bann, indem er ihr knapp zunickte und so lautlos verschwand wie er gekommen war.

„Entschuldige", sagte sie zu Jonas. „Ich habe schlecht geträumt."

„Ich weiß", knurrte er, rappelte sich auf und rieb sich den Allerwertesten. „Ich habe versucht, dich zu wecken, weil du merkwürdige Laute ausgestoßen hast."

„Entschuldige", murmelte sie noch einmal. „Brauchst du etwas? Eis oder so?"

„Geht schon", nuschelte er und kroch neben ihr unter die Bettdecke. Bald darauf hörte sie ihn leise schnarchen.

Auch Luisa war hundemüde, doch Schlaf wollte sich nicht mehr einstellen. Sie konnte noch immer nicht fassen, was in den letzten Monaten und vor allem in den letzten Tagen alles passiert war.

Mike stieg vor Luisa aus der Maschine und eskortierte sie quer über den Militärflugplatz nahe München, zusammen mit zwei streng dreinblickenden Polizisten. Ein abgetrennter Bereich ganz in der Nähe war voller Menschen. Es dauerte einen Moment, bis Luisa in der Menge ihre Eltern erkannte, und fühlte eine riesige Erleichterung. Sofort stürmte sie los und fiel ihrer Mutter in die Arme. Sie lachte und weinte gleichzeitig, als sie ihren Vater umarmte. Doch dann stand plötzlich Jonas vor ihr, mit einem Blumenstrauß in der Hand.

Er drückte sie fest an sich. „Ich habe dich so vermisst ... All die Zeit kein Lebenszeichen ... Aber ich wusste, dass du keine Terroristin bist", flüsterte er und vergrub sein Gesicht in ihrem Haar.

Sie stand da wie erstarrt und ließ seine Umarmung reglos über sich ergehen. Sie hatte nicht im Traum damit gerechnet, ihn hier zu sehen. Schließlich hatte sie ihm vor einigen Monaten einen Abschiedsbrief geschrieben und seitdem kaum noch an ihn gedacht ... Sie blickte über seine Schulter hin zu Mike, der seelenruhig am Rand des Trubels stand und völlig unbeteiligt wirkte, als ginge ihn das alles nichts an, und dachte bei sich: O du verdammter Mist!

Endlich ließ Jonas sie wieder los. Nun stand ihr Bruder Martin neben ihr und schlug ihr auf die Schulter. Freundinnen drängten sich vor, um mit ihr zu sprechen, und stellten ihr tausend Fragen. Warum war sie einfach so verschwunden? Was hatte es damit auf sich, dass sie als Terroristin gesucht worden war? Sie hatten sich ja alle so viele Sorgen gemacht!

Alle redeten gleichzeitig auf sie ein, Menschen, mit denen sie nie viel zu tun gehabt hatte, benahmen sich so, als wären sie ihre besten Freunde. Das Ganze wurde ihr langsam zu viel.

Plötzlich war Mike neben ihr. „*Please. She needs rest*", forderte er.

Als die Meute Luisa daraufhin etwas mehr Luft ließ, atmete sie erleichtert auf.

Jonas fasste Luisa besitzergreifend am Arm und bugsierte sie nach draußen. Dabei warf er Mike, der hinter ihnen herstapfte, immer wieder misstrauische Blicke zu.

„Folgt der uns etwa?", fragte er.

„Mike passt auf mich auf", erklärte Luisa schwach

und überließ Jonas wie betäubt die Führung. Sie hatte ihn völlig abgeschrieben, sich auf ihre Eltern gefreut und war davon ausgegangen, ihn nicht anzutreffen. Doch er schien nichts von ihren Briefen zu wissen ... Was sollte sie denn jetzt nur tun?

Auf dem Parkplatz hielt Luisa unwillkürlich nach ihrem schon etwas älteren schwarzen Golf Ausschau. Doch Jonas zückte seinen Autoschlüssel bei einem roten BMW X5, trat an die Beifahrerseite und öffnete für sie die Tür.

Sie setzte sich nach vorne, Mike nahm auf dem Rücksitz Platz.

„Schickes Auto", murmelte sie.

„Ja, nicht wahr?", antwortete Jonas und wenig später lauschte Luisa einem Monolog über die Vorzüge und Extras ihres neuen Wagens. Luisa nahm zerstreut Begriffe wie Sitzheizung, Komfortschlüssel und Spurassistent wahr, ohne wirklich zu verstehen. Sonst ist es gar nicht seine Art, pausenlos zu plappern, überlegte sie. Doch es sollte ihr nur recht sein – so musste sie keine unangenehmen Fragen beantworten.

Zum Beispiel die, was Mike hier machte. Wobei sie das selbst kaum beantworten konnte. Im Flugzeug hatte sie sich noch gefreut, dass er mitgekommen war. Ihr Herz hatte einen Sprung gemacht und ihr deutlich zu verstehen gegeben, was sie für ihn empfand. Doch er blieb so kalt und so unnahbar wie eh und je ...

Es entging ihr nicht, wie Jonas immer wieder nervös in den Rückspiegel blickte, als ob er Mike im Auge haben wollte, doch er redete dabei weiter wie ein Wasserfall. Luisa hörte kaum zu und starrte stattdessen lieber aus dem Fenster auf den grauen Himmel über München. Regen prasselte an die Scheiben, die Bäume hatten mittlerweile fast alle

Blätter verloren. Im November zeigte sich die Stadt gerne von ihrer ungemütlichsten Seite.

„Wo fahren wir hin?", fragte sie.

„Zu deinen Eltern. Sie wollen dir zu Ehren ein kleines Kaffeekränzchen veranstalten. Es ist dir doch recht?"

„Ja", murmelte Luisa. Alles war besser, als mit Jonas allein zu sein.

„Ich habe mir solche Sorgen gemacht. Immer wieder kam die Polizei und alle möglichen komischen Typen, Journalisten, Geheimdienstleute, was weiß ich. Sie haben Fragen zu deinem Islamwissenschaftsstudium und zu deiner Zeit in Syrien gestellt. Aber das war natürlich alles lächerlich. Nicht wahr? Und dann die Medien – deine Mutter hat alle Zeitungsausschnitte gesammelt und sämtliche Online-News ausgedruckt, in denen du erwähnt worden bist. Ständig kam etwas im Fernsehen über dich. Als sie die Nachricht gebracht haben, dass du gefunden wurdest ... Du kannst dir nicht vorstellen, wie erleichtert wir alle waren. Doch niemand konnte oder wollte uns sagen, wo sie dich hingebracht haben! Ich weiß nicht, wie oft wir mit der Botschaft telefoniert haben. Dein Vater wollte sofort nach England fahren, doch die Botschaft hat dringend davon abgeraten. Und als sie dann gestern anriefen, dass du heute nach Hause kommst, ist uns so ein großer Stein vom Herzen gefallen!"

„Hm", murmelte Luisa.

Jonas sah immer wieder zu ihr hin, während er mit Tempo hundertfünfzig auf der Überholspur fuhr. Luisa hasste es in Filmen, wenn sich die Protagonisten beim Fahren tief in die Augen sahen, statt auf den Verkehr zu achten. Sie wartete dann stets darauf, dass der Held einen Unfall baute. An diesem Tag stellte sie fest, dass ein solches Verhalten in der Realität Herzrasen und Angstschweißausbrüche hervorrufen konnte.

„Wo hast du nur gesteckt?", fragte Jonas, während er sie intensiv anstarrte.

„Darf ich nicht sagen", murmelte Luisa und starrte wie hypnotisiert auf die Rücklichter des Wagens vor ihnen. Der Abstand zu ihnen verringerte sich beständig.

„Warum nicht?", brauste Jonas auf. „Ich habe doch wohl ein Recht darauf ..."

„Vorsicht!", rief Luisa erschrocken aus, als Jonas das Auto vor ihnen weiterhin konsequent ignorierte und drohte, aufzufahren. Im letzten Moment legte er eine Vollbremsung hin.

„Hast du denn nicht meine Briefe bekommen?", fragte Luisa, nachdem sie sich von dieser Nahtoderfahrung wieder etwas erholt hatte.

„Welche Briefe?", fragte Jonas. „Wir haben überhaupt kein Lebenszeichen bekommen."

„Aber sie wollten euch doch informieren. Harvey hat doch ..."

„Niemand hat uns irgendetwas gesagt. Wer ist Harvey?"

„Nichts. Natürlich", murmelte Luisa. Sie drehte sich zu Mike um, der mit ausdruckslosem Blick aus dem Fenster starrte.

„Als ob du eine Terroristin sein könntest. Dazu bist du doch viel zu verwöhnt", fügte Jonas hinzu. „Wenn ich an unsere Ausflüge in die Alpen denke ... Dabei bist du doch regelmäßig beinahe gestorben."

„Hm", murmelte sie. Was würde er wohl denken, wenn er von den Trainingseinheiten erfuhr, die sie mit Mike absolviert hatte? Die ersten Tage in den schottischen Highlands hatten sie physisch wie psychisch an ihre Grenzen gebracht. Zu gut erinnerte sie sich daran, wie Mike sie mit kaltem Wasser geweckt und bei Wind und Wetter hinaus in die Kälte gejagt hatte, zu Geländemärschen, zu Joggingtouren und zu den vielen anderen Quälereien ... Mit der Zeit war es besser geworden, sie hatte mehr Ausdauer und Kondition gewonnen – und Mike war nett gewesen, ganz im Gegensatz zu später ... Als eines Morgens Harvey an Mikes Stelle in der Küche gesessen hatte, begann eine neue Art Training, die dem mit Mike in nichts nachstand. Doch selbst daran hatte sie sich gewöhnen können ...

Sie war unendlich erleichtert, als sie endlich im Haus ihrer Eltern ankamen. Wobei das Kaffeekränzchen durchaus genug Potenzial hatte, um in ihren Albträumen wieder aufzutauchen. Alle möglichen Leute redeten auf sie ein, stellten Fragen, wollten Antworten.

Ihre Mutter weinte immer wieder und wich ihr kaum von der Seite. „O Gott, o Gott, was ist nur geschehen", murmelte sie ständig vor sich hin.

Auf der anderen Seite saß Jonas, der pausenlos auf sie einredete. Luisa hörte nicht zu. Der Nachmittag lief komplett an ihr vorbei. „Dazu darf ich leider nichts sagen", entwickelte sich zu einem Mantra, das sie ständig wiederholte – auch auf die Frage, ob sie noch Kaffee wollte oder ein Stück Kuchen.

Während ihre Mutter schluchzte und Jonas redete, folgte Luisas Blick Mike, der sich im Hintergrund hielt und von allen Anwesenden völlig ignoriert wurde. Bis er schließlich Martin am Arm packte und eindringlich auf ihn einredete. Wenig später bahnte sich Martin einen Weg durch Verwandte und Freunde.

„Der Typ hat gesagt, dass du verletzt bist", sagte er und blickte Luisa forschend an. „Stimmt das?"

„Ein bisschen", murmelte Luisa.

„Was? Verletzt? Wo denn?", rief Luisas Vater erschrocken.

Luisas Mutter schluchzte laut auf. „Aber Kind, hättest du doch was gesagt. Du musst dich hinlegen. Ruh dich aus. Ich kann dir gleich dein Bett frisch beziehen", stammelte sie.

Jonas schoss Mike, der noch immer am anderen Ende des Zimmers stand, einen Blick zu, der hätte töten können. „Es ist doch sicher besser, wenn sie in ihrem eigenen Bett schläft. Nicht wahr, Luisa?", rief er aus.

„Ja", murmelte Luisa. Alles besser als hier bei diesem Kaffeekränzchen des Grauens.

Jonas blickte triumphierend in die Runde, ergriff Luisas Hand und zog sie auf die Füße. Nachdem sie dabei beinahe umgefallen wäre und Jonas sie daraufhin schnell aus dem Wohnzimmer befördert hatte, saß sie keine zehn Minuten später wieder im roten BMW und ließ sich von Jonas durch München kutschieren. Mike hatte wieder auf dem Rücksitz Platz genommen. Endlich herrschte Ruhe. Luisa lehnte sich zurück und schloss die Augen.

Jonas war diesmal schweigsam. Nur einmal fragte er: „Wo soll ich deinen Freund absetzen?" Das Wort Freund betonte er dabei besonders stark.

„Er schläft im Gästezimmer", antwortete Luisa.

Jonas runzelte die Stirn, erwiderte jedoch nichts.

Endlich waren sie zu Hause angekommen. Aber war das überhaupt noch ihr Zuhause? Luisa lief durch die Wohnung und war sich nicht sicher. Jonas hatte anscheinend ausgiebig dem Kaufrausch gefrönt und ordentlich umdekoriert. Im Wohnzimmer hingen abstrakte Gemälde, die vorher noch nicht dagewesen waren. Auch das Schlafzimmer hatte Jonas neu eingerichtet. Alles kam ihr fremd vor.

„Nachdem du im letzten Jahr keine Schuhe kaufen konntest, hatte ich genug Geld für ein paar Investitionen", sagte er dazu.

„Wenn das ein Witz war, war er nicht besonders", murmelte Luisa müde. Eigentlich wollte sie nur noch schlafen.

„Ich ... ich wusste nicht ...", murmelte er. „Dass wir irgendwann ein Haus kaufen wollten ... Das war plötzlich nebensächlich. Ich musste einfach ..."

Sie nickte. Ja, das konnte sie wirklich gut verstehen.

Jonas schloss die Schlafzimmertür hinter sich, umarmte sie und begann, ihren Hals zu küssen.

„Bitte Jonas", murmelte Luisa und schob ihn von sich weg. „Bitte – nicht jetzt."

Jonas sah sie verletzt an. „Ich habe ein halbes Jahr auf dich gewartet. Darf ich da nicht ..."

„Nein", erwiderte Luisa brüsk und verschwand im Bad. Sie stellte sich unter die heiße Dusche und da blieb sie für die nächste Zeit. Endlich einmal in Ruhe duschen – mit warmem Wasser, anders als in den Highlands! Mit Grauen erinnerte sie sich an die Eisduschen am frühen Morgen, an den klammen, kalten Flur in der Hütte ... Royce erschien vor ihrem inneren Auge – sie schüttelte sich. Nicht daran denken, mahnte sie sich. Vergiss ihn. Genieße lieber das warme Wasser ...

Die Tür wurde aufgerissen und Jonas platzte ins Badezimmer. „Luisa ...", rief er und verstummte abrupt.

„Kannst du nicht ...", brüllte Luisa los. Klopfen! wollte sie rufen. Dann fiel ihr auf, dass sie das zu dem Mann sagte, mit dem sie seit mehreren Jahren zusammenwohnte und mit dem sie so lange auch das Bett geteilt hatte, und wurde rot.

Jonas schien das jedoch nicht bemerkt zu haben.

Stattdessen war er stehengeblieben und starrte sie an.

„Was denn", rief Luisa mit hochrotem Kopf und versuchte dem Drang zu widerstehen, mit ihren Händen irgendwie ihre Blöße zu bedecken.

„Was ist DAS?" Jonas starrte entsetzt auf Luisas Körper.

Das war noch viel unangenehmer. Rasch kletterte sie aus der Dusche und wickelte sich in ein Handtuch. „Nichts", murmelte sie.

„Diese ... Verletzungen", stammelte Jonas geschockt. „Und ... wie dünn du geworden bist!"

„Ist ja jetzt vorbei", nuschelte Luisa und stahl sich an ihm vorbei ins Schlafzimmer. Jonas folgte ihr. Luisa kramte Unterwäsche und einen Schlafanzug aus dem Schrank. Hastig ließ sie das Handtuch fallen, zog sich schnell um und krabbelte ins Bett, während Jonas sie noch immer völlig fassungslos anstarrte. Dann zog er sich ebenfalls um und legte sich anschließend neben sie.

„Darf ich ...?", fragte er und streckte die Arme nach ihr aus.

„Nein", unterbrach Luisa ihn sofort. Was mache ich da? fragte sie sich. Er hat ein halbes Jahr auf mich gewartet. Er kümmert sich so lieb um mich. Und offenbar liebt er mich noch immer. Ich sollte dankbar sein. Aber Jonas' Umarmung war gerade das, was sie am allerwenigsten brauchen konnte. „Bitte, lass mir etwas Zeit", bat sie. Weder Jonas noch ihr entging der flehende Unterton in ihrer Stimme.

Jonas räusperte sich. „Natürlich", murmelte er. „Natürlich. Ich wusste nicht ... Ich hatte ja keine Ahnung ... Sie haben nichts gesagt ..." Er hielt tatsächlich Abstand.

Und Luisa war einfach heilfroh, dass er nicht weiter nachfragte und war so erschöpft, dass sie fast sofort in einen tiefen, traumlosen Schlummer fiel.

Als sie am nächsten Morgen erwachte, konnte sie kaum glauben, dass sie sich wirklich in ihrer Wohnung befand. Dass keine Krankenschwester sie aus dem Schlaf gerissen hatte. Dass Mike nicht mit kaltem Wasser neben ihr stand ... Wie oft hatte er sie in den Highlands bei Tagesanbruch brutal aus dem Bett geschmissen! Zusammen mit Harvey, Danny und Frances hatte er sie in eine Hütte nach Rannoch Moor geschafft, eine Sumpflandschaft in den schottischen Highlands, ohne Strom, ohne warmes Wasser. Dort hatten sie Luisa im Rahmen eines Zeugenschutzprogramms abwechselnd vor Royce beschützt, bis diesem der Prozess gemacht würde ... Bis Royce genau dort aufgetaucht war ...

„Wie fühlst du dich?" Jonas war bereits wach. Er lag neben ihr und sah sie verunsichert an.

„Ganz gut soweit", meinte Luisa und versuchte ein Lächeln. Es klappte sogar halbwegs.

„Ich mach dir Kaffee", versprach Jonas. Wenig später kehrte er mit einer dampfenden Tasse zurück.

„Danke", lächelte Luisa und diesmal meinte sie es auch so. Der erste vernünftige Kaffee seit Monaten! Sie würde nie mehr Tee trinken, so viel stand fest. In den Highlands hatte sie davon eine Überdosis bekommen. Stattdessen Cappuccino ... Moment, fragte sie sich. Wo hat Jonas denn den überhaupt her? Doch bestimmt nicht aus der alten Kaffeemaschine.

„Luisa", sagte Jonas mit einem merkwürdigen Unterton in der Stimme. „Wenn du etwas brauchst ... Wenn du reden möchtest ..."

Sie wärmte ihre Hände an der Tasse und blickte Jonas verwirrt an. „Worüber denn?"

„Über das ... was mit dir passiert ist", murmelte Jonas. „Du hast in der Nacht so geschrien, du hast mir wirklich Angst gemacht. Und diese Schnittverletzungen und ..." Er verstummte einen Moment, um schließlich fortzufahren. „Es ist nicht so schlimm, oder? Du kommst darüber hinweg?"

„Nein", sagte Luisa und grinste schief dazu. „Ja. Ich meine – es sind nur die Albträume. Und die ... Schnitte ..."

„Aber er hat ... Jemand hat ..."

„Hat was?" Langsam wurde Luisa ungeduldig.

„Ich muss es wissen", murmelte er. „Jemand hat ... dich verletzt. Hat er dich auch ... Wurdest du ...?"

„Was denn um alles in der Welt?", fuhr Luisa ihn an. Und verstand dann doch endlich, worauf er hinauswollte. „Nein", sagte sie. „Nein. Da ist nichts passiert. Keine Vergewaltigung oder so. Nein. Nichts. Nur die Schnitte ..." Einen Moment erschien Royce vor ihrem Auge, doch in dem Moment nahm Jonas sie fest in seine Arme. Sie spürte seine Erleichterung, hielt ganz still und stellte sich vor, dass es Mike war, der sie in den Armen hielt, damit sie dem Drang widerstehen konnte, Jonas mit einem gezielten Tritt auf den Fußboden zu befördern. Und gleichzeitig schämte sie sich dafür.

Als nächstes stellte sie sich unter die Dusche. Es war so herrlich entspannend, zu spüren, wie das warme Wasser auf ihren Rücken prasselte ... Nur mit Mühe löste sie sich davon und musste feststellen, dass sie fast eine Stunde darunter gestanden hatte!

Joans wartete schon mit verkniffenem Gesicht am Küchentisch auf sie, er hatte bereits angefangen zu frühstücken. Die Küche hatte sich sehr verändert. Sie war in einem Pastellgrünton gestrichen worden und verfügte jetzt über ein riesiges, glänzendes Monster von Kaffeevollautomat. Aha, dachte Luisa.

Daher also der Cappuccino. Das Ding war mit Sicherheit nicht ganz günstig. Hoffentlich hat Jonas im Lotto gewonnen.

Herzhaft biss sie in ein Brötchen. Sie hatte ganz vergessen, wie gut die schmecken konnten. Mike hat sich bisher nicht blicken lassen, stellte sie nachdenklich fest. Schade ... Auf der anderen Seite war sie aber auch froh. Sie hatte überhaupt keine Lust, mit Jonas und Mike zeitgleich zusammen zu sein. Mit Jonas allein war es schon schlimm genug.

„Warum ist eigentlich dieser Typ hier?", fragte Jonas dann auch prompt.

„Er ... passt auf mich auf", sagte Luisa und versuchte, möglichst gleichgültig zu wirken. „Einmal, damit ich nichts Falsches sage. Und auch, falls ... sich jemand zu sehr für mich interessiert. Von den Terroristen. Von den richtigen Terroristen. Ich meine ... Sorry, aber ich kann wirklich nicht darüber sprechen."

Jonas nickte. Aber sie spürte genau, dass er verstimmt war. Natürlich, dachte Luisa. Ich bin verschwunden, stehe unter Terrorismusverdacht, tauche aus dem Nichts wieder auf – und darf nichts sagen. Da muss er sich ja fragen ...

„Wie läuft es bei dir in der Arbeit?", fragte sie, einfach um das Thema zu wechseln.

„Gut", antwortete er. Und berichtete von neuen Projekten und neuen Kollegen.

Mike ließ sich nach wie vor nicht blicken.

„Komm, lass uns ins Wohnzimmer gehen", schlug sie vor, als sie nach einem Brötchen das Gefühl hatte, zu platzen. Daran, dass es Essen gab, das wirklich gut schmeckte, musste sie sich erst wieder gewöhnen.

„Geh ruhig, ich räume so lange hier auf", verkündete Jonas munter.

Hm, dachte Luisa. Das hat er früher nie gesagt.

Wäre ja schön, wenn das länger anhalten würde ...
Sie legte sich auf das Sofa, kroch unter eine Decke,
die sie nicht kannte und die wohl eigentlich als Sofa-
schoner dienen sollte, und sah nach draußen. Noch
ein trüber Novembertag, dachte sie wehmütig und
schaltete den Fernseher an. Natürlich gab es an einem Mittwochvormittag nichts Vernünftiges. Jonas
kam wenig später dazu und setzte sich neben sie. Luisa zappte in Rekordgeschwindigkeit alle Kanäle
durch und wechselte zu Youtube. "Terrorengel", lautete der erste Beitrag, das Bild zeigte einer vollverschleierte Frau. Ihr war plötzlich überhaupt nicht
mehr nach Fernsehen. Sie hörte, wie die Küchentür
geöffnet wurde. Offensichtlich tat Mike alles, um
ihre Privatsphäre zu respektieren.

Jonas sprang sofort auf.

„Lass ihn doch", murmelte Luisa.

„Ich will nicht, dass er an den Kaffeeautomaten
geht", verkündete Jonas und verschwand.

Kurz darauf hörte Luisa ihn auf Mike einreden –
in einer schrecklichen Mischung aus Deutsch und
Englisch. „Not touch!" hörte sie ihn sagen. „It is
very ... sensibel. You understand?"

Großartig, dachte Luisa und zog sich die Decke
über den Kopf.

Jonas kam nicht wieder. Ab und zu hörte sie ihn
etwas sagen. Doch anscheinend hatte er nicht mehr
vor, Luisa Gesellschaft zu leisten. Nach einiger Zeit
stand sie auf und sah selbst nach dem Rechten. Mike
hatte sich offenbar Tee gemacht und aß gerade ein
Brötchen mit Käse. Jonas hatte sich vor dem Kaffeeautomaten aufgebaut und überwachte jede seiner
Bewegungen.

„Good morning." Mike sah sie aufmerksam an.

„Good morning", antwortete Luisa.

Jonas runzelte die Stirn. Tolle Situation, dachte Luisa sarkastisch. Einer Eingebung Folge leistend, schlug sie vor: „Jonas, ich möchte gerne spazieren gehen. Kommst du mit?"

„Was? Du musst dich schonen!", rief Jonas entsetzt. „Deine Verletzungen ..."

„Sie heilen", erwiderte Luisa. „Ich bin zwei Wochen im Krankenhaus gelegen. Ich muss einfach mal wieder raus."

„Okay ..." Jonas musterte sie unsicher.

„Ich werde mich umziehen, dann gehen wir. Okay?"

„Ich geh mich auch umziehen." Jonas warf Mike noch einen letzten drohenden Blick zu und folgte ihr nach oben. Natürlich starrte er sie wieder an, als sie sich auszog, dann polterte er hastig ins Bad.

Luisa zog Jeans und Pullover aus dem Schrank und ließ die Klamotten dann achtlos auf den Boden fallen. Viel zu groß! Aber Frances hatte ihr doch im Krankenhaus ein paar Kleidungsstücke mitgebracht ... Ach ja, Frances! Wie schön wäre es, wenn sie hier wäre, die einzige Freundin, die sie in den Highlands gehabt hatte. Zu gut erinnerte sie sich daran, wie Frances und Danny eines Morgens in der Küche gesessen waren. Wie enttäuscht sie gewesen war, dass nicht Mike gekommen war, um Harvey abzulösen. Frances hatte sie spöttisch und provokant angepflaumt, ihr dann aber doch bei so vielen Dingen geholfen ...

Sie schlüpfte in eine neue Jogginghose und betrachtete sich dabei im Spiegel. Sie hatte wirklich stark abgenommen. Genau so schlank hatte sie früher immer sein wollen ... Royces Grinsen erschien wieder vor ihr und sie bemühte sich, ihn aus ihren Gedanken zu vertreiben. Auf die Umstände ihrer Abnehmkur hätte sie wirklich gerne verzichtet.

Hastig verließ sie das Haus, stellte sich in den Vorgarten und atmete tief durch. Hier draußen war es besser. Kaum zu glauben, wie sehr mir die frische Luft gefehlt hat, überlegte sie. Jonas rumorte noch drinnen herum. Er braucht immer ewig für alles, dachte Luisa leicht genervt. Im Nachbarhaus bewegte sich die Gardine. Dort stand jemand und beobachtete sie. Vielleicht sollten wir umziehen, dachte sie verzagt. Dass Jonas es hier noch aushielt, wo doch sicher alle wussten … Aber München war teuer, es würde schwer werden, eine vernünftige, erschwingliche Wohnung zu finden.

Ein Geräusch ließ sie herumfahren.

Mike war herausgetreten und näherte sich ihr langsam. „Wo gehst du hin?", fragte er.

„Spazieren."

Mike nickte. „Ich komme mit."

Da wird sich Jonas aber freuen, dachte Luisa.

Die Tür ging erneut auf. Diesmal war es Jonas. Er sah überhaupt nicht begeistert aus und warf Mike einen bösen Blick zu. Luisa schlenderte durch den Vorgarten und öffnete das Gartentor. Jonas und Mike folgten ihr schweigend. Viel hat sich nicht geändert, dachte sie. Außer, dass die Nachbarn alle am Fenster stehen und mich anstarren. Sie seufzte. Jonas waren die Gardinenbewegungen in den Fenstern der Nachbarhäuser ebenfalls nicht entgangen. Er wirkte sehr unglücklich. Mike blickte völlig ungerührt drein. Sie seufzte und setzte sich in Bewegung. Schweigend liefen sie die Straße entlang.

Nach fünfzehn Minuten hielt Jonas Luisa am Arm fest. „Lass uns umkehren", sagte er. „Du bist doch sicher erschöpft." Luisa fühlte sich tatsächlich nicht mehr fit, doch an Umkehren war nicht zu denken. „Noch ein bisschen", bat sie. Sie brauchte das jetzt einfach. In den Highlands hatte sie täglich viele Kilometer zurückgelegt, sie wollte sich auspowern, an ihre Grenzen gehen ... Auf einem Spaziergang, dachte sie sarkastisch. Sicher macht sich Mike insgeheim über mich lustig.

In dem Moment klingelte Jonas' Handy. „Deine Mutter!", sagte er und gab Luisa das Handy weiter.

„Wo bist du, Schatz? Warum bist du nicht zu Hause?"

„Wir gehen spazieren."

„Aber – in deinem Zustand! Du musst dich schonen!"

„Ich bin nicht schwanger, Mutter!", rief sie aus und bemühte sich dann, sie zu beruhigen. Endlich konnte sie das Gespräch beenden.

Sie blickte sich um. Sie hatten sich schon ein ganzes Stück von zu Hause entfernt. Dort hinten begann der Wald. Vielleicht schafften sie es zur Lichtung? Dort war sie schon so lange nicht mehr gewesen ...

„Was machst du denn?", rief Jonas. "Es hat geregnet, sicher ist alles nass. Ich habe nicht die passenden Schuhe an. Und du läufst viel zu schnell, du sollst dich doch schonen! Komm, wir gehen zurück nach Hause."

„Noch ein Stück", antwortete Luisa. Sie wollte laufen. Sie musste laufen. Rasch schritt sie weiter. Mike hielt sich im Hintergrund und lief stets drei Schritte hinter ihnen her. Wie eine saudische Ehefrau, dachte Luisa säuerlich.

Der Spaziergang dauerte letztendlich drei Stunden. Als Luisa zu Hause ankam, steuerte sie zielstrebig auf das Sofa zu und rollte sich erschöpft zusammen. Dabei ignorierte sie sowohl den abschätzenden Blick von Mike als auch die besorgte Miene von Jonas.

Schnell schlief sie ein. Pünktlich um dreizehn Uhr dreißig weckte Jonas sie zum Mittagessen. Er hatte Nudeln gekocht und servierte sie mit Tomatensauce aus dem Glas. Wie kreativ. Lange nicht mehr gehabt, dachte Luisa und löffelte lustlos ihre Portion. Tatsächlich schmeckte die Fertigsauce genau wie die, die in den Highlands ein ganzes Regalbrett ihrer Speisekammer gefüllt hatte. Mike saß mit am Tisch, aß und blieb dabei stumm. Luisa aß brav die Hälfte, musste aber anschließend Jonas' Tadel über sich ergehen lassen. „Du bist so dünn – du musst viel mehr essen! Fünf Kilo mehr würden dir viel besser stehen!", schimpfte er.

Sie ignorierte ihn, so gut es ging.

Nach dem Essen legte sie sich wieder auf das Sofa und las Nachrichten auf ihrem Laptop. Die Freilassung der mutmaßlich gefährlichen Terroristin Luisa Marcovic und ihre Rückkehr war das Top-Thema. Sowohl die privaten als auch die öffentlich-rechtlichen Fernsehsender überboten sich mit Sondersendungen und Diskussionsrunden unter Titeln wie: „Aus dem Callcenter ins Terrorcamp – die zwei Gesichter der Luisa Marcovic." Oder: „Die Deutsche und der Dschihad. Mutmaßliche Terroristin Marcovic auf freiem Fuß – drohen nun Anschläge in Deutschland? Eine Diskussionsrunde mit Udo Schall und Peter Schein." In einem älteren Beitrag vor etwa zwei Monaten kamen mehrere Freundinnen von Luisa zu Wort. Ehemalige Freundinnen, dachte Luisa verächtlich.

„Wir haben so etwas schon befürchtet. Es ist schon seltsam, Islamwissenschaften zu studieren und dann noch nach Syrien zu fahren", erklärte eine ehemalige Klassenkameradin, die Luisa seit zehn Jahren nicht mehr gesehen hatte.

„Mir tut ihre Familie so leid. Es muss ein großer

Schock sein, so jemanden in der Familie zu haben. Wenn meine Julia Islamwissenschaften studiert hätte – ich hätte sie nicht gelassen", erklärte die Nachbarin von Luisas Eltern, während der Beitrag Bilder von Luisas weinender Mutter zeigte, die von Luisas wütend wirkendem Vater ins Haus geführt wurde.

Sie klappte den Laptop zu und kroch wieder unter die Decke. Am liebsten wäre sie selbst ins Fernsehen gegangen und hätte erzählt, was sich wirklich zugetragen hatte. Doch wer würde ihr glauben? Ein kluger Schachzug von Royce, dachte Luisa verbittert. Er hat mein Leben gleich mehrfach zerstört. Hoffentlich brät er in der Hölle. Royce war es gewesen, der das Gerücht in die Welt gesetzt hatte, der Britische Geheimdienst halte eine Terroristin versteckt. Er hatte diese schrecklichen Nachrichten ins Rollen gebracht, um sich an ihr und an Mike zu rächen und sie beide aufzuspüren. Er hatte wohl richtig geschlussfolgert, dass Mike alles versuchen würde, um sie nach ihrer gemeinsamen Flucht zu beschützen.

Wenn Luisa auf der Baustelle nur nicht diese verdammte Pistole aufgehoben hätte, um damit Royce niederzuschießen, dann hätte der dieses Terrorgerücht sicher nicht in die Welt gesetzt. Doch was wäre passiert, wenn sie ihn nicht niedergeschossen hätte? Zumindest waren Danny und Frances in der Nähe gewesen, vielleicht hätten sie Schlimmeres verhindern können ... Aber was, wenn nicht? Diese verdammte Geschäftsreise nach England, das verdammte Travelmanagement, dass sie in dieser Absteige einquartiert hatte ...

„Ach hier steckst du!" Jonas kam herein und setzte sich neben sie auf das Sofa. „ Was machst du denn? Ruhst du dich aus?"

„Hm", murmelte Luisa.

„Gleich gibt es Handball! Es stört dich doch nicht?" Schon stellte er den Fernseher an.

Doch zunächst kam die Aufzeichnung einer Talk-show. „Die Briten haben Marcovic gehen lassen. Ich halte das für höchst fahrlässig. Nun haben wir eine gefährliche Terroristin in Deutschland und wir können sie nicht abschieben, schließlich ist sie deutsche Staatsbürgerin."

„Wer ist das denn?", fragte Luisa entsetzt.

„Schmidt heißt der. Er ist noch relativ neu in der Politik und ziemlich weit rechts." Jonas schüttelte den Kopf. „Du kannst dir nicht vorstellen, was sie alles über dich berichtet haben", erklärte er missbilligend.

„Schalte das bitte weg", bat Luisa.

„Kommt doch gleich Handball", erwiderte Jonas und behielt die Fernbedienung in der Hand.

„Bitte", sagte Luisa mit einem leicht hysterischen Unterton in der Stimme.

„Du solltest schon wissen, was sie über dich berichten", erwiderte Jonas ungerührt. „Ich meine, dieser Typ vom BND war da und hat uns erklärt, dass diese Terror-Geschichten, die über dich im Umlauf waren, alle Mist sind, aber er hat so viele Fragen unbeantwortet gelassen. Hauptsächlich hat er uns eingeschärft, die Füße stillzuhalten und dich damit nicht zu behelligen, aber ..."

„Wir sollten kein Risiko eingehen", donnerte Schmidt in dem Moment erhitzt im Fernsehen. „Mutmaßlich hin oder her ... Warum haben die Briten sie nicht solange weggesperrt, bis wirklich geklärt ist, wie gefährlich sie wirklich ist?"

„Sie scheint nicht übermäßig gefährlich zu sein, sonst hätten die Briten sie wohl kaum gehen lassen", gab die Moderatorin zurück.

„Ach, die sind doch schon mit dem Brexit völlig

überfordert", polterte Schmidt. „Ich denke, das ist die Retourkutsche dafür. Denen ist es doch nur Recht, wenn bei uns das Chaos ausbricht. Und ..."

„Schalt das bitte um", flehte Luisa.

„In zehn Minuten kommt Handball, so lange wirst du das schon aushalten", knurrte Jonas. „Ich finde, du musst ...",

Luisa setzte sich auf, packte sein Handgelenk und bog es um. Jonas keuchte überrascht und voller Schmerz auf. Grob riss sie ihm die Fernbedienung aus der Hand und schaltete auf einen anderen Sender.

Jonas starrte sie aus großen Augen an. „Au – das hat weh getan!" Er rieb sich sein Handgelenk.

Luisa starrte ihn entsetzt an, sprang auf, pfefferte die Fernbedienung auf das Sofa und floh aus dem Wohnzimmer. Sie eilte durch den Flur, ignorierte Mike, der die Tür des Gästezimmers geöffnet hatte und sie nachdenklich musterte, und stürmte ins Schlafzimmer.

Sie knallte die Tür hinter sich zu, sperrte ab, warf sich auf das Bett und weinte, wobei sie sich darum bemühte, leise zu sein, damit Jonas und vor allem Mike sie nicht hörten.

„Bitte entschuldige", sagte sie später leise zu Jonas, während sie zu Abend aßen. Jonas grummelte irgendetwas. Er wirkte überhaupt nicht glücklich und rieb immer wieder sein Handgelenk. Luisa hätte am liebsten ihren Kopf auf den Tisch geschlagen und weitergeheult. Aber Mike saß neben ihr. Deswegen riss sie sich zusammen.

„Ich gehe spazieren", beschloss Luisa nach dem Abendessen.

„Was? Schon wieder?", rief Jonas. „Nein, das geht doch nicht. Du bist doch viel zu erschöpft ..."

Doch Luisa stand schon im Flur und zog ihre Jacke an. Mike erschien auf der Treppe. „Too dangerous", sagte Jonas und sah Mike um Unterstützung bittend an.

Der zuckte nur die Achseln, kam die Treppe hinunter und griff nach seiner Jacke. Jonas blickte eher besorgt als wütend drein, drehte aber zusammen mit Luisa und Mike eine neuerliche Runde um den Block.

Nach dem Abendspaziergang nahm Luisa ein Bad. „Du hast doch heute morgen erst geduscht. Glaubst du, das ist gut?", fragte Jonas vorsichtig. Seit dem Abendessen behandelte er sie wie ein rohes Ei und schien nicht mehr wütend zu sein, nur tief besorgt.

„Hm", machte Luisa. Sie wollte ihm nicht erklären, wie sie im letzten halben Jahr gelebt hatte. Dann würde Jonas erst recht glauben, dass sie in einem Terrorcamp gewesen war.

Nach dem Bad fiel Luisa wie ein Stein ins Bett. Hoffentlich würde der nächste Tag etwas besser verlaufen.

Wieder war sie so müde, dass sie schnell einschlief.

Und von Royce träumte.

Und Jonas aus dem Bett kickte.

Und so laut schrie, dass Mike aus dem Gästezimmer kam, um nach dem Rechten zu sehen.

Und sie sich beim Aufwachen fragen musste: War dies alles wahr oder vielleicht ein weiterer Albtraum, zwar weniger blutig, doch dazu um so perfider ...?

Und so lag sie den Rest der Nacht wach, ohne noch einmal Schlaf zu finden, stattdessen grübelte sie über sich, über Jonas, über Mike, über ihr altes Leben, über ihr jetziges Leben, über ihre mögliche Zukunft. Doch sie sah keine Zukunft vor sich, da war nichts außer einem dunklen, angsteinflößenden

Nichts.

Am nächsten Morgen fühlte sich Luisa immerhin körperlich ein Stück fitter. Die Annäherungsversuche von Jonas wehrte sie wie am Vortag ab. Nach einer ausgiebigen Dusche machte sie Frühstück. Jonas war knatschig. Er saß am Küchentisch, grummelte irgendetwas und starrte nur vor sich hin. Er ist viel zu launisch, seufzte Luisa innerlich. Ich muss eine Lösung finden. Wenn das so weitergeht, dann ... Ja, was war dann? Wird Jonas mich rauswerfen? Werde ich verschwinden? Aber wohin? Sie aß schweigend ihr Brötchen mit Marmelade. Danach reckte und streckte sie sich.

„Ich denke, ich gehe ins Fitnessstudio", sagte sie.

Jonas starrte sie völlig entgeistert an. „Ins Fitnessstudio?", fragte er. „Das kommt überhaupt nicht in Frage. Dafür bist du bestimmt noch nicht fit genug. Außerdem musst du erst einmal zum Friseur. Und Kleidung kaufen. Sieh dich nur an."

„Was denn?", grummelte Luisa und trat in den Flur hinaus vor den Spiegel. Ihre Haare hatten wirklich schon einmal besser ausgesehen. Das letzte Mal hatte sie sie notdürftig mit einer Nagelschere geschnitten. Das mochte etwa drei Monate her sein.

„Ich hab schon einen Termin vereinbart", rief Jonas aus der Küche.

„Was?" Luisa lehnte sich an den Türrahmen.

„Ich habe einen Friseurtermin vereinbart", wiederholte Jonas ungeduldig.

„Wann denn?", fragte sie.

„Für elf Uhr", sagte Jonas.

„Wann hast du den Termin vereinbart?", hakte sie noch einmal nach.

„Nach dem Aufstehen. Ist denn das so wichtig?", fragte Jonas leicht gereizt.

Luisa sah ihn irritiert an und warf dann noch einmal einen Blick in den Spiegel. So schlimm war es nun wirklich nicht. Aber wenn er unbedingt wollte ...

Als sie die Treppe hinaufkam, wartete Mike auf sie.

„Guten Morgen!", sage Luisa, wobei sie sich bemühte, ruhig zu bleiben und nicht rot zu werden.

„Guten Morgen", erwiderte Mike freundlich. „Luisa, ich möchte mir gerne anschauen, wie deine Verletzungen verheilen. Ich habe versucht, das Jonas zu erklären. Hat er dir das ausgerichtet?"

„Nein", antwortete Luisa. Aber das war eine mögliche Erklärung für seine schlechte Laune.

„Vielleicht hat er mich nicht verstanden", meinte Mike diplomatisch.

„Hm", machte Luisa. Mike konnte nicht hier bleiben. Auf Dauer würde das mit Jonas nicht gutgehen. Aber sie wollte nicht, dass er ging.

„Kommst du?", fragte Mike.

Luisa sah ihn verwirrt an.

„Deine Schnittwunden", fügte er geduldig hinzu.

„Ah." Luisa folgte ihm ins Gästezimmer. Das Bett war ordentlich gemacht. Auf dem Tisch stand ein Laptop. Ansonsten deutete nichts darauf hin, dass das Zimmer bewohnt war.

„Setz dich!" Mike wies auf das Bett.

Luisa setzte sich.

Mike stellte sich neben sie und wartete. Sie blickte fragend zu ihm auf, dann fiel ihr wieder ein, warum sie hier saßen, und spürte, wie sie rot wurde. Ob er merkte, dass ihr Puls viel zu schnell ging? Gott, war das alles peinlich. Rasch wrestelte sie ihren Pullover über ihren Kopf. Im BH saß sie auf dem Bett. Alles, was sie denken konnte, war: O mein Gott, sowie: Hoffentlich kommt Jonas nicht plötzlich hereingestürmt.

Mike setzte sich neben sie und begutachtete die

tiefen Schnittwunden, während ihr Herz raste.

„Sieht ja ganz gut aus", unterbrach er ihre Gedanken. „Okay."

Luisa zog sich den Pullover wieder an. Mike will nichts von dir, versuchte sie sich zu sagen. Du musst ihn vergessen. Er muss gehen. Sie musste eine Lösung mit Jonas finden ... Ein weiterer Gedanke ließ sie innehalten. Eigentlich hatte Mike ihr das Ganze überhaupt erst eingebrockt ...

„Ihr habt sie nicht informiert", brach es aus ihr heraus.

„Was meinst du?" Er runzelte die Stirn.

„Du hast gesagt, dass ihr meine Eltern informieren werdet. Wo ich bin. Und dass es mir gut geht. Und was ist eigentlich mit den Briefen passiert, die ich geschrieben habe? Harvey hatte mir versprochen, sie abzuschicken!"

Mike schwieg einen Moment. „Es war zu gefährlich", sagte er dann knapp.

„Zu gefährlich?" Luisa schrie beinahe. „Sie sind fast umgekommen vor Sorge!"

„Es tut mir leid", sagte Mike leise. „Ich mag deine Familie. Und ich weiß, dass es schwer für sie war. Aber es war wirklich zu gefährlich."

„Zu gefährlich!", rief Luisa aus. „Hast du überhaupt eine Ahnung ..."

Die Tür wurde aufgerissen und Jonas kam herein. „Was ist hier los?", fragte er mit hochrotem Kopf und einem verräterischen Zittern in der Stimme.

Luisa sprang erschrocken auf und wurde rot. „Er hat sich meine Verletzungen angesehen", murmelte sie und stürmte fluchtartig aus dem Gästezimmer.

Jonas kam hinterher und blickte sie anklagend an. „Das gefällt mir nicht mit euch beiden."

„Er hat heute Morgen versucht, dir genau das zu erklären", giftete Luisa.

„Nächstes Mal gehst du zu einem Arzt", knirschte Jonas.

Sie hatte keine Lust zu streiten, sondern ging wortlos die Treppe hinunter ins Wohnzimmer. Verdammt, warum war ihr Leben nur so schrecklich kompliziert geworden!

Luisa fühlte sich unbehaglich, als sie eine Stunde später den Friseursalon betraten. Seit dem Streit am Morgen hatte sie weder mit Jonas noch mit Mike ein Wort gesprochen. Die Friseuse gaffte Luisa zuerst an, als ob sie ein Phantom vor sich hätte, und begann, sichtlich nervös, über Frisuren und Haarlängen zu plappern. Luisa ignorierte sie völlig. Sie ließ sich die Haare waschen und auf einen Stuhl verfrachten.

Statt auf die Schere der Friseuse zu achten, beobachtete sie lieber Mike, der stocksteif dasaß und aus dem Fenster sah. Sieht nicht so aus, als ob es ihm hier gefällt, dachte sie. Irgendwann muss ich ihn noch einmal wegen der Briefe zur Rede stellen.

Die Haarschneideprozedur dauerte endlos. Luisa bekam am Rande mit, wie immer mehr Strähnen der Schere zum Opfer fielen. Als sie dann doch einmal in den Spiegel blickte, hätte sie sich fast nicht erkannt. So kurze Haare hatte sie noch nie gehabt. Die Friseuse war mittlerweile tatsächlich mit dem Haareschneiden fertig geworden. Nun schmierte sie eine Paste auf Luisas Haar.

„Was wird das?", fragte sie alarmiert.

Die Friseuse musterte Luisa erstaunt. „Na, ich färbe doch jetzt Ihre Haare."

„Ach so?" Luisas Blick wanderte zu Jonas.

Der nickte eifrig: „Lass sie nur machen. Das steht dir besser!"

Als sie endlich fertig waren, musste Luisa dreimal hinsehen, bis sie sich wiedererkannte. Zuletzt hatte sie ihre Haare als Teenager gefärbt. Damals hatte sie Rottöne bevorzugt – und nicht strohblond.

„Was machen wir jetzt?", fragte sie bissig. „Blaue Kontaktlinsen kaufen?"

Jonas verzog unwillig das Gesicht. Er hatte andere Pläne, denn nach dem Friseur stand Einkaufen auf dem Programm. Als sie die Eingangshalle des Einkaufszentrums betraten, blieb Luisa wie angewurzelt stehen.

„Was ist denn jetzt schon wieder?", rief Jonas ungeduldig.

„Es ist so voll", stellte Luisa bang fest.

„Voll?", fragte Jonas unwillig. „Es ist Donnerstag Mittag. Hast du vergessen, was hier erst am Samstag los ist?" Zielstrebig schritt er auf einen Laden zu.

Luisa folgte ihm zögernd. Das Future of Shopping kam ihr flüchtig in den Sinn. Das hier war zum Glück keine Bauruine. Stattdessen wurde es von einer Horde Teenager besetzt. Das schien nur in Nuancen besser zu sein.

„Bist du wahnsinnig", kreischte ein Mädchen direkt neben Luisa und brach in schallendes Gelächter aus. Sie zuckte zusammen. Gott sei Dank war sie nicht gemeint.

Mike stand auf einmal direkt neben ihr. „Alles okay?"

„Ja, klar." Sie lief zu Jonas, der bereits mitten unter den Teenagern im Laden stand.

„Was hältst du von dieser?", fragte er und hielt eine Röhrenjeans hoch.

„Gut", murmelte Luisa.

Jonas nickte zufrieden, hängte sich die Jeans über den Arm und ging weiter zum nächsten Ständer.

Luisa atmete tief durch und folgte ihm. Ein Mädchen rempelte sie an und ging einfach weiter. Direkt hinter ihr begann ein kleines Kind zu plärren. Als dann die genervte Mutter anfing zu schreien, war es genug. Luisa verließ fluchtartig den Laden, durchquerte schnellen Schrittes die Eingangshalle und trat nach draußen. Sie atmete tief durch und blickte sich um. Nicht weit entfernt standen einige Bänke. Sie setzte sich. Einen Moment lang schloss sie die Augen. Atmen, dachte sie.

Als sie die Augen wieder aufschlug, saß Mike neben ihr.

„Wie fühlst du dich?", fragte er.

„Völlig wahnsinnig", antwortete Luisa. Sie schüttelte den Kopf. „Ich sollte mich freuen, dass ich wieder zu Hause bin. Aber es ist alles so ... surreal."

Mike nickte mitfühlend. „Du wirst dich schnell wieder eingewöhnen", meinte er aufmunternd. „Lass dir einfach etwas Zeit."

„Da steckst du!"

Luisa zuckte erneut zusammen, als Jonas sich plötzlich vor ihr aufbaute.

„Ich hab dich überall gesucht. Warum bist du einfach weggelaufen?", schimpfte er.

Sie hob hilflos die Schultern. „Ich glaube, ich mache lieber Online-Shopping."

„Ich hab versucht, dich anzurufen", fuhr Jonas weiter fort. „Warum bist du nicht ans Handy gegangen?"

„Habe ich zu Hause vergessen", murmelte sie.

„Aber ich habe doch gestern einen neuen Vertrag für dich abgeschlossen." Jonas blickte sie geschockt an. Es war für ihn sichtlich völlig unverständlich, wie sie ihr Handy zu Hause vergessen konnte. Vor einem halben Jahr wäre ihr das auch sicher nicht passiert. Und wenn, dann hätte sie sich furchtbar geärgert.

„Du musst deine Firma anrufen", meinte Jonas, als sie wieder zu Hause waren.

„Was? Warum?"

„Du musst sie kontaktieren, dass du wieder da bist und weiterarbeiten willst."

„Was?"

„Sie haben dir im April eine fristlose Kündigung geschickt, weil du verschwunden bist."

„Und was, wenn sie mich nicht mehr wollen?"

„Dann kannst du das vor dem Arbeitsgericht anfechten. Du hattest ja einen Grund für dein Fehlen."

„O ja. Terroristische Aktivitäten."

Er zuckte zusammen. „Sag nicht so etwas."

Sie schüttelte ungläubig den Kopf. Ihr kam es völlig absurd vor, wieder in die Arbeit zu gehen und sich an ihren Schreibtisch zu setzen, als wäre nichts geschehen. Was würden ihre Kollegen denken? Was sollte sie ihnen sagen? Und würde sich nicht ihre Firma mit Händen und Füßen dagegen sträuben, sie wieder einzustellen? Allerdings, als was sollte sie sonst arbeiten? Als freischaffende Terroristin wohl kaum. „Vielleicht nehme ich erst einmal eine Auszeit", murmelte sie.

„Was? Eine Auszeit?" Jonas starrte sie ungläubig an. „Wie stellst du dir das vor?"

„Aber du hast ja auch ein paar Investitionen vorgenommen", meinte sie. „Meinst du nicht, wir sollten es langsam angehen lassen?"

„Wenn du den BMW meinst, der ist geleast. Unser alter Wagen war schließlich nur noch Schrott. Und die Kaffeemaschine war ebenfalls kaputt. Und nachdem du ein halbes Jahr nicht da warst und kein Geld für Klamotten ausgeben konntest, habe ich trotzdem sparen können. Aber jetzt bist du wieder dran." Damit verschwand er in die Küche zum Mittagessenmachen und ließ eine völlig ratlose Luisa im Wohnzimmer zurück.

Mike lag auf dem Bett im Gästezimmer und starrte müde zur Decke. Er wünschte sich nichts sehnlicher, als zu verschwinden. Egal wohin. Ja, Harvey hatte ihn im Krankenhaus gebeten, auf Luisa aufzupassen. Nicht Danny, nicht Frances, ausgerechnet der furchtbar entstellte und wortkarge Harvey machte sich Sorgen um sie. Mike selbst hätte nie getan, was Harvey für Luisa auf sich genommen hatte. Royce hatte ihm die Hand abgesäbelt – solch ein großes Opfer hatte Harvey für Luisa gebracht! Und letztendlich war sie nur dank Harvey überhaupt noch am Leben. Mike wusste, dass er ihm etwas dafür schuldete. Nur deswegen war er mit Luisa in das Flugzeug gestiegen und ihr hierher gefolgt.

Aber es war ein einziger Albtraum! Erst einmal war er hier komplett überflüssig und fehl am Platz. Eigentlich war doch alles geklärt, niemand verfolgte Luisa mehr, sie konnte doch jetzt zufrieden hier wohnen ... Und natürlich war Jonas alles andere als begeistert, dass Luisa einen völlig fremden Kerl anschleppte, der jetzt auch noch mit ihnen unter einem Dach wohnte. Völlig zurecht. Mike spürte nur zu gut die Spannungen, die zwischen Luisa und Jonas herrschten. Auch das war verständlich. Es fiel Luisa schwer, nach all den Monaten in der Wildnis wieder ruhig dazusitzen und nichts zu tun. So ging es ihm ebenfalls. Und Jonas ... Sicher fragte er sich, was in all der Zeit mit ihr geschehen war, woher die Verletzungen kamen, warum sie joggen ging und Selbstverteidigung beherrschte und warum Mike in ihrem Gästezimmer übernachten musste. Frances hätte Luisa gutgetan, dachte er. Die hätte zwar Jonas und ihre Eltern erschreckt, aber sie hätte Luisa aufheitern können. Dazu hatte Sarah versprochen, Luisa im Auge zu behalten. Nicht, dass Mike der Chefin der Abteilung Islamischer Terrorismus des britischen

Auslandsgeheimdienstes SIS wirklich traute. Aber welches Interesse sollte Sarah schon an einem traumatisierten Entführungsopfer haben, das zufällig zwischen die Fronten geraten war?

Ach, wie schön wäre es jetzt, in Cornwall zu angeln, dachte er wehmütig und sah das kleine Cottage vor sich, in dem er seine Kindheit verbracht hatte. Gott sei Dank wohnte Luisa wenigstens in einem ruhigen Vorort und nicht mitten in der Stadt und zum Glück gab es hier keine U-Bahn, in die er steigen musste ... Seine letzte Panikattacke lag schon einige Zeit zurück, zuletzt hatte es ihn in einem Supermarkt erwischt. Damals war er auf der Jagd nach Royce und extrem gestresst gewesen, jetzt war es ja deutlich ruhiger ... Was nicht bedeutete, dass es nicht irgendwann wiederkommen konnte ... Er würde sehen, dass er bald hier verschwand.

Nun gut, beschloss er. Ich werde vielleicht noch ein oder zwei Wochen hier bleiben und dann gehe ich zurück und hoffe, dass Sarah nicht allzu schnell einen neuen Job für mich hat. Luisa wird es schon schaffen. Sie hat ihren Freund, und auch wenn ich ihn nicht sonderlich gut leiden kann, ist er sicher der Richtige für sie.

Zwei Stunden nach dem Mittagessen tigerte Luisa ziellos durch das Haus. Sie wusste nichts mit sich anzufangen. Vor dem Fernseher hielt sie es gerade einmal fünf Minuten aus. Nicht nur, dass am Donnerstagnachmittag nur Schrott kam. Weder eine Doku über Pinguine noch fingierte Polizeieinsätze konnte ihre Aufmerksamkeit fesseln. Sie griff sich ein Buch, doch zum Lesen fehlte ihr die Konzentration. Auf Nachrichten hatte sie keine Lust – auch wenn ihr nicht mehr ständig ihr eigenes Gesicht entgegenblickte. Und um einfach ruhig dazusitzen und sich auszuruhen fehlte ihr die Ruhe.

„Ich gehe ins Fitnessstudio", verkündete Luisa schließlich.

Jonas sah überhaupt nicht glücklich aus. Er brachte erneut hunderte Einwände dagegen vor, aber Luisa ignorierte ihn und zog sich um. Er murrte weiter, kam aber mit. Zusammen mit Mike natürlich, was sein Murren noch verstärkte.

Im Studio angekommen, half Luisa Mike, sich durch den Registrierungsprozess zu kämpfen.

Jonas schwang sich währenddessen schon einmal auf einen Crosstrainer und beobachtete sie kritisch. Endlich kam Luisa zusammen mit Mike. Statt neben ihn auf den Crosstrainer zu steigen, stiegen sie jedoch auf das Laufband.

Jonas ging nach einer Stunde. Er sah völlig erschöpft aus. Kein Wunder, dachte Luisa mitleidig, vermutlich hat er noch nie so hart trainiert wie heute.

Drei Stunden später kamen Mike und Luisa ebenfalls nach Hause. Das Pensum hatte Luisa an den Rand des Zusammenbruchs gebracht.

Immerhin fühlte sie sich jetzt etwas ruhiger. Mike hingegen wirkte nicht im Geringsten müde. Obwohl sie erschöpft war, stellte sie sich in die Küche und bereitete Hähnchen mit Gemüse und Reis zu, um endlich einmal wieder etwas vernünftiges zu essen und danach war sie entspannt genug, um auf dem Sofa zu sitzen und den Film Jack Reacher anzusehen. Wobei das tatsächlich eine harte Geduldsprobe für sie darstellte. „In dem Film stimmt ja überhaupt nichts", murmelte sie und erntete dafür wieder einen merkwürdigen Blick von Jonas.

„Ich nehme ein Bad", erklärte sie nach dem Film.

„Aber du hast heute Morgen geduscht. Und gestern Abend gebadet", meinte Jonas verschnupft. „Glaubst du etwa, warmes Wasser ist kostenlos? Ich finde, du übertreibst völlig!"

„Ach, lass mich doch in Ruhe mit deinem Mist", platzte es aus ihr heraus.

Jonas fiel die Kinnlade herunter.

Luisa biss sich auf die Lippen. Ruhig bleiben, dachte sie. Dann stand sie auf und nahm ihr Bad.

Auch an diesem Abend ging sie früh zu Bett. Hundertprozentig fit fühlte sie sich nach wie vor nicht, das der lange Aufenthalt Fitnessstudio war eigentlich viel zu viel gewesen, aber sie brauchte das.

Diesmal wollte sich der Schlaf jedoch nicht sofort einstellen. Ihre Gedanken kreisten stattdessen um Mike. Zu gut erinnerte sie sich daran, wie sie ihn zum ersten Mal gesehen hatte, auf dem Boden kniend, in der Gewalt von Royce, der Luisa vor allem entführt hatte, um sie vor Mikes Augen zu foltern, wie er es schon einmal mit Mikes Freundin Isabella gemacht hatte ... Nachdem sie Royce niederschießen konnte, flohen sie gemeinsam und Mike brachte sie in die abgelegene Hütte in den Highlands, um sie zu beschützen. Er war schroff und unfreundlich zu ihr, aber als Royce sie ein halbes Jahr später aufspürte und in die Highlands kam, um sie zu holen, war Mike es, der sie rettete, der Royce erschoss und sich um sie kümmerte und ihre Wunden verband. Auch danach, im Krankenhaus, hatte er sie besucht. Und jetzt war er noch immer da. Wirklich nur, um sie zu beschützen? Oder war da nicht doch mehr? Wie er heute ihre Verletzungen begutachtet hatte. Und wie verständnisvoll er beim Einkaufen gewirkt hatte ... Hör auf, wies sie sich selbst zurecht. Er hat nie ein Signal gegeben, dass er mehr will. Irgendwann wird er verschwinden und dann stehe ich da. Wir sind nicht mehr in der Hütte. Das hier ist mein richtiges Leben. Ein vernünftiges Leben mit einem verlässlichen Partner, den ich schon ewig kenne. Natürlich, es ist nicht einfach mit Jonas, unsere Beziehung war vor der Geschäftsreise eigentlich ziemlich langweilig. Aber was weiß ich denn von Mike, außer der Sache mit Isabella? Wie könnte eine gemeinsame Zukunft schon aussehen? Ich muss ihn vergessen.

In dieser Nacht brannten Luisas Albträume ein wahres Feuerwerk ab und so erschreckte sie Jonas mit ihren Schreien zu Tode. Abermals fühlte Mike sich genötigt, nach dem Rechten zu sehen – wobei er bei Jonas keine Sympathiepunkte damit erntete, in der dritten Nacht in Folge im Schlafzimmer zu stehen.

Die nächsten beiden Tage vergingen wie im Flug – mit baden und duschen, telefonieren, spazieren gehen, kochen, einkaufen und Fitnessstudio. Am Samstagnachmittag kamen Luisas Online-Einkäufe sowie ihre Eltern, Martin und seine Freundin. Es war ganz nett. Nur die Heulattacken ihrer Mutter machten ihr zu schaffen und die Tiraden von Jonas, der voller Inbrunst den liebevollen und besorgten zukünftigen Schwiegersohn spielte.

Mike hingegen hatte sich vollkommen zurückgezogen. Er kam mit, wenn Luisa und Jonas das Haus verließen, blieb ansonsten aber in seinem Zimmer, was Luisa mit großem Bedauern registrierte. Sie hatte keine Gelegenheit mehr gehabt, mit ihm über die Briefe zu sprechen, die offenbar nie angekommen waren, aber das war grade auch nicht so wichtig. Er fehlte ihr. Voller Sehnsucht erinnerte sie sich an den Abend, an dem sie mit ihm auf einem Baumstamm gesessen und über das Moor geblickt hatte. Am nächsten Tag kam dann Harvey, dieser wortkarge und entstellte Riese, der ihr beibrachte zu schießen und ihr ansonsten überwiegend unheimlich war. Dann kehrte Mike zurück und begann mit dem Selbstverteidigungstraining. Luisa wurde rot, als sie daran dachte, wie sie sich bei den Trainingsstunden zur Abwehr von Würgegriffen auf dem Boden herumwälzten. Wie er ihr befahl, ihn auf die Brust zu schlagen. Mike war eine Zeit lang umgänglicher als am Anfang, fiel dann aber in alte Verhaltensmuster zurück und wahrte Abstand. Doch da war sie schon rettungslos in ihn verknallt gewesen...

Er steht nicht auf dich, wies sie sich zurecht. Also vergiss es. Steh auf und beiß die Zähne zusammen! Also hielt sie sich, so gut es ging, mit Bewegung auf Trab und Jonas so fern wie es nur irgend möglich war. Doch sie ahnte, dass es so auf ewig nicht weitergehen konnte. Denn Jonas forderte immer vehementer die noch ausstehenden Intimitäten ein. Sein verletzter Dackelblick machte ihr durchaus ein schlechtes Gewissen. Doch da es sie bei jeder seiner Berührungen schüttelte, war mehr als ein kurzer Kuss einfach nicht drin.

Am Sonntagmorgen war Luisa gegen sechs Uhr wach. Sie hatte von Mike geträumt. Wieder einmal hatte er ihr nicht geholfen, sondern nur danebengestanden, als Royce ... Vergiss es, schalt sie sich. Vergiss Royce. Er ist tot. Mike hat ihn erschossen. Du musst wieder einschlafen. Doch an Schlaf war nicht mehr zu denken. Unruhig wälzte sie sich im Bett herum. Mike und Royce verfolgten sie – egal, ob sie sich unter der Decke versteckte oder vor sich hindöste. Genug, dachte sie. Leise stand sie auf. Jonas, noch völlig schlaftrunken, versuchte, sie zu umarmen. Doch sie machte sich los. Im Dunkeln suchte sie ihre Trainingskleidung vom Vortag zusammen. Wo war denn nur diese verdammte Hose hin?

„Was machst du?", fragte Jonas.

Mist, dachte Luisa. Jetzt ist er doch aufgewacht.

„Joggen", erwiderte sie laut.

„Joggen?" Jonas setzte sich auf und schaltete die Nachttischlampe ein. „Du hasst doch Joggen."

„Nicht mehr", sagte Luisa.

„Du benimmst dich wirklich merkwürdig", murmelte Jonas und sah sie alarmiert an. „Ich glaube, du solltest mir doch mal das eine oder andere erklären."

„Später vielleicht", murmelte Luisa, packte ihre Klamotten und verließ fluchtartig das Schlafzimmer. Im Bad zog sie sich an und trat wenig später auf die Straße. Es war noch dunkel.

„Warte!" Mike stand neben ihr. "Ich komme mit."

Luisa seufzte tief. Es war ja schön, dass Mike auf sie aufpasste, aber es machte sie völlig wahnsinnig. Nicht nachdenken, ermahnte sie sich und begann zu joggen. Mike folgte ihr wie ein Schatten, dennoch war sie sich seiner Gegenwart nur allzu bewusst.

Er muss verschwinden, sagte sie sich immer und immer wieder und brachte es doch nicht über sich, das Thema anzusprechen.

Jonas war sichtlich verschnupft, als sie nach zwei Stunden zurückkehrten. „Ich erkenne dich überhaupt nicht mehr wieder", schimpfte er. „Was sollen denn die Leute denken, wenn du morgens in aller Herrgottsfrühe mit fremden Männern joggen gehst?"

Luisa zuckte die Schultern. Sie wollte ins Bad, doch Jonas verstellte ihr aufgebracht den Weg. „So langsam habe ich den Verdacht ...", sagte er.

„Welchen Verdacht?"

„Was hast du gemacht in diesen sechs Monaten?", fragte Jonas. „Ich bin dein Freund. Wir sind schon viele Jahre zusammen. Glaubst du nicht, ich habe ein Recht zu erfahren, was passiert ist? Und auch, was du damals in Syrien getrieben hast?"

„Da war nichts", murmelte Luisa.

„Wirklich?", fragte Jonas. „Warum bist du jetzt so fit? Woher stammen diese Verletzungen wirklich? Und wer zum Teufel ist dieser Kerl?"

Er war laut geworden und zeigte mit dem Finger in Richtung Gästezimmer.

Luisa versuchte noch einmal, an ihm vorbeizukommen. Jonas packte sie fest am Arm und funkelte auf sie herunter.

„Du hast dich total verändert", fauchte er. „Hängt das mit deinem sogenannten Aufpasser zusammen?"

„Nein", stammelte Luisa. „Es ist nur ..."

„Ja?"

Mike erschien im Türrahmen. Er wirkte so, also wollte er dazwischengehen.

Luisa blockte ihn ab. „Ich regle das!", sagte sie energisch auf Deutsch und machte dazu eine abwehrende Handbewegung. Mike verstand und blieb stehen.

„Jonas", sagte Luisa beschwörend. „Ich kann es dir nicht erklären. Bitte versteh doch ..."

Doch Jonas packte sie weiter fest an der Schulter. So wütend hatte sie ihn noch nie gesehen. „Ich hab mir Sorgen gemacht und du hattest die ganze Zeit Spaß mit deinem Typen", fuhr er sie an und hob die Hand, wie um sie zu schlagen.

Luisa reagierte reflexartig. Sie zog ihr Knie an und rammte es Jonas in den Unterleib. Zugleich knallte sie ihm ihre Faust an die Nase und stieß ihn weg.

Jonas fiel um und rollte sich zu einer Kugel zusammen.

Mike warf ihr einen kurzen Blick zu, trat dann zu Jonas und beugte sich über ihn.

Luisa stand völlig verdattert da. Das hatte sie eigentlich nicht vorgehabt. „Jonas", murmelte sie unsicher.

Er stöhnte nur.

Sie atmete tief durch und ging ins Schlafzimmer, zog die kleine Reisetasche aus dem Schrank und packte ihre neu erworbenen Online-Einkäufe, ihren Geldbeutel sowie ihren Reisepass ein.

Anschließend blickte sie sich um. Sonst etwas, das sie brauchte? Nein. Da gab es nichts, was ihr irgendetwas bedeutete. Vor einem Jahr hätte sie den halben Hausstand eingepackt. Jetzt schien ihr alles nebensächlich.

Sie hängte sich die Reisetasche um und trat in den Flur hinaus. Jonas saß am Boden und hielt sich einen Waschlappen an die blutende Nase. Er warf ihr einen zutiefst verletzten Blick zu.

„Es tut mir leid", flüsterte sie. „Aber ich kann das nicht."

„Luisa!", hörte sie Jonas kläglich rufen. Doch sie eilte durch die Wohnung, schnappte sich ihre Jacke und trat hinaus auf die Straße.

Wenig später saß Luisa an der Haltestelle zwei Straßen weiter. Der nächste Bus kam in einer Stunde. Es war ihr egal. Das war ihr kleinstes Problem. Was um alles in der Welt sollte sie jetzt tun? Sie öffnete ihren Geldbeutel. Genau dreiunddreißig Euro und siebenundzwanzig Cent. Na großartig. Zu Jonas wollte sie nicht mehr zurück. Zu ihren Eltern ebenfalls nicht. Vielleicht zu ihrem Bruder? Besser auch nicht. Sie würden sich alle nur Sorgen machen und sie bequatschen, zu Jonas zurückzukehren. Aber das ging einfach nicht mehr.

Jemand setzte sich neben sie.

Luisa blickte auf. Es war Mike.

„Wo willst du hin?", fragte er.

Luisa zuckte nur die Achseln. Weg, dachte sie. Weit weg. Wie bescheuert – ohne Geld. Sie starrte wieder auf den Boden.

„Luisa", sagte Mike sanft.

Ihr traten Tränen in die Augen. Nicht weinen, dachte sie.

„Luisa", sagte Mike noch einmal.

„Ich hab alles verloren", stieß sie schließlich hervor. „Zu Jonas gehe ich nicht mehr zurück. Es macht keinen Sinn. Ich habe auch keinen Job mehr. Deutschland hält mich für eine Terroristin. Und die ganze Welt noch dazu." Eine Träne lief über ihre Wange. „Was soll ich jetzt nur tun?", würgte sie noch erstickt hervor, bevor sie endgültig in Tränen ausbrach.

Mike saß neben ihr wie eine Statue.

Gott, jetzt hör auf zu heulen, schalt sich Luisa selbst. Es klappte nicht.

„Ich kann dir eine neue Identität verschaffen", sagte Mike ruhig.

„Was?" Mit tränennassen Augen hob Luisa den Kopf. Es war eine rhetorische Frage gewesen. Mit einer Antwort hatte sie überhaupt nicht gerechnet.

„Eine neue Identität", wiederholte Mike geduldig. „Du kannst werden, wer du willst. Und was du willst."

Luisa weinte weiter, weil sie nicht aufhören konnte, doch in ihrem Gehirn arbeitete es.

„Wie soll das funktionieren?", schluchzte sie.

„Ich verschaffe dir einen neuen Pass und du kannst von vorne anfangen", schlug Mike vor.

„Ich würde Geld brauchen." Dreiunddreißig Euro und ein paar Zerquetschte waren mit Sicherheit nicht genug für ein neues Leben. Und nach dem, was Jonas in den letzten Monaten ausgegeben hatte, war bestimmt Ebbe auf ihrem Konto. Vermutlich hatte er auch ihr Sparkonto geplündert. Und sie hatte überhaupt keine Lust, ihn deswegen zur Rede zu stellen.

„Geld spielt keine Rolle", erwiderte Mike.

„Was? Warum?" Geld spielte immer einer Rolle.

„Das lass mal meine Sorge sein", sagte Mike und nahm sie endlich behutsam in seine Arme.

Luisas Herz machte einen Satz. Sie lehnte sich an ihn und schloss die Augen. Mike war bei ihr und würde auf sie aufpassen. Jetzt würde alles gut werden.

Da habe ich mich ja auf was Schönes eingelassen, dachte Mike, während er Luisa in seinen Armen hielt. Eine neue Identität. Ganz tolle Idee. Ich hätte einfach verschwinden sollen. Oder zumindest versuchen sollen, sie zurück zu Jonas zu schicken. Auch wenn der Typ wirklich ein Idiot ist. Warum habe ich nur damit angefangen? Er atmete tief durch. Vielleicht helfe ich Luisa, weil ich weiß, wie es ist, nach Hause zu kommen und sich nicht mehr zu Hause zu fühlen, sagte er sich. Wie damals nach meinem ersten Einsatz in Afghanistan. Vielleicht tue ich es auch, weil ich dafür verantwortlich bin, dass sie sich in dieser Situation befindet. Diese verdammte Terrorismusgeschichte ... Was habe ich mir nur dabei gedacht! Mike unterdrückte einen Seufzer. Dabei war er wirklich zu weit gegangen.

Sanft strich er Luisa über das Haar. Vielleicht würde es gar nicht so schlimm werden. Letztendlich musste er ihr lediglich einen neuen Pass besorgen, ein Bankkonto einrichten und ab und zu nach dem Rechten sehen. Das sollte doch zu schaffen sein. Und er musste es nicht allein tun. Er wusste genau, wo er Hilfe bekommen würde.

Kapitel 2

Dubai! Luisa konnte sich nicht sattsehen. Gewaltige Wolkenkratzer ragten in den Himmel, wo immer sie auch hinblickte. Da! Die spitze Nadel des Burj Khalifa, mit über achthundert Metern das höchste Gebäude der Welt ... Im Flugzeug hatte sie ausführlich in ihrem frisch erstandenen Reiseführer geblättert. Deswegen kannte sie noch weitere Superlative: So war Dubai die Stadt mit der weltweit höchsten Anzahl an Wolkenkratzern mit über dreihundert Metern Höhe, gehörte im Jahr 2013 mit jährlich bis zu vierzehn Millionen ausländischen Touristen zu den meistbesuchten Städten der Welt, verfügte über den weltweit drittgrößten Flughafen nach Passagieraufkommen sowie den neuntgrößten Hafen nach Containerumschlag. Und es gab so viel zu sehen: den Dubai Creek mit den alten Segelbooten, Dhau genannt, den Gewürzmarkt Souq al-Bahar, die Dubai Mall, die Springbrunnen, die jeden Abend ein Wasser-Licht-Musikspektakel boten, unzählige Museen, den Miracle Garden Dubai, der weltgrößte bunte Blumengarten mit um die fünfundvierzig Millionen blühenden Blumen.

Sie wollte al-Schindagha besuchen, ein Museumsdorf im Stil einer arabischen Siedlung, das dem Besucher die Kultur, Geschichte und Tradition Dubais vermitteln sollte, sie wollte das al-Fahidi-Fort im Zentrum Dubais besichtigen und sie hatte große Lust darauf, einen Abstecher in die Wüste zu machen. Wie schön wäre es, mit einem Geländewagen mit Allradantrieb durch die roten Dünen zu heizen, mit einem Sandboard zu fahren, einen Kamelritt zu machen, einen Falken auf dem Arm zu tragen oder sich mit Henna bemalen zu lassen – und das alles zusammen mit Mike?

Der fuhr währenddessen gelassen den Mietwagen über die fünfspurigen Straßen, auf denen gerade nicht allzu viel los war. Er schien sich gut auszukennen, hatte nicht einmal das Navigationsgerät eingeschaltet. Leider hatte er bisher auch nicht viel geredet und wollte ihr nicht verraten, welche Pläne er für die Megacity hatte. Vielleicht hatte er ja gar keine Lust auf Museen und Wüstenausflüge. Doch überhaupt, dass sie mit Mike hier war! Zusammen waren sie mit dem Bus zum Flughafen gefahren. Sie hatte ständig das Gefühl gehabt, beobachtet zu werden, bis Mike ihr eine Sonnenbrille, Schal und Mütze gekauft hatte. In dieser Montur hatte sie sich nahe an ein Glasfenster gesetzt, sich die schwache Novembersonne ins Gesicht strahlen lassen und sich zumindest etwas besser gefühlt. Mike hatte währenddessen mehrere Telefonate geführt und vier Stunden später waren sie nach Dubai geflogen.

Die Klimaanlage des Jeeps lief, es war unglaublich warm draußen, gefühlt über vierzig Grad. Das konnte allerdings auch an der feuchtschwülen Luft liegen, die schwer über der Stadt hing. Doch Luisa genoss die Sonnenstrahlen, die Wärme nach dem grauen Regenwetter in Deutschland und den wortkargen Mike, den sie trotz allem viel angenehmer fand als den inquisitiven Jonas. Was mochte sie in ihrem neuen Leben erwarten? Sie wusste es nicht, war aber begierig darauf, es herauszufinden. Sie konnte sein, wer immer sie sein wollte ... Nun, in den nächsten Tagen und Wochen würde sie hoffentlich herausfinden, was das sein konnte.

Wenig später hielten sie in der stark klimatisierten Tiefgarage eines gewaltigen Einkaufszentrums.

„Wir nehmen hier ein Hotel", meinte Mike. „Da kannst du dich etwas ausruhen." Sein Blick glitt über ihre Klamotten. „Und wenn du willst, danach eine kleine Shopping-Tour unternehmen."

Liebend gerne! Mike trat zur Rezeption und bestellte zu Luisas Erstaunen in perfektem Arabisch ein Doppelzimmer für sich und seine Frau. Mike sprach Arabisch? Sie hatte ja keine Ahnung gehabt! Doch viel interessanter war, dass er ein Doppelzimmer bestellt hatte! Der Tag wurde immer besser!

„Ich muss weg", meinte er, kaum dass sie es betreten hatten. „Wenn du später ausgehen möchtest, bitte ich dich, hier in der Mall zu bleiben. Aber ich glaube, da wirst du genug zu sehen haben. Ich lasse dir meine Kreditkarte hier."

„Okay." Luisa nickte ernst.

„Kauf ein, so viel du magst. Die Karte hat ein Limit von etwa fünftausend Euro."

„Was?" Sie starrte ihn fassungslos an.

Er zuckte die Achseln. „Ich denke, du kannst durchaus ein paar schöne Sachen gebrauchen. Ich rufe dich an, wenn ich fertig bin, damit wir uns treffen können." Und schon war er wieder verschwunden.

Was Luisa allerdings nicht einmal so unrecht war. Endlich konnte sie einmal unbeobachtet durchschnaufen. Sie konnte es noch immer nicht fassen. Sie war hier, in Dubai, ganz allein mit Mike! Und er war nett zu ihr, kümmerte sich rührend um sie ... Und sie hatten ein Doppelzimmer! Wer konnte schon sagen, was der Abend alles mit sich bringen würde?

Und so viel Geld ... Wie hatte er das gemeint mit den schönen Sachen? Ob es ihm wohl gefallen würde, wenn sie ein Kleid kaufte? Sie brauchte auf jeden Fall auch bessere Unterwäsche. Etwas ... extravaganter als einfache schwarze und weiße BHs und Slips. Man konnte ja nie wissen.

Rasch stellte sich Luisa unter die Dusche. Sie konnte es kaum erwarten, hinunter in die Mall zu stürmen. Ein Blick in den Ganzkörperspiegel dämpfte jedoch ihren Enthusiasmus. Früher hatte sie immer schlank sein wollen, hübsch wie ein Model, und dünn war sie jetzt. Doch das, was ihr da im Spiegel entgegenblickte, war schon fast gruselig. Sie wirkte erschöpft und ausgemergelt, unterernährt statt hübsch. Und wenn sie ein Kleid tragen wollte, dann besser nur eines mit langen Ärmeln. Royce hatte ihr Narben geschenkt, die sie für ihr ganzes Leben zeichnen würden. Wie sollte sie Mike da gefallen? Er hat auch Narben, überlegte sie. Aber trotzdem ...

Schnell schlüpfte sie in Jeans und eine langärmlige Bluse, setzte ihre Sonnenbrille auf und machte sich auf den Weg. Die Mall war riesig. Es gab so viel zu sehen ... Luisa staunte an jeder Ecke. Da, ein Geschäft mit Goldschmuck. Hier eins mit Uhren. Dort klassische, arabische abayas, die langen, fließenden Gewänder, die die meisten der Frauen trugen, die durch die Mall flanierten, miteinander lachten, mit ihren Smartphones telefonierten ... Die meisten trugen dazu Kopftuch und Sonnenbrille, manche versteckten sich hinter einem niqab, dem dünnen Gesichtsschleier, der nur die Augen frei ließ oder das Gesicht sogar ganz verhüllte ...

Luisa kannte das schon aus Syrien, doch da hatte es im Verhältnis nur wenige verhüllte Frauen gegeben. Damals jedenfalls.

Nun, Zeit zum Einkaufen. Und das tat sie. Zum Glück gab es mehrere Läden, die Kleider verkauften, die sie tragen konnte, mit weiten, langen Röcken und langen Ärmeln. Sie entschied sich schließlich für drei verhältnismäßig teure Kleider, die sie in München nie gekauft hätte, und eine dünne Jacke, die sie in den klimatisierten Hallen nur zu gerne trug. Dazu erstand sie neue Schuhe, Sandalen, Pumps, aber mit niedrigen Absätzen. Wer wusste schon, was Mike noch alles mit ihr vorhatte.

Jetzt noch Make-up und Unterwäsche, und dann ... Ihr Smartphone vibrierte. Hastig warf sie einen Blick darauf. Mike.

„Hallo", meldete sie sich.

„Hallo Luisa. Ich bin in etwa fünfzehn Minuten da. Ich schlage vor, wir treffen uns unten in der Eingangshalle, vor dem Hoteleingang."

„Gut, Mike, bis gleich."

Okay, keine Zeit mehr für Unterwäsche. Hastig eilte sie in ihr Hotelzimmer zurück und zog eines der neuen Kleider an, ein Traum aus weißem, fließendem Stoff mit ziemlich kurzen Ärmeln, aber das konnte sie ja mit der neuen, dunklen Jacke kombinieren. Schnell rein in die weißen Sandalen, noch etwas Make-up ... Das Smartphone vibrierte.

„Wo bist du?" Mike klang besorgt.

„Ich brauche noch zehn Minuten!" Rasch beendete sie das Gespräch. Sie hatte keinen Lippenstift. Dezentes Augen-Make-up mit Wimperntusche und Lidstrich musste reichen. Und leider musste sie auch ihre alte Handtasche aus Deutschland nehmen, da sie nicht dazu gekommen war, eine neue zu kaufen. Kritisch betrachtete sie sich im Spiegel. Nun ja. Mehr konnte sie gerade nicht tun.

Sie brauchte dann doch fünfzehn Minuten, bis sie endlich in der Hotelhalle war. Mike lehnte mit stoischem Gesicht an einer Säule und starrte ins Leere.

Erst als sie sich auf etwa zehn Meter genähert hatte, blickte er in ihre Richtung und an ihr vorbei, um sie dann anzustarren.

„Tut mir leid, dass ich zu spät bin", rief sie.

Mike betrachtete sie ausdruckslos. „Ich sehe, du warst einkaufen."

„Das stimmt", lächelte Luisa.

„Komm, gehen wir." Brüsk wandte er sich ab und ging voraus Richtung Tiefgarage.

Sie folgte ihm. Ob ihm das Kleid nicht gefällt?, dachte sie beklommen. „Was machen wir?", fragte sie, als sie in den Jeep kletterte.

„Wir treffen einen alten Freund von mir."

„Oh." Einen alten Freund? Nun gut, warum nicht.

Mike fuhr sie durch die breiten Häuserschluchten. Es war bereits dunkel draußen. Dennoch nahm Luisa alles in sich auf. „Ich wollte immer mal nach Dubai", schwärmte sie. „Leider hat es nie geklappt. Ich war im Libanon, in Syrien und in Jordanien von meinem Studium aus. Und als Kind in Ägypten und Tunesien. Strandurlaub, du weißt schon."

„Wieso hast du ausgerechnet Islamwissenschaften studiert?", fragte Mike.

„In der Grundschule war ich mit einem Mädchen befreundet, Layla. Sie stammte aus Marokko, aus einer liberalen Familie. Die Mutter trug kein Kopftuch, war offen und herzlich, auch unsere Eltern haben sich gut miteinander verstanden. Einmal war ich bei Layla zu Besuch, da sah ich zufällig ihre Mutter im Schlafzimmer beten. Ich war sehr neugierig und beeindruckt. Als sie mich sah, schien sie sich irgendwie ertappt zu fühlen. Dann erzählte sie mir ein bisschen über ihren Glauben. Kindgerecht, natürlich, überhaupt nicht missionarisch oder so. Zu Hause berichtete ich dann meinen Eltern davon. Dass sie Muslimin war und sich zum Beten hinknien musste! Das hatte mich nachhaltig beeindruckt. Und ich erzählte wahrscheinlich auch, was Laylas Mutter über den Propheten Mohammed gesagt hatte. Nun ja. Als ich das nächste Mal Layla besuchen wollte, schlugen meine Eltern vor, sie doch zu mir einzuladen, und von da an torpedierten sie jeden Versuch, noch einmal mit ihrer Familie zu sprechen."

„Kann ich mir vorstellen", nickte Mike.

„Bald darauf ging ich auf das Gymnasium und Layla auf die Hauptschule und wir sahen uns überhaupt nicht mehr. Der Islam übte aber weiterhin eine große Faszination auf mich aus, vor allem, je mehr und auch je einseitiger in den Medien darüber berichtet wurde. Meine Abiturnote war nicht sonderlich gut und ich hatte keine Lust, ein Wirtschaftsstudium anzufangen, ich hatte Angst vor Mathematik und Stochastik. Dazu hieß es immer, man solle nach Neigung studieren. So habe ich schließlich Islamwissenschaften studiert. Um nebenbei etwas Geld zu verdienen, habe ich im Bereich Telefonvertrieb angefangen und irgendwie bin ich da hängengeblieben. Nach dem Studium bin ich ausgezogen und brauchte Geld, deswegen habe ich angefangen, dort Vollzeit zu arbeiten. Ich habe mich nebenbei beworben, es gibt aber natürlich nur wenige Jobs im Bereich Islamwissenschaften, auf eine wissenschaftliche Karriere hatte ich wenig Lust und dazu war ich auch zu schlecht und nicht engagiert genug."

Sie seufzte. Was wäre wohl gewesen, wenn sie einen anderen Job gefunden hätte? Oder wenn sie dort nicht weitergearbeitet hätte?

„Und vom Studium aus warst du in Syrien?"

„Ja, genau. Ich habe dort studiert, weil es günstig war und ein sicheres Land für allein reisende Frauen, im Gegensatz zum Beispiel zu Ägypten. Damals, vor dem Bürgerkrieg, meine ich."

Mike nickte.

„Es war schön. Ich habe in einem traditionellen

Haus in der Altstadt gewohnt, zusammen mit anderen Studenten. Wir haben viele schöne Ausflüge gemacht und waren eben auch einmal im Libanon und in Jordanien. Was mich am meisten beeindruckt hat, war die Gastfreundschaft überall. Wildfremde Menschen luden uns zum Teetrinken ein, selbst wenn wir uns zum Teil nur mit Händen und Füßen verständigen konnten, weil wir den Dialekt nicht verstanden. Eine wirklich schöne Zeit." Sie seufzte. „Eine Schande, das mit dem Bürgerkrieg. Und eine Schande, dass so viele Menschen in Deutschland so eine Angst vor den syrischen Flüchtlingen haben. Ich habe dort nur nette, freundliche Menschen kennengelernt, egal ob Busfahrer, Verkäufer oder Bauern. Einmal waren wir mit einem älteren, extrem netten Taxifahrer unterwegs, der uns extra ein paar Sehenswürdigkeiten der Region gezeigt und uns dann noch seiner Familie vorgestellt hat. Und nein, er hat uns nicht abgezockt, er wollte letztendlich sogar nur das Benzingeld von uns haben. Das war einer der schönsten Tage in Syrien für mich gewesen."

Sie schüttelte traurig den Kopf. „Sicher gibt es auch genug schlechte Menschen, sicher sind mit den Flüchtlingsströmen auch ein paar Vollidioten nach Deutschland gelangt, aber gibt es die nicht überall?"

„Natürlich", erwiderte Mike und hielt vor einem großen Wohnblock. „Wir sind da."

Luisa kletterte aus dem Wagen. Die schwüle Hitze fühlte sich an wie eine Wand. Es kam ihr noch immer sehr heiß vor, sofort begann sie wieder zu schwitzen. Zum Glück gingen sie direkt nach drinnen. Dort war es wieder gut gekühlt, fast so gut, dass Luisa sich einen Pullover oder eine Jacke gewünscht hätte.

Mike steuerte auf die Aufzüge zu. Es ging hinunter in das erste Untergeschoss. Warum wohnt der alte

Freund im Keller?, fragte sich Luisa verwundert. Doch der Gang war gut ausgebaut, auch hier schien es normale Wohnungen zu geben. Mike klingelte und eine Frau öffnete die Tür.

„Mike, schön, dass du da bist. Und du musst Luisa sein. Willkommen in Dubai. Ich bin Sarah." Sie begrüßte sie mit einem Wangenküsschen.

„Hallo", piepste Luisa. Ihre Gedanken liefen Amok, als sie ihnen in ein karg möbliertes, aber stilvolles Wohnzimmer folgte. Wenn das Mikes alter Freund war ... Mike hatte Englisch gesprochen und das geschlechtsneutrale friend benutzt. Warum hatte sie da gleich an einen Mann gedacht? Immerhin hatte er nicht girl friend gesagt ... Wer sie wohl sein mochte? Vielleicht eine Ex-Freundin? Diese roten Haare ... Wow. Sie machte auf jeden Fall einen kultivierten und selbstsicheren Eindruck. Mike hingegen gab keinen Ton von sich. Steif ließ er sich auf dem Sofa nieder.

„Setz dich, Luisa", lud Sarah ein. „Möchtest du etwas trinken?"

„Wasser, bitte."

„Sicher? Wir haben alles da, Cola, Prosecco, Whiskey ..."

„Nein, Wasser ist genug, vielen Dank."

„Und du, Mike? Whiskey?"

„Nein, danke. Wasser."

„Noch immer abstinent?"

Mike zuckte die Schultern.

Hm, dachte Luisa. Ich habe Mike nie Alkohol trinken sehen. Will Sarah damit andeuten, dass er einmal ein Alkoholproblem hatte?

Sarah setzte sich und schlug ihre wohlgeformten Beine übereinander. Ihr beiges Business-Kostüm mit einem knielangen Rock schien Luisa nicht so ganz angemessen für diesen Anlass, den Besuch eines alten Freundes. Auch Mike schien sich wenig über die rothaarige Sarah zu freuen. Irgendetwas war hier faul.

„Und, wie gefällt dir Dubai?"

„Sehr schön. Alles wirkt so ... gewaltig. Fast überdimensioniert."

Sarah lächelte. „Was hast du schon alles gesehen?"

„Noch nicht viel, wir sind ja gerade erst angekommen."

„Es wird dir sicher gefallen. Ihr müsst unbedingt zum Burj al Arab."

„Das Luxushotel, das wie ein Segel geformt ist?"

„Ganz genau. Ihr zahlt Eintritt, aber dafür könnt ihr im Restaurant essen gehen. Es ist unbeschreiblich. Auch das Hotel Atlantis ist fantastisch." Sarah plauderte gewinnend über die Sehenswürdigkeiten von Dubai und Luisas Anspannung fiel allmählich von ihr ab. Eigentlich war diese Sarah doch ganz nett.

„Ich muss kurz etwas erledigen", warf Mike ein. „Ich bin in zwei, drei Stunden wieder da."

„Aber ..." Er will mich hier allein lassen?, dachte Luisa überrascht. Wo musste er denn nur immer hin?

„Bis später." Und er eilte aus dem Zimmer. Wenig später hörte sie die Eingangstür ins Schloss fallen.

„Nun, Luisa. Mike hat mir so viel von dir erzählt, da wollte ich dich unbedingt kennenlernen."

„Okay ... Was hat er denn erzählt?" Sie fühlte sich zunehmend unwohl. Warum hatte Mike sie mit dieser Frau allein gelassen?

„Ich weiß, du hast viel durchgemacht." Sarah schenkte ihr ein trauriges Lächeln, das wohl Mitgefühl ausdrücken sollte. „Aber du warst auch sehr tapfer."

„Hm."

„Und es ist beachtlich, dass du Mike verziehen hast."

„Was meinst du?" Nun, eigentlich hatte Sarah recht. Immerhin hatte Mike sie angelogen, was ihre Briefe betraf ...

„Nun, dass er dich als Köder benutzt hat, um Royce zu fangen."

Ihre Worte trafen Luisa wie ein Faustschlag in den Magen.

„Dass er das Risiko eingegangen ist, dass Royce dich entführt, foltert und vergewaltigt."

Wie ein Messer, das in Luisas Eingeweide drang.

„Und dass er zugelassen hätte, dass der General dich umbringt."

Nein, dachte Luisa. Nein. Das ...

„Du bist so bleich. Geht es dir nicht gut?"

Sarahs Worte drangen wie aus weiter Ferne an Luisas Ohr. Nein. Das konnte nicht wahr sein. Mike hatte nie ... Er hatte sie beschützt, er hatte sie in die Hütte gebracht, um sie zu retten, es hatte dieses Zeugenschutzprogramm gegeben ...

„Hast du das etwa nicht gewusst, Luisa? Aber du hast es doch selbst erlebt."

Sie erinnerte sich noch genau an Royce, wie er in ihr Zimmer eingedrungen war und sie gequält hatte ... Doch alles, was danach geschehen war, lag mehr oder weniger im Dunkeln. Sie wusste nur noch, dass Mike neben ihr gesessen war und sie verbunden hatte ...

„Mike und Harvey haben Royce zur Hütte gelockt, um ihm dort eine Falle zu stellen. Und sie haben mit dem General vereinbart, dass du, die Terroristin Luisa, dort sterben wirst."

Ein älterer Mann hatte mit einer Pistole auf sie gezielt. Sie hatte nach der Waffe auf dem Nachttisch gegriffen, doch Mike hatte sie ihr abgenommen ...

„Der Prozess", flüsterte sie. „Das Zeugenschutzprogramm ..."

„Lügen. Sie wollten Royce von Anfang an umbringen. Es wäre niemals zu einem Prozess gekommen. Ich wundere mich, dass du ihnen das alles geglaubt hast. Aber du warst natürlich allein, verängstigt, traumatisiert, verzweifelt. Und auf Mike angewiesen. Das verstehe ich."

Lügen. Mike hatte sie belogen. Hintergangen. Sarah hatte recht. Jedes ihrer Worte war die Wahrheit. Und die Wahrheit brannte in Luisas Innerem wie ein alles verzehrendes Feuer. Sie konnte nicht mehr hier sitzen, sie musste weg von hier. Sofort. Rasch schnappte sie sich ihre Tasche und sprang auf.

„Wo willst du hin, Luisa?"

Doch sie hörte nicht auf Sarah, eilte aus dem Wohnzimmer, riss die Tür zum Flur auf und stürmte hinaus, den langen Gang entlang. Da waren die Aufzüge, doch es gab auch eine Treppe. Sie konnte nicht warten, sie musste sich bewegen, laufen, dem Schmerz entkommen, der sie auffressen wollte. Eilig nahm sie je zwei Stufen auf einmal, durchquerte die Eingangshalle, stürmte nach draußen, rannte blindlings los, den von Straßenlaternen hell erleuchteten menschenleeren Gehsteig entlang. Mike hatte sie benutzt und belogen. Er hatte ihr nicht geholfen, sondern sie als Köder benutzt. Der ältere Mann hatte sie töten wollen und Mike hatte nichts getan, um ihr zu helfen. Irgendwie hatte sie dennoch überlebt. Frances, fiel ihr ein. Sie hatte ihre Partei ergriffen! Sie musste es gewesen sein, die die anderen umgestimmt hatte. Und Mike hatte sich deswegen wohl zu guter Letzt entschieden, sie doch zu retten, weil sie ihn dazu gezwungen hatte ... Oh, wie dumm sie gewesen war, wie dumm und naiv und leichtgläubig ... Tief in Gedanken versunken eilte sie weiter, bis sie mit einem Mann zusammenstieß, der wie aus dem Nichts vor ihr auftauchte.

„Entschuldigung", murmelte sie und wollte an ihm vorbei, doch er hielt sie am Arm fest. Und jetzt tauchte auch noch ein zweiter Mann auf, der sie an den Haaren zog. Luisa reagierte instinktiv und rammte dem ersten Angreifer das Knie in den Unterleib. Er ließ sie los und sie nutzte die Gelegenheit, um nach dem zweiten Kerl zu treten. Leider erwischte sie ihn nur am Oberschenkel, und er hob die Faust, um ihr ins Gesicht zu schlagen. Hastig duckte sie sich weg und trat noch einmal nach ihm. Diesmal erwischte sie ihn zwischen den Beinen und er heulte auf und fiel auf die Knie. Der andere Angreifer hatte sich mittlerweile wohl etwas erholt, denn er packte sie an der Schulter, doch sie rammte ihm den Ellenbogen heftig ins Gesicht und hörte, wie seine Nase brach. Ein weiterer Tritt in die Weichteile ließ auch ihn zu Boden gehen. Heftig trat sie beiden Männern gegen den Kopf, damit sie ja nicht noch einmal auf dumme Gedanken kamen, und blickte sich hektisch um. Ein Wagen parkte direkt neben ihr und gerade kam der Fahrer herbeigeeilt. In seiner Hand hielt er ein gefährlich gezacktes Messer.

„Es reicht, Schlampe", zischte er mit starkem arabischen Akzent.

Luisa blieb stehen. Ihr Herz pochte laut in ihrer Brust, wie hypnotisiert starrte sie auf die Klinge.

Er hob das Messer, trat nah zu ihr heran. „Du willst doch nicht verletzt werden. Wenn du dich fügst, wird es auch gar nicht so wehtun."

Luisa riss die Tasche hoch und stieß sie genau auf das Messer des Angreifers. Ein Tritt in den Unterleib, doch sie traf nicht richtig und er blieb stehen, holte mit der Klinge aus, rammte sie ihr in den Arm. Schmerz durchfuhr sie und Wut gleichermaßen, sie stach mit den Fingern nach seinem Gesicht, wie Frances es ihr beigebracht hatte. Er streifte sie mit dem Messer an der Hüfte, sie bekam sein Ohr zu packen und riss ihn daran nach unten und rammte ihm das Knie zwischen die Beine. Volltreffer. Er verlor das Gleichgewicht und stürzte. Heftig trat sie ihm gegen den Hinterkopf und hoffte, er würde sich längere Zeit nicht mehr rühren. Einer der ersten Angreifer stöhnte und war schon wieder dabei, sich aufzurichten, sie trat nach ihm und erwischte ihn an der Kehle. Er stieß ein gurgelndes Geräusch aus und klappte zusammen und Luisa drückte ihre zerfetzte Tasche an die Brust und rannte los. Ihre Sandalen klatschten viel zu laut auf das Pflaster, sie würden sie hören, ihre Flucht würde Aufsehen erregen. Schnell hier um eine Ecke, sich sammeln, langsamer laufen. Niemand war auf der Straße unterwegs. Sie brauchte ein Versteck und zwar möglichst schnell.

Ihr Smartphone vibrierte. Sie fingerte es aus ihrer zerfetzten Tasche. Mike.

„Luisa. Wo bist du?"

„Ich wurde überfallen. Drei Männer mit einem Auto." Sie wunderte sich über sich selbst, dass sie so klare Sätze formulieren konnte, bei dem Chaos in ihrem Kopf.

„Wo bist du?"

Sie blickte sich hektisch um. „Nicht so weit von Sarah. Ich bin aus dem Haus und dann rechts gegangen, lange geradeaus, bis ich überfallen wurde. Dann noch zwei mal rechts ..."

„Ich bin fast da. Ich komme, Luisa. Hab keine Angst. Ich fahre bereits die Straße entlang, am Haus von Sarah vorbei ... Da vorne sehe ich drei Kerle auf dem Bürgersteig, sie rappeln sich langsam auf ..."

Luisa kauerte sich hinter einen in einer Einfahrt geparkten riesigen amerikanischen Wagen. Das musste als Deckung reichen.

„So, ich biege zwei Mal rechts ab. Ich fahre langsam. Du kennst den Jeep. Kannst du mich sehen?"

Ein großer Geländewagen bog langsam um die Ecke, kam auf sie zu.

„Halt an", bat sie.

Der Jeep hielt.

Hastig verließ sie ihre Deckung, stürmte darauf zu, riss die Beifahrertür auf.

Mike starrte sie an. „Du bist verletzt!"

„Nicht so schlimm", keuchte sie und kletterte mühsam auf den Sitz.

Er fuhr los. „Was genau ist passiert?"

„Nichts."

„Nichts?! Drei Kerle haben dich überfallen, hast du gesagt. Ich sehe Blut an deinem Kleid."

„Einer hatte ein Messer, hat mich am Arm erwischt ..."

Mike hielt in einer Einfahrt. „Lass sehen, Luisa."

Er bückte sich und riss Stoff von ihrem Kleid.

„Hey", rief sie. Das war ihr schönstes neues Kleid gewesen.

„Es ist sowieso ruiniert", knurrte er und wickelte den Streifen fest um ihren Arm. Bisher hatte sie kaum Schmerzen gespürt, doch jetzt begann der Schnitt, dumpf und überaus unangenehm zu pochen.

Mike fuhr weiter, zog sein Smartphone aus der Tasche und sprach schnell auf Arabisch hinein. Luisa glaubte zu verstehen, dass er seinen Gesprächspartner um Hilfe bat. Sie dachte daran, was Sarah ihr eröffnet hatte. Erneut fühlte sie den bohrenden Schmerz in ihrem Bauch. Mike hatte sie verraten. Was, wenn er es noch einmal tat? Oder schon getan hatte? Wer waren diese drei Männer gewesen? War es Zufall, dass sie ihr aufgelauert hatten? Waren es wirklich nur drei Männer gewesen, die sie zufällig gesehen und beschlossen hatten, sie zu entführen? Oder steckte mehr dahinter?

„Wir übernachten bei einem Freund. So kannst du nicht in das Hotel zurück, das würde viel zu sehr auffallen. Er wird uns helfen. Keine Sorge. Es wird alles gut."

Wenig später hielten sie in einer Einfahrt. Luisa blieb erschöpft sitzen. Die Männer. Sarah. Mike. Das war alles zu viel. Sie wollte sich irgendwo zusammenrollen und schlafen. Vielleicht auch sterben.

„Komm." Mike trat um den Wagen herum, öffnete die Beifahrertür, schnallte sie ab und legte den Arm um ihre Schultern. Sanft hob er sie aus dem Jeep und stellte sie behutsam auf die Füße. Sie lehnte sich an ihn, ließ sich von ihm zum Haus führen. Ihr Arm schmerzte, ihr Bauch schmerzte, es war tröstlich, dass Mike sich um sie kümmerte, aber sein Verrat nagte an ihr.

Die Tür ging auf, ein älterer Mann in einem traditionellen arabischen Gewand empfing sie, wechselte mehrere Worte mit Mike, musterte sie besorgt, führte sie durch eine großzügige Eingangshalle hindurch in ein großes, luxuriös eingerichtetes Zimmer mit Küchenzeile, Badewanne und Sitzecke. Mike half ihr, sich auf das große Bett zu legen, eine junge Frau in Dienstmädchentracht brachte einen Verbandskasten. Der ältere Mann verschwand, Mike kümmerte sich um ihren Arm, zog ihr das Kleid aus, verband ihre Hüfte. „Was waren das für Männer? Kannst du sie beschreiben?"

Luisa erzählte, an was sie sich erinnerte, Mike drückte ihr zwei Pillen und ein Glas Wasser in die Hand und sie schluckte alles herunter. Er hatte sie verraten, aber er war gerade alles, was sie hatte. Sie war allein, hilflos, ausgeliefert in einem fremden Land. Sie brauchte ihn.

Die Pillen machten sie müde und dämpften den Schmerz, aber dennoch konnte sie nicht einschlafen.

„Sarah, versprich mir, dass du damit nichts zu tun hattest." Mikes gedämpfte Stimme riss sie aus ihrem Halbschlaf. „Sie wurde von drei Männern überfallen, keine dreihundert Meter von deinem Haus entfernt." Er schwieg, hörte zu. „Ich glaube nicht an einen Zufall. Ja, sieh zu, dass du etwas darüber herausfindest."

Wenig später hörte sie Schritte. Er trat zu ihrem Bett. Sie kniff die Augen zusammen, bewegte sich nicht und spürte, wie er sie behutsam zudeckte. Er seufzte laut, tappte durch das Zimmer, schloss die Tür.

Luisa atmete tief durch. Er war ihr so nah, er kümmerte sich um sie, und doch hatte er ihr so viele Dinge angetan ... Sie belogen, sie beinahe sterben lassen ... Wie sollte sie ihm je wieder vertrauen können? Immerhin, mit dem Überfall schien er nichts zu tun zu haben. Oder war auch das nur Theater gewesen? Was, wenn er gewusst hatte, dass sie nicht schlief? Wenn auch das nur inszeniert war, wie das Zeugenschutzprogramm? Wie konnte sie noch länger bei ihm bleiben, wenn sie ihm nicht vertrauen konnte? Jonas war immer ehrlich zu ihr gewesen. Er hatte sie nie betrogen, jedenfalls nicht, soweit sie wusste. Und er war ein verdammt schlechter Lügner, sie wusste immer sofort, wenn er ein schlechtes Gewissen hatte ... Warum nur war sie gegangen? Gut, er hatte sie bis aufs Blut gereizt in den letzten Tagen, doch auch für ihn musste es schwierig gewesen sein ... Und Luisa stellte fest, dass sie sich nichts sehnlicher wünschte, als diesem Albtraum zu entfliehen. Sie musste hier weg und zurück nach Deutschland und Mike verlassen und vergessen. Es gab keine andere Möglichkeit. Was sollte sie allein machen, wo sie doch als Terroristin gebrandmarkt war?

Was, wenn die Polizei von Dubai nun nach ihr fahndete? Vielleicht sollte sie sich an die deutsche Botschaft wenden? Doch was, wenn sie erklären musste, was sie hier gemacht hatte? Würde sie sich nicht überaus verdächtig machen?

Mühsam rappelte sie sich auf. Neben dem Bett lagen ihr zerrissenes Kleid und ihre zerfetzte Tasche. Zum Glück hatte sie ihren Reisepass bei sich, ihr Smartphone und auch Mikes Kreditkarte. Jetzt musste sie nur noch die Flucht ergreifen. Rasch trat sie hinaus auf den Balkon. Doch sofort machte sich Ernüchterung in ihr breit. Das Grundstück war von hohen, glatten Mauern umgeben. Es machte keinen Sinn, in den Garten zu klettern. Aber vielleicht ... auf das Dach? Sie blickte nach oben. Ein Flachdach, wie bei den meisten arabischen Häusern.

Möglichst leise führte sie ihr Werk aus. Ihr Arm schmerzte und es fühlte sich wackelig auf dem Stuhl an, Schwindel erfasste sie, beinahe wäre sie gefallen. Geistesgegenwärtig stützte sie sich an der Hauswand ab, schloss die Augen, atmete tief durch. Dann legte sie die Hände auf die Kante und zog sich langsam nach oben. Ihr Arm schmerzte höllisch, doch aufgeben kam nicht in Frage. Sie konnte nicht hier bleiben. Mit letzten Kräften zog sie sich hoch und robbte auf das Dach. Erschöpft blieb sie liegen. War das eine gute Idee? Sollte sie nicht vielleicht einfach Mike sagen, dass sie nach Hause wollte? Nein. Sie konnte ihm nicht trauen. Sie durfte ihn nicht wieder sehen.

Entschlossen setzte sie sich auf und sah sich um. In der Mitte befand sich ein betonierter Würfel mit Tür, vermutlich der Treppenaufgang. Es schien ihr zu gefährlich, ihn zu benutzen. Mal sehen. Hier war sie nach oben geklettert. Auf der anderen Seite ging es zu einem weiteren Garten, der ebenfalls mit hohen Mauern umgeben war und in dem sich ein Swimmingpool befand. Dazu gab es hohe Palmen, aber auch Büsche, die guten Sichtschutz versprachen, sowie eine Sitzecke mit Gartenmöbeln. Wenn sie diese auftürmte, konnte sie über die Mauer turnen und würde in der Garageneinfahrt landen und von dort fliehen können. Noch einmal umrundete sie das Dach. Die Balkone waren alle zu den Gärten gewandt und nicht zur Straße. Nein, nur der Weg durch den Garten versprach, zum Ziel zu führen.

Langsam robbte sie an den Rand des Daches, atmete tief durch, hielt sich fest und schwang die Beine nach unten. Ein stechender Schmerz durchfuhr sie, als ihr Körpergewicht nur noch von den Armen gehalten wurde. Verzweifelt versuchte sie, mit den Beinen Halt zu finden, doch ihre Finger rutschten über den glatten Beton, fanden keinen Halt mehr und sie stürzte in die Tiefe.

Das war es, dachte sie und wappnete sich für den harten Aufprall, als sie unter lautem Krachen in einen Busch fiel. Benommen blieb sie ein Weilchen liegen, wo sie lag. Und dann hielt sie still und lauschte. Hatte jemand ihr Fallen bemerkt? Doch alles blieb ruhig. Leise und mühsam krabbelte sie aus dem Gestrüpp. Immerhin hatte sie sich nichts gebrochen, der Busch hatte ihren Sturz gebremst. Allerdings hing ihr Kleid in Fetzen herunter und war voller Blut von den kleinen Zweigen, die sie überall zerkratzt hatten. So konnte sie unmöglich aus dem Garten fliehen. Sie würde vernünftige Kleidung brauchen. Das hieß, sie musste in das Haus einbrechen und hoffen, das Zimmer einer Frau oder zumindest das des Dienstmädchens zu finden.

Mühsam richtete sie sich auf. Alles schmerzte, ihre Knie zitterten. Also zum Haus. Hoffentlich stand die Tür offen. Langsam torkelte sie drei Schritte darauf zu und verharrte. Auf der Terrasse erschien eine Gestalt, eine Frau in einem Nachthemd. Gut. Das war es dann wohl. Sie würde schreien, alle wecken und Luisa brauchte eine verdammt gute Ausrede.

Doch die Frau schrie nicht. Luisa schleppte sich eilig auf die Tür zu und die Frau trat zur Seite und ließ sie in ein hübsches Zimmer, ähnlich eingerichtet wie das, in dem sie geschlafen hatte, mit gewaltigem Himmelbett, riesigem Whirlpool und einem gigantischen Fernseher.

Die Frau trug ein langes, weißes, ärmelloses Nachthemd, ihre langen, schwarzen Haare glänzten seidig und sie hatte eine enorme Schicht Make-up aufgelegt, so dass es unmöglich war, zu sagen, ob sie hübsch war oder nicht, oder gar ihr Alter zu schätzen.

„Bitte hilf mir. Ich bin auf der Flucht vor einem Mann und brauche frische Kleidung", raunte Luisa der Frau auf Arabisch zu.

Die Fremde nickte, öffnete eine Tür und gab den Blick auf ein gewaltiges Ankleidezimmer frei. „Ich habe gesehen, wie er dich hergebracht hat. Was hat er dir getan?", fragte sie auf Englisch.

„Er ... er hat mich verraten."

„Verraten? Hat er dich entführt?"

„Ich ..." Luisa schüttelte den Kopf. „Eine lange Geschichte."

„Ich bin Aziza."

„Luisa."

Sie lächelten sich an.

„Du kannst eine abaya haben", schlug Aziza vor und zog ein langes, fließendes Gewand aus dem Schrank. „Aber es wird schwer, von hier zu entkommen."

„Ich klettere über die Mauer."

„Und dann? Du kannst kein Taxi nehmen. Als Frau allein kannst du leicht Opfer von Übergriffen werden."

„Ich weiß mir zu helfen", knurrte Luisa.

„Das glaube ich dir. Aber wenn die Polizei dich aufgreift ..."

Gutes Argument.

„Wo willst du überhaupt hin?"

„Zum Flughafen. Ich muss zurück nach Deutschland."

„Bist du mit ihm verheiratet?"

„Was? Mit Mike? Nein."

„Also denkst du, dass sie dich ausreisen lassen?"

„Ich hoffe es." O Gott, was wenn sie ihr am Flughafen Probleme machen wollten?

„Ich kann dir helfen, wenn du willst."

„Was?" Luisa blickte sie verwirrt an.

„Ich kann dir helfen, zum Flughafen zu kommen."

„Das ... Das ist unglaublich großzügig von dir. Aber warum willst du das tun?"

Sie zuckte die Schultern. „Ich weiß, was es heißt, eingesperrt und einem Mann ausgeliefert zu sein. Warum soll ich dir da nicht helfen?"

„Danke." Luisa musste schlucken. „Bist du die Frau von ..." Sie wusste nicht einmal, wie ihr Gastgeber hieß.

„Nein, nein. Das ist mein Vater. Aber ich war verheiratet." Ein Schatten lief über ihr Gesicht. „Nun, reden wir nicht davon. Zieh diesen Fetzen aus und lass mich sehen, was ich tun kann."

Aziza konnte überraschend viel tun. Sie brachte einen Verbandskasten und saubere Kleider, bestehend aus einer Garnitur Reizwäsche, einer Jeans und einem bunten Shirt. Luisa wusch sich, versorgte die unzähligen Kratzer, so gut es ging, und zog die Klamotten an. Über ihr Smartphone und PayPal buchte sie einen Flug von Dubai nach Berlin für den nächsten Tag. „Ich weiß nicht, wie ich dir danken kann, Aziza", seufzte sie schließlich.

„Es freut mich, dir helfen zu können." Sie lächelte. „Endlich mal wieder ein Abenteuer. Du ahnst nicht, wie langweilig es hier ist. Ich würde auch gerne reisen. Ich meine, richtig allein und frei reisen. Mein Vater hat eine Jacht, und wir fahren jedes Jahr in den Libanon und auch nach Frankreich, aber ich kann keinen Schritt allein gehen, immer habe ich einen Aufpasser dabei."

„Das tut mir leid." Luisa konnte sich so ein Leben überhaupt nicht vorstellen. Wenn sie sich die luxuriöse Villa ansah, schien es nichts zu geben, was Aziza fehlten könnte ... Außer Freiheit. „Wenn ich etwas für dich tun kann ..."

„Da gäbe es etwas ..."

„Und was?"

„Kommst du mit deinem Handy ins Internet?"

„Ja, natürlich", antwortete Luisa verwundert. „Es ist sicher nicht günstig, aber ..."

„Aber du kannst damit WLAN nutzen? Und telefonieren, mit wem du willst?"

„Ja ..." Langsam ahnte sie, worauf Aziza hinauswollte.

„Ich würde gerne jemanden anrufen ... Mein Handy ist alt und es hat eine Sperre, sodass ich damit nur mit meinem Vater und mit meinen Geschwistern telefonieren kann und allein kann ich nicht im Internet surfen ... Ich würde gerne jemanden anrufen, ich gehe über das WLAN vom Nachbarshop, das ist komplett offen, und ich mache es über den Messanger, dann kostet es nichts ..."

„Hier." Luisa reichte Aziza ihr Handy. „Du kannst es behalten." Jonas hatte es ihr gerade erst geschenkt, aber es war nicht allzu teuer gewesen und sie konnte sich jederzeit ein neues kaufen.

„Was? Wirklich? Danke. Vielen Dank!" Aziza strahlte sie an.

„Gib mir nur die SIM-Karte", bat Luisa. „Du kannst das WLAN ja auch so nutzen." Sie wollte nicht, dass Jonas einen Herzinfarkt bekam, wenn Aziza auf die Idee kommen sollte, über die SIM-Karte zu telefonieren und Jonas die Kartenabrechnung bekam ...

„Ja, natürlich, und wenn ich telefonieren möchte, dann tausche ich die SIM einfach", nickte Aziza eifrig.

„Danke. Vielen Dank. Bist du sicher, dass du das Handy nicht brauchst?"

„Ganz sicher", bekräftigte Luisa. Azizas Leben schien ihr unvorstellbar. Ein Leben, das so von den männlichen Angehörigen kontrolliert wurde, dass eine Frau nicht einmal telefonieren konnte, mit wem sie wollte, ja, noch nicht einmal einfach so das Internet nutzen konnte ...

„Komm, ich zeig dir was." Aziza hatte sich bereits in das WLAN eingeloggt, jetzt öffnete sie ein Social-Media-Profil. Hassan Moha stand da, neben dem Bild eines jungen Mannes mit dunklem, dichten Haar, hellen braunen Augen und einer kleinen Narbe auf der linken Wange. „Das ist habibi. Mein Freund."

„Sieht gut aus", stellte Luisa pflichtschuldig fest. „Wie habt ihr euch kennengelernt?"

„Sein Vater und mein Vater waren Freunde. Hassan hat uns manchmal besucht. Ich habe ihm vom Garten aus beobachtet und Ayla, das Dienstmädchen, hat ihm irgendwann meine Telefonnummer zugesteckt. Wir haben viel gechattet und uns auch ein paar Mal heimlich hier im Garten getroffen. Er wollte um meine Hand anhalten, doch mein und sein Vater haben sich heftig gestritten und eine

Hochzeit war undenkbar. Mein Vater hat daraufhin mehrere junge Männer zu sich eingeladen, die ich heimlich begutachten durfte, um unter ihnen meinen Mann zu erwählen. Ich wollte nur Hassan, doch das durfte ich nicht zugeben und mein Vater bestand darauf, mich zu verheiraten. Also entschied ich mich für Karim. Mein Vater mochte ihn nicht besonders, aber er war froh, dass ich mich endlich entschieden hatte. Karim hatte noch keine Frau, aber er war viel unterwegs. Im Ehevertrag hatte mein Vater mit ihm vereinbart, dass er mich fragen muss, wenn er eine zweite Frau nehmen möchte. Als ich nicht schwanger wurde, bat ich ihn um die Scheidung und er hat eingewilligt. Aber weißt du, warum ich nicht schwanger wurde?"

„Nein."

„Weil ich heimlich Verhütungsmittel genommen habe." Sie grinste. „Ich habe dafür gesorgt, dass Karim sich nicht in mich verliebt hat, und so war er ganz froh, dass er einen Grund hatte, mich nach einem Jahr loszuwerden."

„Wow." Luisa schüttelte fassungslos den Kopf.

„Und nun wohne ich wieder bei meinem Vater und warte darauf, mit Hassan durchzubrennen. Und durch dein Smartphone habe ich endlich wieder die Gelegenheit, frei mit ihm zu chatten. Ich muss dir danken, Luisa."

„Nein, Aziza, ich muss dir danken."

Sie unterhielten sich noch die restliche Nacht und Luisa bekam immer mehr Achtung vor der eingesperrten Aziza, die bereit war, allen Widerständen zum Trotz für ihre Zukunft zu kämpfen.

Irgendwann musste sich Luisa in der Kleiderkammer verstecken, während Aziza zum Frühstück ging. Hoffentlich sagt sie die Wahrheit, bangte sie. Hoffentlich geht sie nicht zu Mike oder ihrem Vater und erzählt ihnen alles. Als sie schließlich Schritte hörte, war sie sicher, Mike gegenüberzustehen. Doch es war tatsächlich Aziza. „Zieh dir die abaya an. Wir müssen gleich los. Ich gehe vor, du folgst mir einfach zum Wagen. Sattar weiß Bescheid."

„Wer ist Sattar?"

„Einer unserer Angestellten. Keine Angst, ich vertraue ihm. Weißt du, es ist komisch", meinte sie, während sie Luisa im Ankleidezimmer half, in die abaya zu schlüpfen und den Gesichtsschleier anzulegen. „Inder gelten hier nicht als Männer. Ich darf nicht mit arabischen Männern zusammen sein, die ich theoretisch heiraten könnte, mich wohl aber von indischen Angestellten chauffieren lassen. Sattar hat mich einmal beim Chatten mit Hassan ertappt. Damit er mich nicht verrät, habe ich ... du weißt schon. Ihn befriedigt. Und jetzt macht er alles für mich. Wenn ihn jemand nach dir fragt, wird er sagen, dass du meine Cousine bist, die er auch in unser Haus gelassen hat. Er fährt dich direkt zum Flughafen. So. Hier noch die Handtasche mit deinen Sachen. Fertig."

Luisa blickte durch den Schleier vor ihrem Gesicht in den Spiegel und sah nur eine schwarze, verhüllte Gestalt. Gruselig. Aziza schlüpfte ebenfalls in ihre abaya, auch sie griff zum Gesichtsschleier.

Luisa folgte ihr nach draußen, wo ein junger, hübscher Inder die Wagentüren für sie öffnete. Wie Aziza gesagt hatte, fuhr er sie direkt zum Flughafen, wo sie sich im Wagen voneinander verabschiedeten.

„Hier ist meine Telefonnummer", meinte Aziza und steckte ihr einen Zettel zu. „Du kannst mir schreiben."

„Das werde ich."

Sie umarmten sich zum Abschied, dann kletterte Luisa aus dem Jeep und betrat die Eingangshalle.

Sollte sie die abaya anlassen oder ausziehen? Der schwarze Schleier vor ihren Augen irritierte sie furchtbar. Sie bewegte sich langsam und vorsichtig, um auch ja mit niemandem zusammenzustoßen. Gott, wie machten denn das die arabischen Frauen? Und wie würde das erst bei der Sicherheitsschleuse und der Passkontrolle sein? Sie war heilfroh, dass sie den Check-In bereits über das Internet gemacht und auch kein Gepäck dabei hatte, das sie hätte aufgeben müssen.

Doch wo musste sie jetzt hin? Gott, dieser Flughafen war wirklich gigantisch. Sie entschied sich schließlich, die abaya weiter zu tragen, zumindest bis in den Duty-Free-Bereich hinein. So. Wo musste sie hin? Am liebsten hätte sie sich den Schleier vom Gesicht gerissen. Ah, da vorne, da ging es zur Sicherheitsschleuse.

Ihr Herz pochte laut, als sie sich in die Schlange stellte. Sie legte die Tasche, die sie von Aziza bekommen hatte, in einen Korb und passierte dann vollverschleiert den Körperscanner. Die Flughafenangestellte achtete nicht weiter auf sie. Nichts zu beanstanden. Puh! Sie schnappte sich ihre Tasche und betrat den Duty-Free-Bereich. Noch war es nicht vorbei, schließlich musste sie auch noch durch die Passkontrolle am Gate. Jetzt nur kein Aufsehen erregen ... Ziellos irrte sie eine Weile durch die Geschäfte und tat so, als ob sie sich für die ausgestellter Ware interessierte, sie nahm erst ein Stück Seife, dann einen Schal und schließlich eine Wodka-Flasche in die Hand, die sie beinahe fallen ließ, als ihr siedend heiß bewusst wurde, dass sie noch immer verschleiert war. Hastig blickte sie sich um, doch entweder hatte niemand bemerkt, was sie getan hatte oder eine vollverschleierte Muslimin, die sich für Alkohol interessierte, war doch nicht so ungewöhnlich, wie sie befürchtet hatte.

Hastig floh sie auf die Toilette, in der Absicht, sich bis zum Boarding in einer der Kabinen zu verstecken. Doch sie wusste nicht, wie spät es war und konnte nicht einschätzen, wie schnell die Zeit verging. Verdammt, warum hatte sie nur ihr Smartphone bei Aziza gelassen! Nach einer endlos quälenden Wartezeit verließ sie die Toilette wieder und stellte fest, dass lediglich zehn Minuten vergangen waren.

Nun, dachte sie verzagt. Dann kann ich auch gleich durch die Passkontrolle gehen, dann habe ich wenigstens das hinter mir. Ihr Herz schlug hart in ihrer Brust, als sie die Schlange zum Gate sah. Und jetzt? Was musste sie tun, um vollverschleiert in den Boarding-Bereich zu gelangen?

Hektisch musterte sie die ausreisenden Passagiere. Da, eine weitere Gestalt mit Gesichtsschleier. Sofort stellte sie sich in die selbe Reihe.

Die Kontrolle wurde von einer stark geschminkten, jungen Frau in traditioneller schwarzer Kleidung, mit Kopftuch undfreundlichem Lächeln durchgeführt. Schon war die verhüllte Gestalt vor ihr dran. Sie zeigte ihren Pass und hob den Gesichtsschleier an, sodass dieFrauihr Gesicht sehen konnte. So wurde das also gemacht. Gut. Blieb nur zu hoffen, dass weder Mike noch Sarah noch die Polizei noch Interpol oder sonstirgendjemand sie festnehmen würde ...

Es ging vorwärts, schon bald war nur noch eine Person vor ihr am der Reihe. Luisa bemühte sich um eine ruhige Atmung. Nur nicht nervös wirken. Ruhig musste sie bleiben und Selbstbewusstsein ausstrahlen.

Jetzt war sie dran. Langsam trat sie vor, steckte den Pass durch die Öffnung im Panzerglas.Die Frau öffnete das Dokument, schaute lange hinein, maß Luisa mit kritischem Blick. Dann sagte sie etwas, das Luisa nicht verstand. Hastig hob sie ihren Gesichtsschleier und blickte die Frau ernst an. Ich sollte fliehen, dachte sie. Alle umwerfen und so schnell wie möglich von hier verschwinden. Sollen sie mich doch erschießen, alles besser als ... In dem Moment nickte die Frau und hielt ihr den Pass hin. Luisa nahm ihn entgegen, zog den Schleier herunter und marschierte in den Boarding-Bereich.

Sie nahm Platz und blieb reglos sitzen, bis das Boarding nach schier endlosem, quälendem Warten endlich begann. Die letzte Hürde. Sie atmete tief durch und reihte sich ein. Viele Touristen flogen mit, aber auch mehrere Männer in weißen, langen Gewändern sowie mehrere Frauen mit schreienden kleinen Kindern. Noch drei Leute vor ihr. Sie würde es schaffen. Es würde alles glatt gehen. Noch zwei Leute vor ihr. Dort, ein paar Meter weiter, war das nicht Mike? Ihr Magen krampfte sich zusammen. Sie blickte noch einmal hinüber. Nein. Gott sei Dank.

„Ihren Bording-Pass, bitte." Oh, sie war schon an der Reihe. Hastig zeigte sie das Ticket.

„Guten Flug!"

Kaum ein Platz im Flugzeug war noch frei. Sie saß am Gang, neben zwei lautstark redenden älteren arabischen Frauen. Und das Flugzeug wollte nicht abheben.

„Sehr geehrte Damen und Herren, aufgrund von Unstimmigkeiten mit der Bodencrew verzögert sich der Abflug um etwa eine halbe Stunde."

Das konnte doch nicht wahr sein! Das war doch nicht etwa Mike, der doch noch versuchte, sie aufzuhalten? Quälend langsam verging die Zeit. Immerhin zeigte die Uhr auf dem Bildschirm vor ihr die richtige Zeit an.

Und jetzt? Was geschah jetzt? Konnte es wirklich sein?

Doch! Das Flugzeug bewegte sich langsam auf das Rollfeld hinaus. Es ging los. Sie würde nach Deutschland zurückkehren. Erleichterung erfüllte sie. Bald darauf erloschen die Anschnallzeichen und der Boardservice begann. Eine vollverschleierte Frau aus der Reihe vor ihr stand auf und ging zur Toilette. Luisa stellte fest, dass sie Durst hatte. Was mache ich jetzt mit der abaya?, fragte sie sich bang. Am Flughafen in München würde sie damit sicher Aufsehen erregen ... Sie überlegte noch angestrengt, was sie tun sollte, als eine junge Frau mit prachtvollem schwarzen Haar und enger Jeans sich auf dem Platz der vollverschleierten Frau setzte. Rasch folgte sie ihrem Beispiel, eilte auf die Toilette und streifte den schwarzen Kittel ab. Wenig später genoss sie einen Kaffee und ein Glas O-Saft, lehnte sich zurück und schloss die Augen. Die schlimmste Anspannung fiel von ihr ab.

Blieb noch die Frage – was sollte sie tun, wenn sie zurück war? Eigentlich wollte sie nichts anderes, als zurück zu Jonas, wenn sie es sich recht überlegte. Keine gefährlichen Abenteuer mehr. Keine Männer mehr, die sie attackierten, die sie töten, sie verraten und belügen wollten. Sicher sein. Das wollte sie. Ein ruhiges, geordnetes Leben. Einen verlässlichen Partner. Doch ob er sie nach alldem überhaupt noch haben wollte? Nun, sie würde es versuchen. Sie würde vielleicht zunächst bei ihren Eltern schlafen müssen, aber auch das würde sie überstehen. Und wenn sie viel Glück hatte, würde er ihr verzeihen. Sie brachte ihm nicht vielleicht mehr die ganz große Liebe entgegen, wie damals, als sie frisch zusammen waren, als sie ihn auf der Silvesterparty ihrer Freundin Kathrin kennengelernt hatte. Sie war betrunken gewesen und er ihr den ganzen Abend nicht von der Seite gewichen, wie ein treuer Wachhund. Wie lieb er sich auch am Morgen um sie gekümmert hatte, trotz gewaltigem Kater. Er hatte sie nach Hause gefahren und am nächsten Tag angerufen, um sich nach ihrem Zustand zu erkundigen. Sie hatten sich dann öfter getroffen, waren zusammen ins Kino gegangen und zum Wandern in die Berge und so ganz allmählich hatte es sich entwickelt. So viele Jahre hatten sie miteinander gelebt, Höhen und Tiefen gemeinsam gemeistert. Aber sie kannte ihn, und er kannte sie, und sie wussten, was sie aneinander hatten. Sie würden es schaffen.

„Sie fliegt zurück nach Deutschland", meinte Sarah zu Mike, kaum dass sie sich neben ihn gesetzt hatte. „Ich habe sie gehen lassen. Sie sitzt schon im Flugzeug. Ich denke, es ist besser so."

„Ja." Es war auf jeden Fall besser so. „Ich wüsste nur gerne, wie sie verschwinden konnte und wo sie die ganze Zeit gewesen ist."

„Vielleicht ist sie irgendwo eingebrochen, um neue Kleidung zu besorgen, vielleicht hat sie auch einen Wagen gestohlen. Aber das spielt jetzt keine Rolle mehr. Sie hat sich entschieden zu gehen und damit ist es gut. Ich muss sie nicht länger behelligen."

„Was genau hast du ihr gesagt, Sarah?"

„Nichts Besonderes. Ich habe sie nur nach ihrer Zeit mit dir und Harvey gefragt und das hat sie so aufgewühlt, dass sie davongerannt ist. Ich wusste nicht, dass sie das so erschrecken würde."

„Ja, sie hielt sich eigentlich ziemlich tapfer", nickte Mike. „Damit habe ich auch nicht gerechnet."

„Wenn ich gewusst hätte, dass ihr diese Typen

auflauern würden ..." Sarah schüttelte betrübt den Kopf.

„Und du weißt nach wie vor nicht, wer das war?" Schon merkwürdig, dass Sarah bislang nichts herausgefunden hatte.

„Nein, Mike. Wir haben keine Spuren. Es gibt auch keine polizeiliche Untersuchung. Wer weiß, vielleicht waren das die Söhne reicher Eltern, die Lust auf ein ... erotisches Abenteuer hatten. Du weißt, was ich meine. In Dubai wird so etwas gerne mal unter den Teppich gekehrt. Luisa könnte uns vielleicht helfen, die Angreifer zu identifizieren, doch ich glaube, wir beide wollen sie nicht damit belästigen."

„Nein." Auf keinen Fall. Es war gut so, wie es war. Sie hatte noch die Chance auf ein normales Leben. Er hätte ihr niemals helfen dürfen, hätte sie in München überzeugen müssen, dort zu bleiben. Doch jetzt hatte sie noch einmal erlebt, wie gefährlich die Welt jenseits ihres ruhigen Vororts war. Das würde sie sicher von weiteren Abenteuern abhalten.

„Und du sagst, sie hat drei Männer zusammengeschlagen, von denen einer ein Messer hatte?" Sarah schüttelte ungläubig den Kopf.

„Ja." Er konnte es selbst kaum fassen. Doch er hatte die Kerle auf dem Gehsteig liegen sehen und keinen Grund, an Luisas Worten zu zweifeln. Wie hatte sie das nur geschafft? Frances hatte gemeint, dass sie trainiert hatten und dass sich Luisa wider Erwarten passabel angestellt hatte, aber mit drei Männern fertig zu werden ... Er musste zugeben, dass er ziemlich stolz auf Luisa war. „Und du wirst weiterhin auf sie aufpassen, Sarah?"

„Natürlich, Mike."

„Nun dann." Er streckte sich. „Du hilfst mir, ich helfe dir. Das habe ich dir versprochen. Was kann ich nun für dich tun?"

„Das weißt du doch."

Er runzelte die Stirn.

„Jetzt tu nicht so unschuldig", lachte sie auf. "Mein Angebot von damals steht noch. Und die Umstände haben sich geändert."

Oh. Das meinte sie. Es war vor einigen Jahren gewesen, sie hatten sich in London in einem Pub getroffen. Er hatte nichts getrunken, sie umso mehr. Dennoch hatte sie sich unter Kontrolle gehabt, dessen war er sich sicher. "Begleitest du mich noch zu meinem Wagen?", hatte sie gefragt.

Pflichtschuldig war er ihr in eine dunkle Seitenstraße gefolgt. Im schummrigen Schein der trüben Straßenlaternen zog sie die Bluse aus dem Rock und öffnete nacheinander die Knöpfe.

Er stand wie erstarrt. Nach Isabella hatte er mit keiner Frau mehr geschlafen.

„Komm, nimm mich, du Hengst", lachte sie.

Er blieb stehen. Er hatte nicht die geringste Lust darauf, das zu tun, was ihr vorschwebte. Sein Instinkt riet ihm jedoch, vorsichtig zu sein. Letztendlich war sie seine Vorgesetzte.

Sie blickte ihn erwartungsvoll an. "Was ist los?"

„Ich kann nicht", murmelte er. "Du bist attraktiv, und unter anderen Umständen ..." Dann hatte er sich umgedreht, hatte sie stehen gelassen und war gegangen. Sie hatte den Vorfall nie wieder erwähnt und er hatte es vergessen. Sie aber offenbar nicht.

„Es war nicht nett von dir, mich halb nackt stehen zu lassen", unterbrach sie seine Gedanken.

„Sarah ..." Nein, es war vielleicht nicht nett gewesen, aber sie hatte ihn überrumpelt. Und überhaupt ... Er hatte keine Lust auf Spielchen. "Willst du, dass ich mit dir schlafe, damit du Luisa beschützt?", fragte er freiheraus.

„Würdest du es tun?", fragte sie und beugte sich

ein Stück vor.

Großer Gott, dachte er.

Da lachte sie auf. „Entspann dich, Mike. So nötig habe ich es nicht. Ich komme auf dich zu, wenn ich dich brauche. Was möchtest du jetzt überhaupt tun? Suchst du einen neuen Job? "

Er zuckte die Achseln. „Nein, ich denke, ich mache Urlaub. Vielleicht gehe ich angeln." Irgendwohin, wo es ruhig war. Vermutlich in sein Elternhaus in Cornwall. Er würde etwas finden.

„Gut, Mike. Dann geh angeln. Mach's gut." Sie stand auf, schenkte ihm ein Lächeln und schwebte von dannen.

Sie ist gefährlich, dachte er sich. Aber sie ist die einzige, die auf Luisa achtgeben kann. Und was kann Sarah schon von ihr wollen? Und er ignorierte dabei die dunkle Ahnung, die ihn schon die ganze Zeit quälte, nämlich dass es noch längst nicht vorbei war.

Der Quälgeist an der Tür wollte und wollte nicht aufhören zu klingeln.

„Leg das verdammte Paket doch einfach vor die Tür", knirschte Jonas. Er hatte keine Lust, mit irgendjemandem zu reden. Erst recht nicht mit dem verdammten Paketboten. Er wollte einfach nur zocken und versuchen, nicht an Luisa zu denken.

Doch wer auch immer da draußen stand, er ließ sich nicht abwimmeln. Wieder und wieder betätigte er den Klingelknopf. Er schien zu wissen, dass jemand zu Hause war.

Schließlich gab Jonas auf. Müde schnappte er sich seinen Pullover, schlurfte zur Tür, riss sie auf und erstarrte. Vor ihm stand Luisa, bleich, mit wirren Haaren. Er konnte den Blick nicht abwenden und brachte keinen Ton hervor.

„Es tut mir leid", sagte sie und quetschte sich an

ihm vorbei nach drinnen.

Fassungslos drückte Jonas die Tür ins Schloss und folgte ihr ins Wohnzimmer, wo sie sich bereits in einen Sessel gesetzt hatte.

„Es tut mir leid", sagte sie noch einmal. „Ich weiß, ich war überhaupt nicht nett zu dir."

„Ich ..." Er rang nach Worten, doch ihm wollte nichts Vernünftiges einfallen.

„Ich ... ich habe einfach Zeit gebraucht, aber ich bin mir jetzt sicher, ich möchte hier bleiben. Hier bei dir. In dieser Wohnung. Und vielleicht irgendwann bald in einem eigenen Haus. Ich weiß, das muss dich jetzt völlig verwirren, aber ich war außer mir ... Jetzt sind meine Gedanken ganz klar. Ich kann verstehen, wenn dich das überrascht. Wenn du möchtest, gehe ich erst einmal wieder zu meinen Eltern. Ich kann auch ins Gästezimmer ziehen, wenn es dir lieber ist. Aber ..."

Jonas schüttelte nur den Kopf. „Ich ... weiß nicht."

Sie nickte. „Ich ... Ich kann dir nicht alles erzählen. Aber einen Teil schon. Du darfst nur mit niemandem darüber reden. Und ich werde Zeit brauchen, um alles zu verarbeiten, und du darfst mich auch nicht fragen, was in den letzten drei Wochen passiert ist. Du wirst sowieso merken, dass ich schon wieder verletzt bin."

„Was?" Ihre Worte trafen ihn wie ein Schlag in die Magengrube, er schüttelte entsetzt den Kopf.

„Jonas ... Ich kann dir nicht verraten, wie und wo das passiert ist. Aber das Folgende, das solltest du wissen. Sicher erinnerst du dich, wie ich damals nach London geflogen bin, um für meine Firma ein englischsprachiges Vertriebsteam auf die Beine zu stellen ..."

Und dann erzählte sie ihm eine Geschichte, so unglaublich, wie er sie sich nie hätte träumen lassen.

Wie sie nachts in London von ein paar Männern verfolgt worden war und sich versteckte hatte. Wie sie die Waffe aufgehoben hatte, die auf dem Boden neben einem röchelnden Mann lag. Wie viel Angst sie gehabt hatte, als sie Royce vorgeführt wurde und wie sie ihn mit mehr Glück als Verstand niederschießen konnte. Wie sie mit Mike floh und er sie in die Highlands verschleppte. Sie erzählte ihm von Mikes angeblichem Zeugenschutzprogramm, dass sich als Lüge herausgestellt hatte, vom entbehrungsvollen, einsamen Leben in den Highlands und von dem harten Training, das dazu dienen sollte, dass sie sich gegen Royce würde wehren können, sollte sie ihm doch noch einmal begegnen. Sie erzählte von dieser schrecklichen Nacht, in der Royce tatsächlich in den Highlands auftauchte. Von dem fürchterlichen Kampf. Von Mike, der Royce erschoss, als dieser Luisas Leben beenden wollte. Und davon, wie sie erst im Krankenhaus erfuhr, welche schreckliche Geschichte Royce über sie in den Medien verbreitet hatte und dass alle Welt sie nun für eine Terroristin hielt …

Am Ende rauchte Jonas' Kopf, aber er hielt sie in seinen Armen und sie schien nicht vorzuhaben, ihn niederzuschlagen.

„Da war nichts zwischen Mike und mir", bekräftigte sie noch einmal und blickte ihm in die Augen. „Das musst du mir glauben, Jonas. Ich habe mir vielleicht gewünscht, dass da etwas wäre, aber die letzten Tage haben mir sein wahres Gesicht gezeigt. Ich habe erkannt, dass ich nirgendwo anders sein kann als hier bei dir. Und ich werde dich nicht mehr enttäuschen."

Mit diesen Worten küsste sie ihn auf den Mund und Jonas hoffte einfach, dass dies kein Traum war, dass seine Luisa wirklich zu ihm zurückgekehrt war und dass sie bei ihm bleiben würde. Jetzt hatten sie eine Chance auf eine gemeinsame Zukunft. Und diesmal würde er sie nicht so einfach gehen lassen. Diesmal würde er für ihre Liebe kämpfen. Und darum fragte er sie: „Luisa, willst du mich heiraten?"

Kapitel 3

Luisa lag im Bett und starrte zur Zimmerdecke. Die letzten Wochen waren wie im Flug vergangen. Es war schon März. Nur noch drei Monate bis zur Hochzeit.

„Ich möchte duschen, wie sieht es bei dir aus?", unterbrach Jonas ihre Gedanken und grinste sie vielsagend an. Er war bereits splitternackt und die Absicht hinter seiner Frage zeigte sich klar und deutlich. Sie zwang sich zu einem Lächeln und nickte. Acht Uhr morgens, verkündete der Wecker. Ihnen blieben etwa zwanzig Minuten ... Gut. Sie stand auf und streifte ihr Schlafshirt und ihr Höschen ab.

Er grinste sie an, ging voraus ins Badezimmer, zog ein Kondom über. Gemeinsam stiegen sie in die Duschkabine, die gerade groß genug war für das, was ihnen im Sinn stand. Warmes Wasser plätscherte auf sie herunter und sie küssten sich zärtlich.

„Heute kein Vorspiel", schlug Jonas vor.

„In Ordnung!"

„Dreh dich zur Wand!"

Sie stützte sich an der Wand ab, spreizte die Beine. Jonas trat hinter sie, legte seine Hände auf ihre Brüste und rieb sich an ihr. „Bist du bereit?", raunte er ihr ins Ohr.

„Immer", flüsterte sie zurück.

Schon drang er in sie ein. Sie war noch nicht feucht, aber das würde sich schon ändern.

„Ich mache es langsam", raunte er ihr zu und saugte an ihrem Hals. Konzentriert nahm er sie mit gleichförmigen Bewegungen. Sie hielt die Augen geschlossen, gab sich seinen Stößen hin, stöhnte, wenn sie es für angebracht hielt. Er wurde schneller, atmete heftiger. Sie versuchte, seinen Bewegungen wenigstens ein bisschen Lust abzugewinnen.

„Ich komme", zischte er.

„Tu es", stöhnte sie, da ergoss er sich zuckend in ihr. Sie blieb stehen, bis er sich von ihr löste, dann drehte sie sich zu ihm um, strich ihm über die Wange und durch das Haar.

„Hat es dir gefallen? Bist du gekommen?", fragte er.

„Natürlich." Sie küsste ihn auf die Lippen.

„Gut." Er stellte das Wasser ab. „Dann gehen wir doch ins Schlafzimmer und machen es noch einmal."

„Ich ... ich dachte, du hast heute einen Termin?", fragte sie schwach.

„Was? Ja, aber doch erst um zehn Uhr. Zeit genug für eine weitere Runde. Komm."

„Na dann ..." Sie trat aus der Dusche und schnappte sich ein Handtuch. Noch eine Runde ... Verdammt. Doch sie lächelte ihm zu, begab sich ins Schlafzimmer, warf sich auf das Bett. Sie schämte sich ein bisschen für ihren mangelnden Enthusiasmus. Er gab sich Mühe wie nie. Das war lieb von ihm, das war rührend, aber auch anstrengend, denn einen Orgasmus schaffte sie höchstens jedes fünfte Mal. Natürlich konnte sie ihm das nicht sagen, sicher wäre er sofort besorgt, würde sie fragen, was denn nicht stimmte mit ihr. Oder er würde mutmaßen, dass sie sich nach Mike sehnte ... Sie war bereits dazu übergegangen, ihn möglichst oft genau dann zu verführen, wenn sie wenig Zeit hatten, vor der Arbeit zum Beispiel. Dann schoben sie ein schnelles Nümmerchen, bei dem er auf seine Kosten kam, und dann hatte er wenig Zeit dafür, ihr unbedingt etwas Gutes tun zu wollen oder sich wiederholt zu vergewissern, dass es ihr wirklich gefallen hatte ...

Für heute hatte sie gehofft, es mit dem kurzen Gemenge unter der Dusche überstanden zu haben. Leider verloren. Sei nicht so gemein, schalt sie sich noch einmal. Es ist doch schön, wenn er dich in seinen Armen hält ...

Schon stand er in der Tür. „Bereit für mehr?"

„Natürlich!"

„Zeig es mir, Baby!"

„Komm her!", schnurrte sie.

„Vielleicht könntest du vorher noch etwas für mich tun?" Er stellte sich neben das Bett, sie rutschte zu ihm hin und nahm sein noch etwas schlaffes Glied in ihren Mund. Er warf den Kopf in den Nacken, schloss die Augen. Sein Schwanz pulsierte in ihrem Mund, er schaukelte vor und zurück, genoss ihre Zärtlichkeiten. „Gleich bist du wieder dran!", stöhnte er. „Warte nur!"

Er tropfte in ihren Mund. „Baby, du bist so heiß! Okay, genug!"

Sie stoppte, legte sich auf den Rücken, öffnete ihre Beine.

Er beugte sich vor und küsste sie auf die Lippen, dann zog er sich rasch ein neues Kondom über, legte sich schwer auf sie und stieß in sie hinein.

Sie umklammerte ihn mit ihren Schenkeln und Armen und schloss die Augen.

„Ja!", stöhnte sie und lauschte in sich hinein. Komm schon, sagte sie sich. Dein letzter Orgasmus hat schon lange auf sich warten lassen, heute bist du mal wieder dran. Lass dich fallen ...

Zwei dunkle Augen bohrten sich in die ihren, und nicht nur seine Augen – tief und tiefer drang er in sie ein.

„Mehr!", bettelte sie und er gehorchte, seine Stöße wurden kraftvoller und fordernder.

„Ja", keuchte sie, ja, das war heiß und Mike ergoss

sich in sie und sie kam, eine Welle der Lust jagte durch ihren Körper und sie kam, wie lange nicht, lang und intensiv.

„Ja, Baby", keuchte Jonas und jagte seinen Samen in das Kondom, dann blieb er erschöpft auf ihr liegen.

Verdammt. Sie wollte doch nicht mehr an Mike denken, wenn sie ...

„Puh", seufzte Jonas und rollte von ihr herunter. „Du bist unersättlich, was?"

„Hm." Sie lächelte schief. „Willst du einen Kaffee?"

„Gerne." Er setzte sich auf, blickte auf sie hinunter. „Luisa, weißt du, was ich überlegt habe?"

„Nein?"

„Vielleicht ist es Zeit."

„Zeit für was?"

„Zeit, mit den Kondomen aufzuhören."

„Was? Aber ..."

„Ich weiß, das kommt vielleicht etwas plötzlich ..."

„Wir sind ja noch nicht einmal verheiratet." Sie schlug einen gespielt strengen Ton an.

„Das stimmt, aber ... Wir lieben uns, wir wollen heiraten und ich will möglichst bald ein Kind von dir."

„Bist ... bist du sicher?", stammelte sie.

„Ja."

„Aber das Haus, wir wollten doch ..."

„Ach, vergiss das erst einmal. Sicher, es wäre schön, ein Eigenheim zu haben, aber die Preise sind hoch und ich will mich nicht zu Tode sparen, ohne zu leben. Die Wohnung ist auch erst einmal groß genug für drei."

Das stimmte.

„Was sagst du?", fragte er.

„Das kommt so plötzlich ..."

„Ja, ich weiß. Überleg es dir."

„Du weißt ... Ich habe seit fast einem Jahr keine Pillen mehr genommen", sagte sie langsam.

„Ich weiß", nickte er.

„Es kann also schon bald soweit sein."

„Ich weiß."

„Und du willst das wirklich?"

„Und wie!"

Er küsste sie lang und zärtlich, dann stand er auf. „Ich mache Kaffee", bot er an und verschwand aus dem Schlafzimmer.

Ein Kind, dachte Luisa. Puh ... Jonas hatte recht, die Zeit konnte nicht viel besser und nicht viel schlechter dafür sein. Sie hatte keine Chance auf einen neuen Job, da konnte sie genauso gut Kinder bekommen ...

Aber war sie schon bereit für diesen Schritt?

Wieder erschien Mike vor ihrem inneren Auge.

Vergiss ihn, schalt sie sich. Denk daran, was Sarah erzählt hat! Er hat dich bewusst in Gefahr gebracht. Und wer weiß, wer die Männer waren, die dich in Dubai überfallen haben ...

Sie seufzte leise. Sie wusste, sie musste ihn sich aus dem Kopf schlagen, doch wie sollte sie das tun, nach den gemeinsamen Wochen in der Hütte? Was wäre wohl passiert, wenn sie Jonas nicht ... Ja, sie liebte Jonas, ja, sie wollte mit ihm zusammen sein, ja, er war definitiv ihr Mann fürs Leben.

Mike hingegen hatte sie benutzt und belogen und ihr mehr als deutlich zu verstehen gegeben, dass er nicht auf sie stand.

Dennoch ... Sie kam besonders leicht zum Orgasmus, wenn sie sich vorstellte, dass sie es mit ihm tat, dabei wusste sie doch nicht einmal, wie es mit ihm im Bett wäre. Ob er zärtlich war oder doch fordernd und wild ... Oder egoistisch und nur auf sich bedacht, wie ihr erster Freund damals in der Schule? Jonas hatte ihr gezeigt, dass es anders sein konnte, dass es nicht nur darum ging, dass er möglichst schnell zum Zug kam, sondern dass auch ihre Gefühle und Empfindungen zählten. Ja, Jonas war der einzig wahre Mann in ihrem Leben und alle anderen sollte sie sich schleunigst aus dem Kopf schlagen.

„Wir müssen nun wirklich mal nach einem Brautkleid für dich suchen", schallte die Stimme ihrer Mutter eine Stunde später durch das Telefon. „Und nach Schuhen. Es sind schließlich nur noch drei Monate! Was ist mit den Ringen?"

„Jonas hat schon welche ausgesucht", nuschelte sie und zog gedankenverloren an ihren Haaren.

"Gut, sehr gut. Gut, dass wir auch endlich die passenden Räumlichkeiten gefunden haben. Zu schade, dass es mit dem Schloss nicht geklappt hat, aber das wäre vielleicht auch etwas überdimensioniert gewesen, du möchtest es ja lieber einfach haben. Wegen der Raumdeko hätte ich folgenden Vorschlag ..."

Einerseits war es beinahe rührend, wie ihre Mutter sich um alles kümmern wollte, was die Hochzeit betraf – wenn nicht alles so furchtbar anstrengend wäre. Sicher, Luisa hatte Zeit, ihre einzigen Verpflichtungen bestanden in Familien- und Fitnessstudiobesuchen sowie in den Krav-Maga-Stunden, die sie zweimal in der Woche nahm, aber dennoch ... An was man für so eine verdammte Hochzeit alles denken musste!

Wie hatte sie doch mitgefiebert, als vor zwei Jahren ihre Freundin Kathrin geheiratet hatte. Sie war sogar mit dabei gewesen, als Kathrin ihr Kleid ausgesucht hatte, und hatte sich dabei selbst ausgemalt, wie es sein würde, das eigene Hochzeitskleid anzuprobieren. Doch wenn sie ehrlich sein wollte, war ihr das gerade alles egal.

Ja, sie wollte Jonas heiraten. Und ja, es tat gut, gemeinsam zu planen, ein Zukunftsprojekt auf die Beine zu stellen, das auch ihre Mutter beschäftigte und von den Monaten ablenkte, in denen Luisa von der Bildfläche verschwunden war. Aber sie konnte sich einfach nicht darauf konzentrieren, Tischkarten und Raumdeko zu entwerfen, Locations anzufragen und Speisekarten von Cateringdiensten zu studieren. Es sollte nur eine kleine Feier werden mit vielleicht zwanzig Gästen, und trotzdem fühlte sie sich völlig überfordert.

Und was würde nach der Hochzeit werden? Wenn es nach Jonas ginge, würde sie bald schwanger sein. Und dann? Würde sie zu Hause sitzen und ein Kind nach dem anderen bekommen? Vermutlich würde sie nie wieder einen Job finden, blieb nur die Rolle als brave Hausfrau. So hatte sie sich nie gesehen, das hatte sie nie sein wollen. Manchmal wünschte sie sich nach Telefonaten mit ihrer Mutter den Mut, mit Jonas nach Las Vegas durchzubrennen oder einfach allein davonzulaufen, doch wohin? Und was dann? Nein, das darfst du nicht denken, schalt sie sich.

„Luisa? Bist du noch dran?"

Oh, verdammt.

„Ja, Mama. Mach das, wie du willst."

„Ach Kind."

Luisa biss sich auf die Lippen. Sie musste mehr Anteil zeigen, das wusste sie, sonst würde ihre Mutter sich weiter Sorgen machen. „Sorry, ich … Ich muss gleich gehen", fügte sie lahm hinzu.

„Fitness?"

„Das andere."

„Hm."

Sowohl Jonas als auch ihre Eltern waren nicht sonderlich begeistert, dass Luisa Krav-Maga-Stunden nahm. Sie hatte das Gefühl, dass sich ihre Familie insgeheim durchaus fragte, ob sie wirklich nur entführt worden war oder ob an den Gerüchten, dass sie eine Terroristin war, nicht doch etwas dran sein könnte ...

„Bis später." Luisa beendete das Gespräch und atmete auf. Geschafft. Sie sollte nicht so denken, das wusste sie, aber ... Egal.

Zwei Stunden später stapfte sie müde und ausgepowert, aber zufrieden durch das Industriegebiet, in dem sich das Kampfsportstudio befand, und strebte der Straßenbahnhaltestelle zu. Die Stunden waren gut für ihr Selbstbewusstsein. Sie hatte in ihrem unfreiwilligen Krav-Maga-Crashkurs in den Highlands wirklich viel gelernt und konnte so auch mit den Männern und Frauen, die schon Jahre trainierten, recht gut mithalten.

Nun aber nichts wie nach Hause und unter die Dusche ... Es war ein schöner Tag, ziemlich warm für März. Ein schwarzer Geländewagen erregte ihre Aufmerksamkeit. Er stand mit eingeschaltetem Warnblinker mitten auf der Straße, obwohl es einen Parkstreifen gab, dazu lief der Motor. Sie blickte sich um. Niemand zu sehen. Die meisten anderen Kursteilnehmer kamen in der Regel mit dem Auto.

Sie atmete tief durch, überquerte die Straße, ging dort weiter. Der Wagen blieb stehen, wo er stand.

Ich bin paranoid, dachte sie sich und ging weiter geradeaus.

Motorengeräusch ertönte hinter ihr. Sie fuhr herum. Der SUV fuhr direkt auf sie zu, hielt knapp vor ihr, zwei komplett schwarz gekleidete Männer sprangen heraus und schnitten ihr den Weg ab. Einer von ihnen war klein, drahtig und dunkelhaarig, der andere mittelgroß und untersetzt und hatte eine

Glatze.

„Was wollt ihr von mir?", fauchte sie und spannte sich an.

„Einsteigen", befahl der Kleinere von ihnen auf Arabisch.

„Warum?", stieß sie hervor.

„Weil wir es dir sagen, Schlampe", schnaubte der Größere.

„Denk an deinen Freund", grinste der Kleine. „Du willst doch nicht, dass ihm etwas passiert!"

Ihr Magen krampfte sich zusammen. „Was ...

„Jonas heißt er doch, oder nicht?"

Ihr wurde schlecht. „Was ... was ist mit Jonas?", stammelte sie.

„Das hängt ganz von dir ab", knurrte der Große.

Sie nickte, hob die Hände, ging auf den Dicken zu, der einen Schritt zur Seite machte, und dachte fieberhaft nach. Jonas war heute bis spätabends in einer Besprechung, erinnerte sich Luisa. Sie hatten mittags kurz gechattet. Sicher hatte er das Firmengelände noch nicht verlassen. Sicher würde ihm niemand auf dem Firmengelände auflauern. Das bedeutete ... Sie rammte ihrem Gegenüber ohne Vorwarnung das Knie in die Weichteile, packte ihn am Arm und trat gegen sein Knie. Er heulte auf und ging zu Boden.

Die Fahrertür wurde aufgerissen, ein Mann zielte mit einer Pistole auf sie.

„Nicht, er will sie lebend und unverletzt", brüllte der Kleine.

Der Mann mit der Waffe zögerte. Luisa nutze die Gelegenheit, um ihm die Pistole zu entreißen. „Raus aus dem Wagen!", donnerte sie.

Der Fahrer gehorchte, stieg langsam aus.

„Weg bleiben! Zurück!", brüllte sie den Kleinen an, der tatsächlich Abstand hielt.

„Denk an deinen Freund", knirschte er.

Luisa schoss in seine Richtung, zwischen seine Füße. Er sprang erschrocken zur Seite.

„Ich knall euch ab!", warnte sie die drei, dann stieg sie in den Wagen, warf die Tür zu und legte hektisch den Rückwärtsgang ein. Niemand schoss auf sie, niemand stellte sich ihr in den Weg, sie ließen sie einfach mit dem Wagen wenden und davonschießen.

Voll Adrenalin heizte Luisa durch die Straßen. Ihr Ziel war klar – die Firma von Jonas. Ein paar Minuten später war sie schon da, parkte den Wagen im Hof, stieg aus und eilte in das Gebäude.

Die Dame am Empfang blickte Luisa erschrocken an.

„Jonas!", bellte diese. „Wo ist er?"

„O... oben", stammelte die Frau.

„Ich muss ihn sprechen. Sofort!"

„I... in Ordnung, ich s... sage ihm Bescheid!" Sie nahm den Hörer zur Hand. „Herr Meier, Ihre Frau ist hier, sie ist ganz aufgewühlt, sie möchte sofort mit Ihnen ..." Sie lauschte in den Hörer. „Ja, sie ist hier unten." Sie legte auf. „Er kommt sofort." Sie schaffte es sogar, ein kleines Lächeln aufzusetzen.

Luisa nickte grimmig. Er war noch da. Sie hatten ihn noch nicht entführt. Gott sei Dank. Und jetzt?

Jonas trat aus dem Aufzug und runzelte die Stirn. „Luisa, was ist denn los?"

„Komm!" Sie packte ihn am Arm. „Ich muss mit dir reden."

„Aber das Meeting ..."

„Das ist nicht so wichtig wie das hier."

Er wirkte nicht begeistert, folgte ihr aber nach draußen.

„Wir müssen weg", eröffnete sie ihm. „Jetzt, sofort."

„Aber wohin?"

„Egal, aber erst einmal raus aus der Stadt. Fahr einfach los."

„Aber …"

„Wir sind in Gefahr", zischte sie ihm zu. „Drei Männer haben mir aufgelauert und wollten mich entführen. Sie haben gedroht, dir etwas anzutun …"

„Aber … Aber .. wer tut denn so etwas?", fragte er verunsichert, während er in seinen Wagen stieg.

„Sie haben Arabisch gesprochen", murmelte Luisa düster.

„Arabisch?" Er startete den Wagen, fuhr rückwärts, hätte beinahe den SUV gerammt, den Luisa mitten in der Einfahrt stehen gelassen hatte.

Ich hätte fahren sollen, dachte sie. Aber sie hatte noch etwas anderes zu tun. Schweren Herzens zog sie ihr Smartphone heraus und wählte eine Nummer, die sie auswendig gelernt hatte, die sie aber lieber nicht angerufen hätte. Es klingelte ein paar Mal, doch niemand antwortete ihr. Sie war erleichtert, fühlte sich aber gleich hilfloser als zuvor. Verdammt. Was jetzt?

„Wen rufst du an?"

Sie zuckte die Schultern.

„Diese Männer … Waren das … Terroristen?"

„Ich weiß es nicht." Sie schüttelte müde den Kopf. „Ich möchte vorerst nicht nach Hause. Verstehst du das?"

Er atmete tief durch. „Ja. Ich verstehe. Soll … Soll ich zur Polizei fahren?"

Sie lachte auf. „Ernsthaft?"

„Ja. Ganz ernsthaft."

Hm. Eigentlich hatte sie sich ja nie etwas zuschulden kommen lassen, auch wenn jeder sie für eine Terroristin gehalten hatte. In dem Moment vibrierte ihr Smartphone. Sie holte tief Luft und nahm den Anruf an.

„Ja?"

Seine Stimme ging ihr durch Mark und Bein. Wie lange hatte sie nicht mehr mit ihm gesprochen? Ewig, so schien es ihr. „Hey, Mike."

Jonas runzelte die Stirn.

„Was ist los, Luisa?" Mikes Stimme klang völlig ausdruckslos.

„Drei Männer haben gerade versucht, mich zu entführen. Ich bin mit Jonas unterwegs, weiß nicht recht, wohin ich gehen soll ..." Sie schilderte kurz die Details.

„Ich höre mich um und melde mich." Er legte auf.

„Was hat er gesagt?", fragte Jonas.

„Er hört sich um."

„Und was hilft uns das?"

„Er hat Kontakte. Er hat mir nach der Sache mit Schottland geholfen, so dass ich nicht mehr als Terroristin dastand, weißt du nicht mehr?"

„Hm. Ich hoffe, er kann uns wirklich helfen."

Sie schwiegen einen Moment.

„Ernsthaft, Luisa", ergriff Jonas nach einer Weile wieder das Wort. „Wo soll ich hinfahren? Wo sollen wir schlafen? Und wir haben nichts zu essen und ... Verdammt, ich muss meine Firma anrufen und das erklären ... Was soll ich denen denn sagen?"

Luisa seufzte. „Sag ihnen, deine Frau hatte einen Nervenzusammenbruch."

Er nickte, fuhr rechts ran, zog sein Smartphone heraus und telefonierte mit seiner Firma.

Luisa stieg aus dem Wagen und rief ihre Eltern an. „Hört zu, seid vorsichtig", beschwor sie die beiden. „Ich weiß noch nicht, was los ist. Sperrt die Tür ab, hört ihr? Begebt euch nicht in Gefahr ..."

„Aber Kind!", rief ihre Mutter entsetzt. „Dann sollten wir doch zur Polizei gehen!"

„Besser nicht, Mama, du weißt ..."

In dem Moment zeigte ihr Smartphone einen weiteren Anruf an. Mike.

„Ich muss Schluss machen, Mama, sei vorsichtig!", rief sie ihr zu und nahm den anderen Anruf an.

„Mike?"

„Luisa, ich habe ein paar Anrufe getätigt. Wo bist du?"

„Im Norden von München."

„Es gibt eine sichere Wohnung in einem Ort namens Pullach." Er sprach den deutschen Namen merkwürdig aus.

„Pullach?", wiederholte sie.

„Ja, kennst du das?"

„Das ist im Süden."

„Fahr da hin." Er gab ihr eine Adresse. „Die Haustür und die Wohnung im Keller lassen sich mit einem Code öffnen. Ich schicke ihn dir per SMS. Ich werde gegen zwei Uhr nachts bei euch sein."

„Oh."

„Bis dann."

„Moment, was ist mit meinen Eltern? Und Martin?"

„Dafür wird auch gesorgt. Mach dir keine Sorgen, Luisa, wir kümmern uns um alles."

„Danke, Mike."

„Keine Ursache." Er beendete das Gespräch.

Luisa kehrte zum Wagen zurück. „Alles in Ordnung?", fragte Jonas.

„Mike hat mir die Adresse eines sicheren Hauses in Pullach gegeben."

„In Pullach?" Er sah sie überrascht an. „Da ist doch der BND angesiedelt ..."

„Wird sicher kein Zufall sein."

Er nickte. „Das heißt, die kümmern sich darum?"

„Ja."

„Gott sei Dank."

So ganz sicher war Luisa nicht, ob das wirklich Grund zur Erleichterung war ... Aber immerhin hatten sie so erst einmal eine Bleibe.

Jonas schaltete das Radio an. Der aktuelle Hit von No Savior tönte durch das Auto. "All standing still, so give me the pill, my emptiness to fill."

„Ich hasse diesen Song", knurrte Jonas und schaltete auf einen anderen Sender.

„No need to chill. I feel the thrill. It's time to kill, so let it spill ..."

„Verdammter Mist." Entnervt schaltete er wieder aus. Den Rest der Fahrt legten sie still und schweigend zurück.

Etwa eine Stunde später saßen sie auf klammen Polstermöbeln in der sicheren Wohnung, die in einem alten Wohnhaus untergebracht und mit einem Zahlencodeschloss gesichert war.

„Wir hätten in einem Supermarkt halten sollen", grummelte Jonas. „In der Küche gibt es nichts außer Tee und einer uralten Packung Kekse."

„Tee", murmelte Luisa und rümpfte die Nase. Sie wollte für den Rest ihres Lebens keinen Tee mehr trinken müssen. Der tägliche Konsum in den Highlands hatte ihr völlig gereicht.

„Hier scheint schon länger niemand mehr gewesen zu sein", seufzte er. „Es riecht muffig. Und die Fenster lassen sich nicht öffnen."

Wirkt eher wie ein Gefängnis, dachte Luisa beklommen. Hoffentlich würde sich ihre Ahnung nicht bewahrheiten ...

Jonas schaltete den Fernseher an, sie sahen Nachrichten. Eine Geiselnahme in Frankreich mit zwei Toten. „Verdammte Flüchtlinge, verdammte Muslime", knirschte Jonas und warf ihr dann einen raschen Seitenblick zu. „Wenn die nicht gewesen wären ..."

„Was wäre dann gewesen?", fragte Luisa müde.

„Ich stand unter Terrorverdacht, weil ich Islamwissenschaften studiert habe und Royce das ausgenutzt hat, um mich jagen zu können. Gut, gäbe es keinen Islam, hätte ich keine Islamwissenschaft studiert. Vielleicht hätte Royce mich dann zu einer christlichen Terroristin gemacht. Und was die Flüchtlinge damit zu tun haben ..."

„Ja ja, schon gut, genug davon", knirschte Jonas.

Zum Glück kam im Anschluss eine Doku über Tiere im Regenwald. Die Zeit kroch dahin. Leider hatten sie kein Ladekabel dabei. Um die Akkus der Handys zu schonen, verzichteten sie lieber darauf, zu surfen. Dazu hatten sie in ihrem Kellerverlies sowieso quasi keinen Empfang.

Gegen ein Uhr hörten sie Schritte und ein Geräusch an der Tür. Luisa sprang auf, winkte Jonas hektisch zu.

Er blickte sie verwirrt an.

„Runter!", zischte sie.

Jemand klopfte.

Luisa näherte sich der Tür, bereit, sich auf jeden zu stürzen, der versuchen sollte, einzudringen und ihnen etwas anzutun ...

„Ich bin es, Mike!", tönte eine Stimme leise an ihr Ohr, dann schwang die Tür auf und im Licht des Flures erschien tatsächlich Mike. Ihr Puls wollte sich trotzdem nicht verlangsamen.

Luisa atmete schwer aus und ließ die Tür zufallen. „Du bist früh dran", stellte sie fest.

Mike nickte nur und ging zielstrebig an ihr vorbei ins Wohnzimmer. „Hallo Jonas."

„Hallo, Mike." Er stand etwas verloren in der Ecke

zwischen Sofa und Sessel.

„Gut, Luisa." Mike setzte sich. „Erzähl mir noch einmal ganz genau, was passiert ist."

Und sie erzählte ihm alles, von ihrem Krav-Maga-Unterricht, dem Geländewagen, den Männern, die Arabisch gesprochen hatten.

„Kannst du die Männer beschreiben?", fragte er.

„Ja, der eine war eher klein und dünn, der andere groß und dick ..." Eifrig beschrieb Luisa alles, an was sie sich erinnerte.

„Waren diese beiden dabei?"

Mike zog sein Handy hervor und zeigte ihr ein Bild. Zwei Männer waren darauf zu sehen, die nebeneinander standen, offenbar im Inneren eines weiß gestrichenen Raumes, und ernst in die Kamera blickten.

„Ja, genau, die!", rief Luisa überrascht. Das war ja schnell gegangen!

Mike atmete tief durch. „Die beiden waren heute Abend bei der Polizei. Sie gaben an, sich normal am Straßenrand unterhalten zu haben, als sie auf einmal von einer völlig durchgeknallten Frau attackiert wurden, die sich dann auch noch in ihren Wagen drängelte und mit irrem Tempo und quietschenden Reifen davonbrauste."

„Was?", schnappte Jonas.

„Nein. Das war so nicht", murmelte Luisa verwirrt. „Nein ... Wir haben gekämpft, ich habe auch einige Schrammen ..." Sie zeigte ihm ihre Hände.

„Du hattest heute eine Krav-Maga-Einheit", stellte Mike fest.

„Aber ... Nein. Sie sprachen Arabisch, sie haben mich angegriffen ..."

„Deine Schilderung erinnert mich an den Vorfall in Dubai." Mikes Stimme klang ungewöhnlich sanft. „Luisa ..."

„Nein. Ich habe mir das nicht eingebildet. Das glaubst du doch, oder? Aber so war das nicht!"

„Ich glaube, dass die Männer dort standen und dir Angst gemacht haben. Vielleicht haben sie dir etwas zugerufen, oder du hast etwas falsch verstanden …"

„Sie haben mich angegriffen!"

Mike und Jonas wechselten einen Blick, der ihr überhaupt nicht gefiel.

Mike seufzte. „In diesem Fall … vielleicht hatten sie dann einen sexuellen Übergriff im Sinn, Luisa?"

„Nein, sicher nicht. Nicht vordergründig. Sie haben mich bedroht und Jonas."

„Sie wurden polizeilich überprüft, Luisa. Es handelt sich um zwei Angestellte, die dort in dem Industriegebiet jeden Tag arbeiten. Zugegeben, der Chef wirkt wohl wirklich etwas dubios, aber ein terroristischer Hintergrund war nicht feststellbar. Wenn du willst, kannst du natürlich Anzeige gegen sie erstatten, aber ich würde es dir nicht raten."

„Weil alle denken, dass ich eine Terroristin bin?", schnappte sie. „Lebe ich deswegen jetzt in einem rechtsfreien Raum? Was, wenn sie mich wirklich entführt hätten?"

„Sie haben dich nicht entführt", stellte Mike klar. „Du bist unverletzt geblieben. Und der Vorfall erinnert wirklich an die Sache in Dubai. Ich glaube … Du leidest doch noch immer an den Albträumen, oder?"

„Das hat doch damit nichts zu tun …"

Wieder wechselte Mike einen Blick mit Jonas.

„Der Geheimdienst hat deine Wohngegend und die von deinen Eltern überprüft und nichts gefunden. Bei dir zu Hause fällt es auf, wenn sich dort Fremde herumtreiben, Luisa. Das hättest du selbst ebenfalls mitbekommen. Ich schlage vor, ihr fahrt nach Hause. Ich übernachte bei euch, wenn du es willst. Du wirst sehen, es wird dir nichts passieren. Ihr seid in Sicherheit. Und ich habe das für dich."

Er zog ein Kärtchen hervor und legte es auf den Tisch. Sie warf einen Blick darauf.

Doktor Susanne Schmidt, Psychiaterin und Psychotherapeutin, Pullach.

Plötzlich fühlte sie sich müde, unglaublich müde. „Du brauchst nicht mitzukommen", sagte sie leise. „Jonas und ich fahren nach Hause. Ich habe verstanden."

Jonas nickte, steckte die Karte ein und fasste sie fürsorglich am Arm, als wäre sie hochschwanger oder gebrechlich.

Mike folgte ihnen zum Wagen.

„Mach's gut, Luisa", sagte er.

Sie nickte nur. Jonas fuhr los, sie blickte müde aus dem Fenster.

„Ich habe Kohldampf", verkündete Jonas aufgeräumt und viel zu fröhlich für Luisas Geschmack. Es wirkte auf sie, als wäre er glücklich mit der neuen Situation: Super, meine Frau wird nicht von Terroristen bedroht, sie ist nur ein Psycho.

Wenig später hielten sie an einem Drive-in. Jonas bestellte gleich sechs Burger, doch Luisa stand absolut nicht der Sinn nach etwas zu essen. Hatte sie sich das alles wirklich nur eingebildet? Nun, die Angreifer hatten sich wirklich leicht übertölpeln lassen und sie war wirklich ohne Kratzer aus dem Kampf hervorgegangen ... Wie realistisch mochte das sein? War die ganze Sache inszeniert gewesen, damit sie unglaubwürdig dastand? Oder hatten die Männer ihr in erster Linie nur Angst einjagen wollen? War das das Ziel gewesen? Dann hatten sie es zumindest erreicht. Und Mike ... Er war extra angereist, um ihr zu sagen, dass sie verrückt war? Nach all dem, was sie in Dubai erlebt hatten ... Sie fühlte sich müde, verzweifelt und leer.

In der Nacht schlief sie schlecht und grübelte, und sie hatte das Gefühl, dass es Jonas neben ihr ganz genauso ging. Erst in den frühen Morgenstunden schaffte sie es endlich, einzuschlafen.

Als sie gegen neun Uhr erwachte, war Jonas schon zur Arbeit gefahren. Dafür kamen ihre Eltern gegen zehn vorbei.

„Entschuldigt, dass ich euch erschreckt habe", seufzte Luisa. „Ich ... Das war so nicht geplant. Vielleicht habe ich mich da in etwas hineingesteigert ..."

Die beiden blickten sich an, nickten dann.

„Luisa", ergriff ihr Vater das Wort. „Wir wissen, dass du eine schwere Zeit durchmachst, und wir wollen dir helfen. Was hältst du davon, wenn du einige Zeit zu uns ziehst?"

„Was?"

„Dann bist du näher an der Stadt und auch näher bei dieser Ärztin, die dir empfohlen wurde. Und ..."

Ungläubig starrte Luisa erst ihren Vater und dann ihre Mutter an. „Wie kommt ihr nur auf diesen Mist?"

Die beiden blickten zu Boden, fühlten sich sichtlich unwohl.

„Jonas?", platzte es aus Luisa heraus. „Hat Jonas euch das eingeredet? Will er mich etwa aus dem Haus werfen?"

„Nein, nein", stammelte ihre Mutter – allerdings nicht sonderlich überzeugend.

„Warum sagt er mir das nicht selbst?"

Wieder dieser mutlose Blick.

„Weil er zu feige ist." Sie hatte keine Scheu davor, es laut auszusprechen. In diesem Moment starb etwas in ihr.

Eine halbe Stunde später saß sie in der Straßenbahn Richtung Stadtmitte.

Ihre Eltern hatten sie angefleht, vernünftig zu sein und mitzukommen oder zu bleiben, sie hatten gefleht, gedroht die Polizei zu rufen. Doch es war zu spät, Luisa hatte schweigend ihre Tasche gepackt. Jonas wollte sie nicht mehr, er hatte versucht sie abzuschieben und nicht einmal den Mut gehabt, es ihr persönlich zu sagen. Verdammt, sie hatten in ein paar Wochen heiraten wollen!

„Doch nur, bis es dir besser geht!", hatte ihr Vater gerufen, doch das machte es nicht besser.

Sicher hatte Jonas Angst, dass sie noch einmal in seiner Firma auftauchen könnte, sicher war dies der Hauptanlass gewesen, um sie auf das Abstellgleis zu schieben … Nein. Es war aus und vorbei.

Am Hauptbahnhof stieg sie aus, irrte ziellos durch die Straßen, setzte sich auf eine Bank an der Isar. Es begann zu regnen. Sie hatte keine Regenjacke mitgenommen, nur eine leichte Sommerjacke. Bald begann sie zu frieren, ihre Haare waren klatschnass, Wasser rann in den Nacken, doch sie blieb sitzen. Der Regen stoppte, die Sonne strahlte erneut vom Himmel und wärmte sie wieder und Luisa zog weiter, kaufte ein Stück Pizza, irrte herum, bis die Sonne unterging, bis tief in die Nacht. Sie hatte keine Bleibe, keine Ahnung, wo sie hin sollte, was sie tun sollte. Müde zählte sie ihr Geld. Etwa fünfzig Euro. Zu wenig für ein Hotel. Sie könnte mit Karte zahlen. Doch was, wenn Jonas jemanden auf sie angesetzt hatte? Die Polizei zum Beispiel? Deutlicher konnte sie kaum „Hier bin ich!" schreien.

„Hey."

Sie schrak zusammen.

Ein Mann stand neben ihr. Er trug abgerissene

Kleidung, seine Haare waren militärisch kurz geschnitten, er hatte ein geschwollenes Auge und mehrere Zahnlücken. Ein Junkie, dachte sie und achtete nicht weiter auf ihn. Ihre Gedanken schwebten um Jonas, ihre Eltern und die Terroristen.

„Brauchst du was?", fragte er heiser.

„Ja, ne Knarre", murmelte sie geistesabwesend. Eine Knarre, um sich den Schädel wegzupusten. Das war die beste Lösung für alles.

Der Mann starrte sie einen Moment lang an. „Ich hab eine", krächzte er und zog eine Pistole hervor.

Luisas Lebensgeister waren plötzlich wieder geweckt. Ohne groß nachzudenken, riss sie ihm die Waffe aus der Hand.

Der Mann zuckte heftig zusammen, Furcht zeigte sich in seinem Gesicht.

Luisa prüfte die Pistole. Gesichert und geladen, stellte sie fest und nickte zufrieden, dann richtete sie den Lauf auf ihn. „Gib mir dein Geld", befahl sie.

„Aber ..." Er starrte sie entsetzt an. „Das geht nicht, das gehört nicht mir", flüsterte er fassungslos.

Ein kalter Luisa-Blick genügte. Der Junkie schien zu spüren, wie ernst es ihr war. Zitternd zog er ein dickes, ungeordnetes Bündel Scheine aus der Jackentasche – Zehner, Zwanziger, Fünfziger bunt durcheinander. Sie schnappte sich etwa die Hälfte der Scheine und steckte sie ein ohne zu zählen. Die Waffe behielt sie in der Hand. „Das ist jetzt meine", sagte sie ruhig. „Du verschwindest jetzt besser!"

Der Mann blieb noch einen Moment stehen, dann drehte er sich um und humpelte schnell davon. Luisa packte die Waffe in die Tasche und begab sich auf einen weiteren Fußmarsch, bis sie ein heruntergekommenes Hotel fand, das tatsächlich ein Zimmer für sie frei hatte.

Der Rezeptionist musterte sie etwas seltsam und

bestand auf Bezahlung im Voraus. Luisa fingerte nach den Geldscheinen und zog zwei Fünfziger hervor. Wenig später saß sie in einem heruntergekommenen Hotelzimmer. Immerhin hatte sie jetzt ein Dach über dem Kopf. In Ruhe zählte sie die Scheine. Es waren genau vierhundertfünfundsechzig Euro. Das sollte für den Anfang reichen, dachte Luisa lakonisch. Nun wusste sie, wie sie an Geld kommen konnte.

In den nächsten beiden Nächten ging sie auf Raubzug. Tagsüber beobachtete sie die Dealer im Park, um sich abends an sie heranzuschleichen und ihnen das Geld abzunehmen. Ein einfaches Geschäft, fand sie. In der dritten Nacht schien es sich herumgesprochen zu haben. Die Dealer starrten misstrauisch um sich, als die Nacht hereinbrach, und bildeten lieber Grüppchen, als allein zu bleiben. Schade, dachte Luisa. Aber erst einmal hatte sie genug Geld beisammen. Etwa fünftausend Euro, genaugenommen. Mit dem Geld kaufte sie ein neues Smartphone, nachdem sie ihr altes feierlich in der Isar versenkt hatte, sowie eine abaya und einen niqab. Vollverschleiert wie eine gläubige Muslimin konnte sie damit ungesehen durch das Münchner Bahnhofsviertel marschieren.

Mit den Scheinen war es dann gar nicht mehr so schwer, durch diskretes Nachfragen an eine kleine, heruntergekommene Wohnung über einer türkischen Fußballkneipe zu kommen – sie drückte dem Besitzer einfach eintausendfünfhundert Euro in die Hand und konnte direkt einziehen.

Die Wohnung verfügte durch die Kneipe sogar über WLAN. Was konnte sie sich mehr wünschen? Sie öffnete direkt damit die Seite der lokalen Zeitung. Drogenkrieg in München – drei Tote, lautete die

Überschrift. Müde überflog sie den Text. „Der Drogenkrieg in München geht weiter. In dieser Nacht sind erneut drei Menschen ums Leben gekommen. Experten gehen davon aus, dass sich verschiedene Clans um das Hoheitsgebiet in der Bahnhofsregion streiten. Einem Insider zufolge sollen mehrere stadtbekannte Dealer überfallen und ausgeraubt worden sein ..."

Oh, dachte Luisa, zuckte mit den Schultern und richtete sich in ihrem neuen Leben ein. Das Haus verließ sie nur verschleiert. Niemand sollte sie aufspüren können.

Als sie ein paar Tage später in einem arabischen Supermarkt einkaufen ging, sprach eine fremde Frau sie an. „Du bist neu hier, oder?" Sie trug einen Schleier, ihre warmen braunen Augen hatte sie jedoch nicht verhüllt.

Luisa wusste nicht, was sie antworten sollte.

„Es fällt natürlich auf, wenn eine Gläubige ohne Mann hier im Viertel einzieht", fügte die Fremde hinzu. „Ich wollte dich nur willkommen heißen."

„Danke", krächzte Luisa heiser.

„Wo kommst du her?" Sie schien nicht lockerlassen zu wollen.

„Ich ... Hier aus München."

„Ich bin Amal. Darf ich dich zu einem Glas Tee einladen, Schwester?"

Ein paar Minuten später saß Luisa in der Wohnung der fremden Frau. Sie wusste nicht so genau, warum sie mitgegangen war. Vielleicht, weil sie sich einsam fühlte?

Amal war eine nette, etwa fünfzigjährige Frau, die aus dem Irak stammte und in der nächsten halben Stunde ihre gesamte Lebensgeschichte samt der Lebensgeschichte ihrer Kinder vor Luisa ausbreitete.

Ihr Mann war vor einiger Zeit an einem Herzinfarkt gestorben, die älteste Tochter lebte noch im Irak, ihr Sohn arbeitete auf einer Baustelle in Augsburg, die jüngste Tochter hatte einen Syrer geheiratet und lebte ganz in der Nähe. „Mein Schwiegersohn mag mich nicht besonders, fürchte ich", seufze Amal. „Es gefällt ihm nicht, wenn ich meine Tochter besuche, und er will nicht, dass sie allein unterwegs ist. Es ist gefährlich hier. Viele der Bewohner in diesem Viertel sind sehr konservativ, kaum ein anständiges junges Mädchen würde es wagen, ohne Kopftuch und allein nach Einbruch der Dunkelheit draußen herumzulaufen. Aber in anderen Stadtvierteln kommt es oft vor, dass wildfremde Menschen versuchen, ihr das Kopftuch herunterzureißen. Meine Tochter wurde schon bespuckt und gestoßen ..." Amal schüttelte traurig den Kopf.

„So war es auch bei mir", rief Luisa, dankbar für die Vorlage. „Ich bin vor einiger Zeit konvertiert und versuche, alles richtig zu machen, aber mein Umfeld versteht es nicht, mein Vater ... Deswegen bin ich hierhergezogen, um meinen Glauben leben zu können ..."

„Warst du schon in der Moschee?", fragte Amal.

Verdammt, dachte Luisa. Warum hatte sie sich keine andere Erklärung für die Verschleierung zurechtgelegt? „Nein, ich ..."

„Wir können am Freitag gemeinsam gehen", schlug Amal vor.

Letztendlich erwies sich ihre falsche Lebensgeschichte als Türöffner in eine neue Welt. Durch Amal und die Moschee lernte sie weitere Frauen des Viertels kennen, bald ging sie zum Frauenkreis und wurde immer öfter zum Teetrinken eingeladen. So gelang es ihr nicht nur, ihre in den letzten Jahren eingeschlafenen Arabischkenntnisse zu reaktivieren, sondern auch, ein bisschen Anschluss zu finden und sich von dem abzulenken, was in letzter Zeit alles schiefgelaufen war. Dazu besuchte sie ein Fitnessstudio nur für Frauen, in dem sie bar bezahlte. Zwei- bis dreimal die Woche ging sie dazu in der Nacht aus dem Haus, um sich in einem dunklen Hauseingang den niqab vom Kopf zu reißen, die abaya in ihren Rucksack zu stopfen und im nahegelegenen Park joggen zu gehen. Ihr Körper brauchte das einfach. Und die Menschen im Bahnhofsviertel ließen sie weitgehend in Ruhe. Nazis verirrten sich nicht hierher. Niemand stellte Fragen. Das einzige, das sie etwas störte, waren die Versuche der Frauen, sie zu verkuppeln.

„Ich habe einen Neffen im Irak", lächelte zum Beispiel Amal. „Er würde dir ein guter Mann sein. Er ist Chemiker und würde sich sehr darüber freuen, eine Ehefrau in Deutschland zu finden." Sie zeigte Luisa das Bild eines schlanken Mannes um die dreißig, mit wehmütigen dunklen Augen und einem lächerlichen Schnurrbart, wie sie fand.

„Danke, aber nein, danke", murmelte Luisa und dachte flüchtig an Mike und an Jonas. Nein, sagte sie sich. Mit den Männern hatte sie ein für alle Mal abgeschlossen.

Natürlich sagte sich das viel einfacher, als es getan war. Kein Tag verging, an dem sie nicht beide vor sich sah.

Was Jonas wohl gerade tat? Er hatte ihr nicht einmal ins Gesicht sagen können, dass er sie für eine durchgeknallte Spinnerin hielt, stattdessen hatte er ihre Eltern vorgeschickt ... Natürlich, sie konnte ihn verstehen. Wer wollte schon eine Psychotante heiraten, von der er nicht sicher wusste, wo sie ein halbes

Jahr lang gewesen war, die unter Terrorverdacht stand und dazu merkwürdige Leute nach Hause geschleppt hatte.

Und Mike ... Wie in Dubai, hatte er gesagt und ihr unterstellt, dass sie sich die Begegnung mit den beiden Männern in München nur eingebildet hatte ... Unmöglich. Sie hatte die beiden vor sich gesehen, sie hatten sie bedroht, sie hätte sich nie im Leben so verschätzt und Unschuldige angegriffen! Und an einen sexuellen Übergriff mochte sie ebenfalls nicht glauben. Sie hatten gesagt, sie würden ihrem Freund etwas tun. Warum hätte sie das erfinden sollen? Nein, Mike war der Feind. Genau wie Jonas. Vielleicht war das eine Verschwörung, um sie in eine geschlossene Anstalt einzuweisen? Dann wäre sie allen schön aus dem Weg ...

Das hätten die wohl gerne! Nein, es half nichts – sie musste unter dem Radar bleiben.

Eigentlich war es schon unsicher, dass sie sich mit den Frauen angefreundet hatte ... Ich muss weg, beschloss Luisa. Irgendwo hin, wo mich keiner kennt, in eine andere Stadt, wo ich mir einen einfachen Job suchen und neu anfangen kann, vielleicht kann ich auch in ein anderes Land ziehen. Nach Spanien, zum Beispiel, auf die Kanaren oder nach Mallorca ... Nur brauche ich dafür mehr Geld.

Aber sie wusste ja, wo sie sich welches besorgen konnte.

In dieser Nacht begab sie sich in den Englischen Garten. Dort hielt sie sich zunächst im Schatten der Bäume und beobachtete die Lage. Der letzte Raubzug lag schließlich schon einige Zeit zurück. Dort, ein junger Mann. Sie sah ihn im Licht einer Laterne mit mehreren Leuten sprechen, Scheine wechselten den Besitzer. Das sah vielversprechend aus.

Etwa eine Stunde später stellte er sich an einen Baum, bereit zum Austreten. Rasch schritt sie auf ihn zu und hielt ihm die Pistole an den Hals. „Hände hoch", knurrte sie, griff in seine Tasche, zog das Bündel Scheine heraus, hatte auch gleich ein Tütchen mit einer weißen Substanz mit in der Hand. Achtlos ließ sie das Tütchen fallen, zog sich in den Schatten zurück, steckte das Geld unter ihre abaya. Noch einmal checkte sie die Gegend. Ihr Opfer hatte sein Briefchen schon längst wieder eingesteckt und telefonierte. Verdammt, warum hatte sie ihm nicht das Handy abgenommen. Egal, jetzt aber schnellstmöglich zurück. Hastig strebte sie dem Ausgang zu. Nach ein paar Metern beschlich sie das Gefühl, dass ihr jemand folgte. Sie glaubte, Schritte zu hören, die verstummten, wenn sie stehenblieb. Der Schleier nahm ihr die Sicht. Verdammt. Schnell trat sie vom Weg in den Schutz der Büsche und wollte den Schleier lüften, als es neben ihr raschelte und ein Mann direkt vor ihr auftauchte.

Verdammte Scheiße, dachte sie, und hob die Pistole, als sie einen scharfen Schmerz in ihrem Arm spürte. Der Mann hatte ein Messer! Sie feuerte mehrmals in seine Richtung und e ging zu Boden. Sie wusste nicht, ob sie getroffen hatte oder nicht und versuchte auch nicht, es herauszufinden, sondern presste die Waffe dicht an sich und eilte weiter durch den Park, in Richtung der nächsten belebten Straße. Ihr war schwindelig. Sie lehnte sich an den Stamm eines Baumes. Nicht ohnmächtig werden, beschwor sie sich. Nur nicht das Bewusstsein verlieren! Nicht hier!

Sie riss den niqab herunter und wickelte sich das Tuch um den Arm. Der Schnitt pochte laut und schmerzhaft, er schien lang und vor allem tief zu sein. Vermutlich sollte sie ein Krankenhaus aufsuchen?

Doch nein, das kam nicht in Frage. Sie biss die Zähne zusammen und rappelte sich auf. Auf Schleichwegen tappte sie durch den Park, hielt sich im Schatten, um kein leichtes Opfer für einen weiteren Angreifer zu werden. Sie schleppte sich am Haus der Kunst vorbei, geradeaus durch die Seitzstraße und hielt sich weiter an schmale Seitenstraßen. Ein Umweg, doch sie wollte nicht am hell erleuchteten Odeonsplatz oder gar am Stachus zusammenbrechen. Der Boden schwankte, sie hatte Mühe, sich aufrecht zu halten. Ihre Beine zitterten, der niqab war blutgetränkt, Blut tropfte auf ihre abaya und den Boden, eine deutliche Spur für jegliche kriminelle Individuen. Auf Höhe Maximilianstraße wusste sie, dass sie es nicht schaffen würde. Sicher lag noch eine halbe Stunde Fußweg vor ihr.

Ein Mann packte sie an der Schulter. Sie drehte sich taumelnd um. Ein Riese stand vor ihr und blickte ausdruckslos auf sie hinunter. Belämmert starrte sie in das furchtbar entstellte Gesicht, das ihr nur allzu vertraut war.

„Ha...harvey!", stammelte sie.

Er fing sie auf, nahm sie in die Arme, hob sie hoch. Ihr Kopf lehnte an seiner Brust, dann verlor sie endgültig das Bewusstsein.

Harvey hielt Luisa in seinen Armen, stapfte mit ihr durch das nächtliche München und verfluchte Mike. Hatte er nicht gesagt, dass er auf Luisa aufpassen wollte? Alles musste er selbst tun. Dabei war er doch erst vor wenigen Wochen aus dem Krankenhaus entlassen worden. Seine Hand schmerzte immer wieder und sie war längst nicht mehr so beweglich wie früher, aber er musste es wohl als glückliche Fügung ansehen, dass die Ärzte es geschafft hatten, sie wieder anzunähen. Dann hatten sie ihm noch angeboten, zu sehen, was sie wegen seinem Gesicht tun konnten, doch er hatte abgelehnt. Er hatte schon genug Operationen über sich ergehen lassen müssen, er wollte nicht noch länger im Krankenhaus sein. Und er hatte richtig gehandelt, wenn er so auf die bewusstlose Luisa herunterblickte.

Seit ein paar Tagen hatte er sie bereits beobachtet, ihr zugesehen, wie sie in ihrer schwarzen abaya wie ein Schatten aus dem Haus schlich ...

Nach seiner Entlassung war er direkt nach München gegangen und hatte das Haus von Jonas beobachtet, aber keine Spur von Luisa entdecken können. Schließlich klingelte er an einem Samstagmorgen gegen sieben Uhr bei ihm an der Tür.

Jonas öffnete. Er sah müde aus, das Haar zerzaust, offenbar hatte ihn die Türglocke aus dem Bett geholt.

Als er Harvey sah, machte er große Augen und einen Schritt zurück.

Das war Harvey gewohnt. Mit seinen zwei Metern Größe, seiner breiten Statur und seinem entstellten Gesicht jagte er nahezu jedem Angst ein. Gut so. „Wo ist Luisa?", knurrte er auf Deutsch.

„Ich ... weiß nicht", stammelte Jonas.

Harvey trat in die Wohnung, sein Gegenüber wich erschrocken weiter zurück, sodass Harvey die Tür schließen konnte. Die Nachbarn mussten ja nicht alles mitbekommen.

„Warum nicht?", knurrte Harvey.

„Sie ... sie ist abgehauen, verstehen Sie?"

„Warum?"

„Ich ... ich weiß nicht. Ich habe mit ihr nichts mehr zu tun. Ich bin fertig mit ihr, verstehen Sie? Sie ist voll ... ausgetickt, hat sich verhalten wie ein Psycho. Sogar Mike ..."

„Mike?"

„Ja, er hat sie auch für verrückt erklärt."

Und wieso hat er mir nichts davon erzählt?, dachte Harvey und hatte große Lust darauf, jemanden zu verprügeln, dieses Würstchen hier zum Beispiel.

„Wirklich, ich würde Ihnen ja helfen, sie zu finden, aber ich habe nichts mehr von ihr gehört."

„Wo ist sie hin?"

„Keine Ahnung. Wirklich, überhaupt keine Ahnung. Wie gesagt, ich bin fertig mit ihr. Völlig irre ist sie geworden. Machen Sie mit ihr, was Sie wollen, ich ..."

Harvey legte ihm eine Hand auf die Schulter und drückte zu.

Jonas kreischte auf und ging in die Knie. „Bitte, bitte", flehte er.

„Ich gehe zu ihren Eltern", beschloss Harvey laut.

„Was? O Gott, bitte, sie wissen nichts, Luisa hat sich bei ihnen nicht gemeldet. Sie rufen mich immer wieder an und fragen nach, wirklich, glauben Sie mir, sie hat jeglichen Kontakt abgebrochen, bitte, Sie müssen sie wirklich nicht behelligen, sie sind alt und verzweifelt genug ..."

Immerhin noch ein Funken Anstand in ihm, stellte Harvey fest, ließ ihn los und stürmte aus der Wohnung. Irgendetwas war hier faul. Sarah musste wissen, dass Luisa nicht mehr bei Jonas wohnte und sie hatte Mike offensichtlich nicht informiert. Oder hatte sie Mike informiert und der hatte beschlossen, das zu ignorieren? Mike wollte doch sonst immer alles und jeden retten, warum hasste er Luisa so sehr, was hatte sie ihm bloß getan?

Er rief Sarah an. Die wollte ihn zunächst abwimmeln, hatte aber schließlich ein Einsehen und verriet ihm Luisas Adresse.

„Die Ärmste ist völlig verwirrt", drang ihre

Stimme durch das Telefon. „Sie leidet unter Verfolgungswahn, geht nur noch vollverschleiert aus dem Haus, wie eine gläubige Muslimin. Es gab einen Vorfall vor einigen Wochen." Sie erzählte ihm kurz von Luisas Anruf und der sicheren Wohnung in Pullach. „Völlig durchgedreht, das arme Ding. Mike konnte sie nicht beruhigen, sicher fühlt er sich schuldig deswegen. Vielleicht hat er sich deswegen nicht bei dir gemeldet? Ich empfehle dir, keinen Kontakt mit ihr aufzunehmen. Keine Sorge, wir passen auf sie auf und haben alles im Griff."

Harvey nahm sich dennoch ein Zimmer ganz in der Nähe der angegebenen Adresse, eine wirklich miese Absteige. Er brauchte einige Zeit, bis er sicher sein konnte, dass er sie überall trotz Ganzkörperschleier an ihrem Gang wiedererkennen würde.

Von einer Überwachung durch Sarah bemerkte er nichts. Vielleicht verließ sie sich auf elektronische Hilfsmittel, vielleicht hatte sie Luisas Wohnung verwanzen lassen? Besser, er blieb in der Gegend und passte auf sie auf, unternahm in der Zeit lediglich einen Abstecher nach London, da er dort noch etwas zu erledigen hatte.

Gut, dass ich ihr zum Englischen Garten gefolgt bin, dachte er. Hier hatte er sie zunächst aus den Augen verloren und dann am Haus der Kunst gewartet, bis sie wieder erschienen war. Er hatte gleich geahnt, dass etwas passiert sein musste, sie lief langsamer als sonst, und wenn er es richtig sehen konnte, trug sie ihren Gesichtsschleier nicht mehr.

Er beschloss, sich ihr zu erkennen zu geben und in ihrer Wohnung nach dem Rechten zu sehen, aber dann sah er, wie sie schwankte und sich an der Hauswand abstützte. Sofort trat er zu ihr hin und konnte sie gerade noch auffangen. Auf kleinen Nebenstraßen trug er sie zu ihrer Wohnung. Nur kein Aufsehen erregen. Doch um diese Uhrzeit waren nur wenige Leute unterwegs. Einmal starrte ein Junkie ihn an, hielt aber Abstand.

Endlich war er vor ihrer Wohnung angekommen.

Muffiger Geruch schlug ihm entgegen, als er die Tür öffnete. Das Zimmer war schlimmer als seines. Behutsam legte er sie auf das Bett, zog ihr die abaya aus und versorgte notdürftig ihren verletzten Arm. Sie hatte einiges an Blut verloren, stellte er fest. Doch sie würde es überleben, auch ohne Transfusion. Sicher war es vor allem der Schock, der ihr zugesetzt hatte. Mit etwas Ruhe ... Rasch warf er einen Blick in den Kühlschrank. Nur wenig da, nur ein kleiner Joghurt, eine Gurke, drei Tomaten, ein Stück Feta. Er würde am Morgen einkaufen gehen. Auch vernünftiges Verbandszeug musste er besorgen.

Sein Blick wanderte über ihren Körper, über das hauteng Shirt voller Blutflecken, unter dem sich ihr BH abzeichnete, über die Legging an ihren dünnen Beinen.

Es gab da etwas, das er schon lange hatte tun wollen. Er hatte die letzten Tage ununterbrochen mit sich gerungen, immer wieder überlegt, ob er nachts in ihre Wohnung eindringen und es tun sollte, und es dann doch gelassen, weil er wusste, dass es falsch war und dass es viele unabsehbare Probleme mit sich bringen würde. Dennoch hatte er bei Rick in London ein starkes Betäubungsmittel besorgt. Es lag in seiner Wohnung. Doch in dieser Nacht würde er es nicht brauchen.

Es ist falsch, sagte er sich. Und doch ... Sie würde es nicht bemerken und er konnte immer noch ...

Vorsichtig schälte er sie aus den Klamotten. Nur mit ihrem Höschen bekleidet lag sie vor ihm, die Augen geschlossen, in der dunklen Umarmung der Ohnmacht. Er würde es tun. Er musste es tun.

Als Luisa erwachte, saß Harvey an ihrem Bett und blickte emotionslos auf sie hinunter. Sie starrte ihn wortlos an und fragte sich, ob sie nun endgültig verrückt geworden war. Was um alles in der Welt sollte ausgerechnet Harvey hier tun, der grimmige, wortkarge Riese, der abwechselnd mit Mike, Frances und Danny in den schottischen Highlands auf sie achtgegeben und ihr das Schießen beigebracht hatte?

„Wie geht es dir?", knurrte er.

„Ich müsste mal auf Klo", murmelte sie. Wenn er schon da war ... Sie fühlte sich schlapp und unglaublich müde, ihr ganzer Körper schien Tonnen zu wiegen und sie war sich nicht sicher, ob sie alleine aufstehen konnte. Er half ihr auf die Toilette und sie stellte fest, dass sie nichts trug außer ihrer Unterhose, doch sie war so müde, dass sie dem kaum Bedeutung beimaß. Sie war froh, dass sie allein auf dem Klo sitzen konnte, obwohl der Boden schwankte und noch froher, als sie wieder in ihrem Bett lag.

„Schlaf weiter", knurrte Harvey und deckte sie zu.

Sie gehorchte und fiel in einen unruhigen Schlummer. Sie träumte, dass die Tür zu ihrer Wohnung aufgerissen wurde. Drei Männer kamen herein. Sie trugen weiße Kleidung, wie Sanitäter. Lautstark unterhielten sie sich auf Arabisch und begutachteten ihre Verbände, dann legten sie Luisa auf eine Trage und verließen mit ihr die Wohnung, um sie in einen wartenden Krankenwagen zu befördern. Merkwürdiger Traum, dachte Luisa, erst Harvey, dann das. Sie schlief weiter.

Kapitel 4

Mike saß am Fluss und angelte. Er wusste, dass das keine gute Idee war. Mit dem Nichtstun kamen die Gedanken und die konnte er nicht gebrauchen. Isabella und Luisa waren es hauptsächlich, die ihm im Kopf herumspukten und an die er einfach nicht mehr denken wollte. Es ist vorbei, sagte er sich. Isabella ist tot, ich kann nichts mehr für sie tun. Und Luisa ist glücklich mit ihrem Jonas. Sicher sind sie längst verheiratet. Und dieser Zwischenfall neulich in München … Sicher ist sie in ärztlicher Behandlung, sicher geht es ihr gut. Und Sarah hat versprochen, auf sie aufzupassen. O ja, Sarah. Er wartete noch immer darauf, dass sie sich bei ihm mit einem neuen Auftrag melden würde, doch bisher Fehlanzeige. Es sollte ihm recht sein. Stirnrunzelnd dachte er an ihre letzte Begegnung in Dubai. Sie wollte mich nur in Verlegenheit bringen, dachte er gereizt. Hoffentlich wird sie sich nie wieder melden.

In dem Moment vibrierte sein Smartphone neben ihm. Er warf einen Blick darauf. Eine unbekannte Nummer mit britischer Vorwahl. Sarah? Das hatte ihm gerade noch gefehlt. Widerstrebend nahm er den Anruf an.

„Luisa wurde entführt."

Die krächzende Stimme erkannte er auf Anhieb. „Harvey?" Was zum Teufel … „Wo bist du denn?"

„München."

„Und Luisa … Wie, sie wurde entführt?"

Schweigen.

„In Ordnung, ich rufe Sarah an und …"

„Nein." Das kam scharf und eindeutig.

„Okay. Was … was soll ich dann deiner Meinung

117

nach tun?", schnauzte er ungehalten zurück.

„Packen."

„Und wo soll ich hinkommen?"

Doch sein Gesprächspartner, wenn man Harvey so nennen wollte, hatte bereits aufgelegt.

Mikes Gedanken rasten. Luisa war entführt worden? Doch von wem? Und wieso? Und was meinte Harvey damit, dass er Sarah nicht anrufen sollte? Mürrisch packte er seine Angelsachen zusammen.

Gott, er wollte das alles nicht. Er war einfach nicht mehr für Luisa zuständig, sie musste selbst sehen, wie sie klarkam ...

Er stapfte zurück zum Auto und sah sie vor sich, verletzt und blutend auf dem Bett, damals in der Hütte ... Das war seine Schuld gewesen. Alles war seine Schuld gewesen. Und das bedeutete, er musste dafür geradestehen.

Müde packte er die Angel in den Kofferraum und fuhr zurück nach Hause, in das Cottage, in dem seine Eltern gewohnt hatten. Viele hätten ihn um sein Haus in Cornwall beneidet, doch er wohnte hier hauptsächlich, weil er nichts mit sich anzufangen wusste und weil es weit weg von allem war, von anderen Menschen, die ihn kannten, und von Großstädten, die ihn stressten ... Fünf Stunden waren es mit dem Auto bis London, drei Stunden bis Bristol, vier Stunden bis Birmingham.

Sicher würde er fliegen müssen. Er checkte die Flugpläne. Am schnellsten wäre er von Birmingham aus in München. Also dann ... Rasch schnappte er sich seine Tasche, die er für Notfälle stets gepackt unter der Treppe verstaute, und machte sich auf den Weg.

Als Luisa erwachte, tat ihr alles weh. Sie fand sich

merkwürdig zusammengekrümmt in einer Art Sessel wieder, in eine schwarze abaya gehüllt, dazu trug sie allem Anschein nach ein Kopftuch. Verwirrt schüttelte sie sich und setzte sich auf, so gut es ging.

„Sie sind wach. Das erfüllt mein Herz mit Freude", ertönte eine weiche Stimme, die reines Hocharabisch sprach.

Ein Mann erschien in ihrem Gesichtsfeld. Er war sehr beleibt, zugleich wirkte er mit seinem sorgsam gestutzten Bart auch sehr gepflegt. Er trug ein weißes Gewand, wie es zum Beispiel in Saudi-Arabien getragen wurde, mit einem weißen Tuch, das mit einer dicken schwarzen Kordel auf seinem Kopf saß.

„Wer sind Sie denn?", murmelte Luisa auf Arabisch und versuchte vergeblich, sich einen Reim auf die neue Umgebung zu machen, die in diesem Moment anfing, leicht zu ruckeln. Verstört blickte sie zum Fenster und sah nichts als einen strahlend blauen Himmel. Um Gottes Willen. Sie befand sich in einem Flugzeug! Aber nicht in einem Linienjet, das hier sah deutlich mehr nach einem Privatflugzeug aus. Hinter dem fremden Mann glaubte sie, eine Stewardess zu erkennen. In dem Moment erschien ein schwarz gekleideter Mann mit dunklen Haaren und gepflegtem Bart, dem das Wort „Leibwächter" förmlich auf der Stirn geschrieben stand. Er baute sich neben ihr auf. Nicht sehr vertrauenserweckend, dachte Luisa.

„Mein Name ist Abu Yusef", stellte sich der Fremde vor. „Ich vermute, Sie kennen mich nicht."

„Nein", bestätigte Luisa.

„Aber ich kenne Sie. Ich habe viel von Ihnen gehört und über Sie gelesen und das hat mich neugierig gemacht."

„Und deswegen haben Sie mich mit auf eine Spritztour mit Ihrem Jet mitgenommen?", nuschelte

Luisa. Sie traute ihrem Gegenüber nicht im Geringsten.

„Nein, ganz und gar nicht. Aber ich vergesse meine Manieren!" Er klatschte in die Hände. „Tee und ein Omelette für meinen Gast!"

Wenig später eilte die Stewardess herbei und stellte ein Tablett vor Luisa ab, mit schwarzem Tee, einem Glas Wasser und einem Omelette, zusammen mit Käse, Oliven und Brot. Sie stellte fest, dass sie tatsächlich Hunger hatte. Einen Moment zögerte sie. Was, wenn der Mann sie vergiften wollte? Doch dann hätte er es sicher längst getan. Und auch wenn sie keinen Hunger hatte – sie musste zusehen, dass sie wieder zu Kräften kam. Nur so würde sie in der Lage sein, sich ihm zu widersetzen. Also griff sie zu. „Wo fliegen wir hin?", fragte sie zwischen zwei Bissen Brot.

„Nach Beirut."

„Oh." Von Syrien aus hatte sie auch mehrmals den kleinen Libanon besucht und sich direkt in das Land verliebt, in seine freundlichen Menschen, in die Berge, in die Strände, in all die faszinierenden historischen Stätten wie die Tempel von Baalbek oder die Klöster im Wadi Qadischa ... „Und was machen wir da?"

„Wir dienen Gott."

„Und wie werden wir das tun?"

„Indem wir gegen die Ungläubigen kämpfen."

Oh, verdammt.

„Ich habe Sie beobachten lassen. Sie sind eine Kämpferin, eine Kriegerin, aber ohne Mission, ohne Aufgabe. Ruhelos sind Sie durch München gezogen, voller Mut und voller Angst zugleich. Doch nun müssen Sie sich nicht länger verstecken und sich im Selbstmitleid suhlen. Ich habe eine Aufgabe für Sie, die großartiger nicht sein kann."

„Und die wäre?"

„Das werden Sie früh genug erfahren. Bis dahin sind Sie mein Gast. Es wird Ihnen an nichts fehlen. Ruhen Sie sich aus."

Luisa hatte aufgegessen. Müde lehnte sie sich wieder nach hinten. Ihr Kopf dröhnte.

„Ruhen Sie sich aus", sagte Abu Yusef noch einmal. Sein Gesicht verschwamm vor ihren Augen. Sie würde sich zu einem anderen Zeitpunkt widersetzen.

"No need to chill, I feel the thrill, it's time to kill ..."
Entnervt schaltete Mike das Radio aus. Diesen Song hatte er gefühlt bereits fünfzig Mal an diesem Tag gehört und hasste ihn aus ganzem Herzen.

Auf Höhe Worcester, noch etwa fünfzig Minuten von Birmingham entfernt, vibrierte sein Handy. „Harvey?", fragte er.

„Sie ist im Libanon", krächzte dessen raue Stimme in sein Ohr.

„Was?"

Schweigen.

„Im Libanon?", hakte Mike noch einmal nach.

„Ja. Beirut."

„Woher weißt du das?"

„Ich fliege jetzt nach Beirut."

„Und ich? Soll ich auch ...?"

„Halte dich bereit."

Mike fuhr fluchend auf einen Autobahnparkplatz und checkte die nächsten Flüge in den Libanon. Von London aus hätte es natürlich Direktflüge gegeben. Sollte er dorthin fahren oder besser hier in Birmingham warten? Woher wollte Harvey im Übrigen wissen, dass Luisa entführt worden war – und wenn dem so war, dass sie sich im Libanon befand? Warum ausgerechnet der Libanon? Sollte sie eine Rolle im syrischen Bürgerkrieg spielen? Hielten ihre Entführer sie etwa für eine Terroristin? Und was mochten sie mit ihr anstellen? Er wollte es sich nicht ausmalen, dennoch fluteten düstere Bilder sein Bewusstsein. Wieder sah er sie vor sich, wie sie blutend in der Hütte gelegen hatte, nachdem Royce sie mit einem Messer traktiert hatte, wieder sah er Isabella vor sich, wie er sie damals grässlich zugerichtet in seiner Wohnung gefunden hatte ... „Reiß dich zusammen", knurrte er leise. „Warte ab, bis du mehr weißt, bevor du vom Schlimmsten ausgehst." Doch die Bilder blieben. Leider wusste er nur allzu genau, wie das Schlimmste aussah.

Danny legte sich neben Frances auf den Waldboden. „Harvey hat angerufen. Luisa wurde entführt."

„Was?" Das erste Mal seit drei Stunden wandte Frances den Blick vom Zielfernrohr ihres Gewehres, riss den Kopf in die Höhe und starrte ihn an. „Aber wo? Wie? Warum?"

Danny zuckte die Achseln. „Er hat gesagt: Luisa wurde in München entführt. Sie ist in Beirut. Er meldet sich wieder. Dann hat er das Gespräch beendet."

„Großer Gott!" Sie schüttelte den Kopf und widmete sich wieder dem Zielfernrohr.

Da. So deutlich wie vorher. Hashim Mustafa lag noch immer in der Abendsonne an seinem Pool, inmitten seiner gut bewachten Superluxusvilla, die mit Sicherheit zwei Vermögen gekostet hatte, während ein junges, komplett nacktes Mädchen ihn oral befriedigte.

Frances prüfte noch einmal den Wind, die Ballistikangaben und den Entfernungsmesser, dann zog sie langsam und bedächtig den Abzug durch.

Der Mafiaboss rührte sich nicht.

Der Schuss löste sich, das Spezialprojektil überwand die tausendzweihundert Meter bis zum Ziel in Sekundenbruchteilen. Der Körper des Mannes erbebte minimal, als sich die Kugel in seinen Kopf bohrte, dann lag er wieder still, als wäre nichts gewesen.

Das Echo des Schusses schallte durch die Berge.

„Was zum Teufel ..." Danny schnappte sich ein Fernglas und blickte hindurch. „Frances, was ..."

„Auftrag ausgeführt." Sie setzte sich auf. „Ich schlage vor, wir verschwinden von hier und suchen Luisa."

„Bist du völlig irre? Unser Auftrag lautete: Beobachten, anvisieren und auf Schussfreigabe warten."

„Wir hocken jetzt schon seit drei Wochen hier in diesem verschissenen Wald", fuhr Frances auf. „Ich habe echt keinen Bock mehr. Sie wollen, dass er stirbt. Er ist ein Mafiaboss, sagen sie, und wenn ich an den Bunker denke, in dem er wohnt, und die halbnackten Mädchen, die dauernd um ihn herumspringen, und an die komischen Gestalten, die dort ein- und ausgehen, sage ich: ein Schwein weniger auf der Welt ist nie verkehrt. Jetzt ist er tot und das ist gut so. Du kannst Sarah ja sagen, ich hatte einen nervösen Finger."

Danny rollte mit den Augen. „Das kannst du nicht machen! Warum wollten sie wohl, dass wir warten? Weil noch eine Geheimdienstoperation irgendwo läuft, für die sie ihn lebendig brauchen." Er schnappte sich das Fernglas und spähte hindurch.

„Aber wir haben keine Ahnung, um was es sich handelt und wie sinnvoll die Operation wirklich ist. Nicht sehr sinnvoll, würde ich sagen, so wie ich Sarah kenne. Und deswegen schlage ich vor, dass wir hier sofort verschwinden!" Frances baute ihr Gewehr auseinander. „Sie werden es bald merken und dann ..."

„Sie haben es schon bemerkt", fuhr Danny sie an. „Das Mädchen schreit sich bereits die Seele aus dem Leib. Sarah wird nicht glücklich sein. Und außerdem ..."

„Sarah hat zugesichert, dass sie Luisa beschützt", unterbrach Frances grob. „Laut Harvey ist das wohl schiefgelaufen." Sie klappte den Gewehrkasten zu. „Worauf wartest du noch? Lass uns abhauen!"

Ein paar Minuten später saßen sie in ihrem Geländewagen und jagten auf die mazedonische Grenze zu.

Zwei Stunden fuhren sie schweigend auf Nebenstraßen durch die teils kahle, teils baumbestandene Bergwelt des Kosovo.

Arme Luisa, dachte Frances. Du hast aber auch wirklich kein Glück. Erst in London zur falschen Zeit am falschen Ort und jetzt das ... Aber ich verspreche dir: Egal, wer dir auch nur ein Haar krümmt, ich werde dafür sorgen, dass nichts von ihm übrig bleibt.

Mittlerweile war die Sonne untergegangen.

Im Schatten der Wälder auf der Straße nach Glloboçicë hielt Danny schließlich an und parkte den Wagen im Gebüsch.

Frances schnappte sich den Gewehrkoffer.

„Du kannst das Gewehr nicht mitnehmen", knurrte Danny. „Lass es hier."

Er redet wieder mit mir, dachte Frances belustigt. Die ganze Fahrt über hatte er beleidigt geschwiegen. „Warum nicht?", fragte sie. „Vielleicht brauchen wir es?"

„Wir haben noch die Sig Sauer und die Uzi. Das muss reichen."

„Hmpf", grummelte Frances. Am liebsten war ihr das Gewehr. Die Uzi, eine kompakte Maschinenpistole aus Israel, hätte sie ebenfalls gerne genommen, doch die beanspruchte Danny stets für sich. Blieb ihr nur die Sig Sauer. Doch was war eine Pistole schon gegen ein Scharfschützengewehr?

„Was willst du mit dem schweren CheyTac?", knurrte Danny. „Du musst es sowieso zusammenbauen, bevor du es benutzen kannst. Und du hast nur einen Schuss."

„Wenn wir es im Wagen lassen – wer weiß, wer es dann findet?"

Danny zuckte die Schultern. „Wie du meinst. Nimm es ein Stück mit und verstecke es von mir aus im Wald. Aber es kommt nicht mit über die Grenze. Es hält uns nur auf."

Frances seufzte. Ja, der Kasten hatte durchaus Gewicht, aber es schmerzte sie, das gute Stück irgendwo einsam und allein herumliegen zu lassen. „Wir geben Sarah Bescheid, die kann es bergen und einsammeln", schlug Frances vor. „Es gehört ihr sowieso."

Danny zuckte die Schultern.

Ein paar Kilometer vom Wagen entfernt stellte Frances den Koffer im Schatten eines umgestürzten Baumes ab. „Leb wohl, Kleines", murmelte sie.

Danny grunzte nur und schritt weiter voran.

„Hat Harvey sich gemeldet?", fiel ihr ein.

„Ich habe das Satellitentelefon im Kosovo gelassen", knurrte Danny.

„Was? Warum? So wissen wir nicht, was mit Luisa ..."

„Sarah hätte uns darüber leicht aufspüren können. Wenn wir Luisa helfen wollen, sollten wir es Sarah nicht zu leicht machen. Los, weiter."

„Sind wir bald da?", fragte Frances nach einem gefühlt ewig dauernden Fußmarsch. Natürlich war sie
noch längst nicht am Ende ihrer Kräfte, aber langsam reichte es ihr, hinter dem schweigsamen Danny
her durch Unterholz zu kriechen, weit ab von allen
Wegen und Pfaden. Sie hatte große Lust dazu, die
Füße hochzulegen und sich einen guten irischen
Whiskey hinter die Binde zu kippen.

Danny schwieg.

„Es ist so verdammt mühsam", quengelte sie weiter. „Warum suchen wir uns keinen dieser Schmugg-
lerpfade?"

„Weil wir dort auf Schmuggler treffen könnten?",
knurrte Danny.

„Wir haben die Uzi." Du hast die Uzi, korrigierte
sie sich bissig in Gedanken.

„Zu gefährlich. Genug. Und jetzt leise. Wir müssten jetzt der Grenze sehr nahe sein." Er stapfte weiter
vorweg, dann blieb er abrupt stehen.

Frances blickte ihm über die Schulter. Ein paar
hundert Meter entfernt kroch ein Fahrzeug durch
die Nacht. Sie hörten den Motor brummen. Der
schwache Lichtschein zeigte, dass sie wohl mit
Standlicht unterwegs waren. Danny blickte durch
sein Nachtsichtgerät.

„Ich will auch", zischte Frances und ärgerte sich,
dass sie ihr Gewehr nicht hatte. Natürlich war das
ebenfalls mit Nachtsicht ausgestattet gewesen ...

Widerstrebend reichte Danny ihr seins. Sie spähte
hindurch. Zwei Wagen, stellte sie fest, zwei Pick-ups,
auf deren Ladeflächen sich Männer drängten, die in
den Kosovo wollten. Und die Männer waren bewaff-
net wie eine kleine Armee.

„Vermutlich eine Reaktion auf unsere kleine Operation", schnaubte Danny. „Vielleicht haben wir einen Krieg angezettelt."

„Solange sich nur die Drogenmafia gegenseitig umbringt ...“

Er knurrte etwas und schritt weiter vorweg.

Müde tappte sie ihm hinterher. Er hatte ja recht, wie immer eigentlich. Wenn sie den Schmugglerweg genommen hätten, wären sie den beiden Pick-ups gefährlich nahegekommen. Dann doch lieber durch das Unterholz brechen ... Die kleine Privatarmee wäre wohl wirklich etwas zu groß gewesen für eine Uzi und eine Sig Sauer. Und auch die CheyTac hätte nur wenig ausrichten können ... Natürlich würde sie das Danny aber niemals sagen.

„Wir müssten jetzt in Mazedonien sein“, unterbrach er ihre Gedanken. „Siehst du die Lichter dort? Das ist höchstwahrscheinlich Rogachevo.“

Frances nickte. Ihr Job war es, zu schießen, sein Job war es, die Orientierung zu bewahren und sie heile nach Hause zu bringen. „Na dann ... Besorgen wir uns ein Fahrzeug.“

In Rogachevo fanden sie einen klapprigen Lada Niva, den sie sich borgten, indem Danny den Wagen kurzschloss. Auf einem kurzen Abstecher ins nächste Waldgebiet versteckten sie die Uzi, die Sig, das Nachtsichtgerät und alles andere, das am Flughafen Misstrauen erwecken könnte, dass es sich bei den beiden sportlichen Ausländern doch um etwas anderes als um passionierte Wanderer handelte.

Gegen drei Uhr morgens stellten sie den Wagen in einer Seitenstraße in Tetovo ab und nahmen sich einen neuen, etwas ramponiert wirkenden Mittelklassewagen. Danny vermied die Mautstationen auf der Autobahn und hielt sich an Nebenstraßen. Gegen vier Uhr ließen sie den Wagen im Wohngebiet Aerodrom stehen und schlugen sich zu Fuß in Richtung Innenstadt, wo sie ein Taxi zum Flughafen nahmen.

„In drei Stunden geht ein Flug nach Istanbul“,

stellte Danny fest. „Von dort kommen wir bestimmt zeitnah in den Libanon. Ich besorge die Tickets."

„Tu das." Sie lümmelte im Sessel herum. Eigentlich sollte sie wohl schlafen, im Auto war sie immer wieder weggenickt, mit einem erholsamen Schlaf ließ sich das allerdings nur schlecht vergleichen. Dazu ließ Luisa sie nicht los. Was sie wohl alles durchmachen musste?

„Libanon", grübelte Frances laut, als Danny wieder da war und ihr ein Ticket und eine Tasse Kaffee in die Hand drückte. „Haben wir da nicht diesen Hadi eliminiert?"

„Du meinst Abu Hadi von al-Qaida, vermute ich? Nein, das war in Jordanien."

„Ach so. Waren wir im Libanon?"

„Ich war schon einmal dort, das ist allerdings Jahre her."

„Und ich?"

„Nicht, dass ich wüsste."

„Okay." Sie seufzte schwer. Im Irak war sie schon gewesen, und in Afghanistan natürlich, und auch in Syrien, und offensichtlich ebenfalls in Jordanien. Das waren allesamt extrem anstrengende, staubige und hitzige Angelegenheiten gewesen. „Ich weiß noch, als wir Hadi gejagt haben", grummelte sie. „So geschwitzt habe ich in meinem ganzen Leben nicht. Und alles war voller Staub und Steine ... Der schlimmste Einsatz überhaupt. Von Afghanistan einmal abgesehen."

„Ich glaube, du meinst unseren Einsatz im Irak", murmelte Danny. „Als wir den IS-Konvoi für den Luftschlag markiert haben."

„Stimmt!" Sie nickte. „Genau, das war es." Sie nippte an ihrem Kaffee und verzog angewidert das Gesicht. Kaffee war nur da, um wach zu werden, den

Geschmack fand sie allerdings scheußlich. Und dieser hier war besonders schlimm. Aber da musste sie durch. Und was hatte sie schon groß zu jammern. Wenn sie an die arme Luisa dachte ... Wo mochte sie gerade sein? In einem Dreckloch mitten im Nirgendwo, unter der erbarmungslosen, sengenden Sonne, gepeinigt von Fliegen ... „Ist der Libanon so groß wie der Irak?", fragte sie. Sie hatte überhaupt keine Lust auf stundenlange schweißtreibende und holprige Fahrten durch die sengende Sonne.

„Nein, ganz im Gegenteil. Der Libanon ist sehr klein, er hat nur eine Fläche von zehntausend Quadratkilometern. Zum Vergleich: der Großraum London hat eine Fläche von achttausend Quadratkilometern."

"Oh, das ist wirklich klein", staunte Frances.

"Er ist nur zweihundertfünfundzwanzig Kilometer lang und etwa achtzig Kilometer breit. Dazu ist das Land sehr gebirgig. Zwischen den Gebirgszügen des Libanon und des Antilibanon liegt die Beka-Ebene, bekannt unter anderem durch den Anbau von Haschisch. Mittlerweile gilt die Gegend als Drogenlabor des Nahen Ostens."

Woher er das schon wieder alles wusste. Danny, das wandelnde Lexikon. Manchmal fragte sie sich, wie er es nur mit ihr aushielt. Immerhin bin ich gut im Bett, dachte sie lakonisch.

„Harvey hat gesagt, sie ist in der Hauptstadt Beirut", fuhr Danny fort. „Beirut galt einst als Paris des Nahen Ostens. Sie bauen dort jetzt wohl einen Wolkenkratzer nach dem anderen. Das Land selbst ist eigentlich arm, aber es kommt viel Geld von außen, von Libanesen, die im Ausland wohnen, aber auch von Touristen und Geschäftsleuten. Der Libanon ist ein orientalisches Land, aber relativ liberal, wohl auch, da dort viele Christen wohnen. Viele reiche

Araber machen dort gerne Urlaub, weil es möglich ist, in den Bergen Ski zu fahren ... Und natürlich, weil man dort Alkohol trinken kann und leicht Prostituierte findet. Es gibt viele syrische Flüchtlinge, die man ausbeuten kann. Dazu schwappt der Syrienkrieg auch immer wieder in den Libanon, so gab es zum Beispiel Kämpfe im Norden. Die Korruption blüht, und in viele Machenschaften sind wohl auch die Regierungsparteien verwickelt, allen voran die Hizbullah, eine schiitische Terrororganisation, die dem Iran und dem syrischen Regime nahesteht. Deswegen ist auch ein großes Konfliktpotenzial mit Israel vorhanden. Israel liegt ja im Süden des Libanons und ...“

„Okay“, murmelte Frances, der langsam der Kopf rauchte. „Aber es liegt in einer beschissenen Wüste, oder?“

„Nicht wirklich. Eher mediterran. Wie an der Côte d'Azur in Südfrankreich.“

„Bäh“, machte Frances und verzog das Gesicht. „Frankreich. Na, das kann ja heiter werden.“

Beirut, dachte Mike mit gemischten Gefühlen und starrte aus dem Fenster auf die nahezu geschlossene Wolkendecke über Europa. Er hatte überhaupt keine Lust darauf, die laute, hektische Metropole zu besuchen. Die letzte Nacht hatte er in der Nähe von Birmingham in einem Motel direkt an der Autobahn verbracht. Die ganze Nacht und den ganzen Morgen über hatte er gehofft, dass Luisa nicht in Beirut bleiben würde, doch laut Harvey war sie noch immer dort. So hatte er von Birmingham ein Flugzeug nach Paris genommen und nun war er unterwegs nach Beirut, wo er gegen Mittag ankommen würde.

Wann war er zuletzt hier gewesen? Es war Jahre her, er hatte sich immer erfolgreich davor gedrückt.

So romantisch die Liebesgeschichte seiner Eltern immer geklungen hatte ... Junger britischer Soldat verliebt sich in hübsche Libanesin, konvertiert für sie zum Islam und führt sie heim nach England, wo sie ihm einen Sohn schenkt ...

Offiziell war Mike deswegen Moslem, und der Name in seiner Geburtsurkunde lautete Mohammed. In der Schule war er deswegen oft gehänselt worden, bis er angefangen hatte, jeden zu verprügeln, der ihn Mohammed nannte. „Ich bin Mike", hatte er gebrüllt, bis ihn schließlich alle Mitschüler und sogar die Lehrer so nannten. Gläubig war er nie gewesen. Natürlich konnte er die muslimischen Gebete aufsagen, doch er hatte das Beten erst wieder lernen müssen, damals, vor seinem ersten Undercover-Einsatz in Syrien ...

Seine Mutter stammte aus Tripoli im Nordlibanon. Jedes Jahr, seit Mike denken konnte, war sie dorthin gefahren – allein, ohne ihn und seinen Vater. Er hatte es wie selbstverständlich hingenommen, weil ihre Besuche immer in die Schulzeit fielen. Er hatte gerne Zeit mit seinem Vater verbracht, einem ehemaligen Berufssoldaten, der, nach einer schweren Verletzung im Dienst kampfunfähig geworden, seinen Frieden beim Jagen und Fischen in Cornwall gefunden und sich mit verschiedenen Gelegenheitsjobs über Wasser gehalten hatte ... Gemeinsam waren sie auf das Meer hinausgefahren oder hatten bei Wind und Wetter in den Flüssen geangelt, wenn die See zu stürmisch war. Oder sie gingen jagen. Seinen ersten Hasen hatte Mike mit sechs Jahren erlegt. Gut erinnerte er sich noch daran, wie stolz er darauf gewesen war. Reich waren sie nicht gewesen, dennoch hatte er eine gute Kindheit gehabt. Wenn man von den Depressionen seiner Mutter absah. Glücklich war sie nur im Libanon gewesen, wochenlang vor und nach ihren Reisen hatte sie von nichts anderem gesprochen als von den hohen Bergen. In stundenlangen Telefonaten hatte sie an Hochzeiten, Geburten und Todesfällen teilgenommen. Wie oft hatte sie mit seinem Vater über die horrenden Telefonrechnungen gestritten. Als sein Vater ihr weitere Telefonate verbot, legte sie sich ins Bett und stand einfach nicht wieder auf.

Als Mike zwölf Jahre alt wurde, gestand sein Vater ihm auf einer ihrer Bootstouren, dass es einen Grund gab, warum Mike nie den Libanon besucht hatte. „Wenn sie dich mitgenommen hätte, wäre sie nicht zurückgekehrt", knurrte er und spuckte aus. „Und sie hätte dich nicht zurückkehren lassen. Und was willst du da, in diesem Drecksland?"

Bei der nächsten Reise seiner Mutter bestand Mike jedoch darauf, mit in den Libanon zu kommen. Sein Vater versuchte es ihm zu verbieten, konnte sich jedoch nicht durchsetzen. So lernte Mike Beirut und Tripoli kennen, er wurde Zeuge davon, wie herablassend sein Großvater und seine beiden Onkel seine Mutter behandelten.

„Warum schickst du nicht mehr Geld?", forderte der Großvater immer und immer wieder. „Wozu haben wir dich denn in den Westen geschickt? Und warum weiß der Junge nicht, wie man richtig betet? Du bist eine Schande für die Familie."

Mike erfuhr auf die harte Tour, dass seine Mutter weder in Cornwall noch in Tripoli glücklich war.

Doch dann war da Samira, seine fünfzehnjährige Cousine, in die er sich auf der Stelle verknallte. Sie sonnte sich in seiner wohl ziemlich törichten Bewunderung. Er verbrachte viel Zeit mit ihr. Gemeinsam mit ihrem zwölfjährigen Bruder Ahmed durchstreiften sie das Bergland rund um Tripoli, erforschten die alten Basare der Stadt, in denen Mike sich immerzu verlief, und entdeckten gemeinsam die über der Stadt thronende Zitadelle des Raimund von Saint-Gilles, auch Mons Peregrinus genannt. Hier küsste er Samira zum ersten Mal. Sie duldete es einen Moment und wehrte ihn dann lachend ab ...

Im nächsten Jahr war er wieder mit seiner Mutter in den Libanon gefahren, voller Vorfreude auf weitere schöne Stunden mit Samira. Die Nachricht, dass sie geheiratet hatte, traf ihn wie ein Schock. Seine Mutter hatte davon gewusst, ihm aber nichts gesagt und nur seine Mutter hatte mit der Verwandtschaft telefonieren dürfen.

Er sah Samira danach noch wenige Male, doch nahezu ausschließlich in Gegenwart seiner Mutter. Das Mädchen sah müde aus und war bereits schwanger von ihrem Mann, einem etwa vierzigjährigen Verwandten, dem ein Fischkutter gehörte und der Mike anbot, mit ihm aufs Meer hinauszufahren. Eigentlich war er durchaus nett, musste Mike sich eingestehen, doch natürlich war er viel zu alt für die einst lebenslustige Samira, die sich, so hörte er gerüchteweise, in einen Christen verliebt hatte und deswegen so schnell wie möglich verheiratet worden war. Einmal erwischte er sie allein und schwor, ihr zu helfen, doch sie tat so, als würde sie ihn nicht hören, und wenig später platzte seine Mutter in den Raum und funkelte ihn böse an.

Danach hatte Mike keinen Kontakt mehr zu seiner Verwandtschaft gesucht.

Nach der Schule war er in die Armee eingetreten, wo er bevorzugt in den nahöstlichen Krisenherden eingesetzt worden war, bis zu jener Nacht in Afghanistan ... An die er jetzt lieber nicht denken wollte.

Vor einigen Jahren waren seine Eltern bei einem Autounfall gestorben, nachdem sein Vater einen

Lastwagen übersehen und mit überhöhter Geschwindigkeit einen Auffahrunfall verursacht hatte. Sicher hatten seine Eltern wieder gestritten. Vielleicht besser so, dachte Mike sich wieder einmal. Besser für meine depressive Mutter, besser für meinen Vater. Wie enttäuscht er wohl gewesen wäre, wenn er gewusst hätte, dass ich mich bei lauten Geräuschen in ein sabberndes Kleinkind verwandeln kann, dass ich nicht mehr in der Lage bin, in eine U-Bahn zu steigen, und dass ich schon jetzt verdammten Schiss vor dem Lärm Beiruts habe ...

Ein paar Mal war er noch im Libanon gewesen, meist auf der Durchreise, einmal auch zur Erholung nach einem Kampfeinsatz in Syrien, aber er hatte Samira und auch den Rest seiner Verwandtschaft nie wieder gesehen. Ob sie noch lebte?, fragte er sich und seufzte innerlich. Und ihr Mann? Ob sie viele Kinder hatte? Ob sie glücklich war? Doch er hielt es für sehr unwahrscheinlich, dass er es je herausfinden würde. Und eigentlich hatte er auch keine Lust dazu. Das alles gehörte der Vergangenheit an.

Drückende, schwüle Hitze schlug ihm entgegen, als er aus dem klimatisierten Flughafen nach draußen schritt und sich dem Parkhaus zuwandte.

Niemand schien ihm zu folgen, doch er wusste, dass Sarah ihre Mittel und Wege hatte, wenn sie ihn aufspüren und ihm folgen wollte ...

„Mike!" Danny erschien neben einem dunklen Geländewagen.

Die beiden Männer schlugen sich auf die Schulter, umarmten sich kurz. Frances lehnte an einem Betonpfeiler.

„Frances." Mike nickte ihr flüchtig zu. „Wo ist Harvey?"

„Im Wagen."

„Seid ihr schon lange hier?"

„Wir sind vor etwa einer Stunde gelandet."

Mike nickte knapp. „Was zur Hölle ist passiert?"

„Erklären wir dir dann."

Wenig später saß er auf dem Beifahrersitz des Geländewagens, den Harvey durch Beiruts steuerte. „Also, was ist passiert?", fragte Mike noch einmal.

„Zuerst hätte ich da eine Frage", fuhr Frances dazwischen.

Großer Gott, sie klang ziemlich aggressiv. Gut, sie hatte sich mit Luisa angefreundet, aber ... „Du hast uns doch neulich erzählt, dass Luisa glücklich mit Jonas ist und sie bald heiraten."

„Ja, ganz genau."

„Warum hat sie dann die letzten Wochen in einer grauenhaften Absteige in einem Drecklochviertel in München gehaust und das Haus nur mit einer Burka verlassen?"

„Was?" Perplex drehte sich Mike zu ihr um. „Aber Sarah ... Sie hat mir gesagt, dass alles in Ordnung mit ihr ist. Ich habe sie erst vor drei oder vier Wochen angerufen." Es hatte ihn einen Haufen Überwindung gekostet, am liebsten hätte er Luisa im hintersten Winkel seines Gehirns vergraben, doch er hatte einfach wissen müssen, ob es ihr gutging, ob sie sich in psychologischer Behandlung befand und ob er endlich wirklich damit anfangen konnte, sie aus seinem Gedächtnis zu streichen. „Alles gut!" Er hatte Sarahs katzenhaftes Lächeln durch das Telefon hören können. „Sie ist glücklich mit Jonas. Sie wird über alles hinwegkommen."

„Sarah hat gelogen", fuhr Frances ihn an. „Und du warst offenbar blöd genug, um ihr zu glauben."

„Aber warum hat Sarah gelogen?" Es wollte nicht in seinen Kopf.

„Weil sie eine Geheimdienst-Schlampe ist?",

fragte Frances.

Mike fasste sich an die Stirn. Das durfte doch nicht wahr sein. „Okay. Was genau ist los?"

„Harvey wollte persönlich nach Luisa sehen. Deswegen hat er bei Jonas geklingelt", knurrte Frances.

Na, der wird sich gefreut haben, dachte Mike mit einem leichten Anflug von Schadenfreude.

„Jonas meinte, Luisa wäre schon vor Wochen durchgedreht und einfach abgehauen und völlig irre", fuhr Frances fort. „Daraufhin hat Harvey ihm zu verstehen gegeben, dass ihm diese Antwort nicht reicht. Jonas konnte wohl glaubhaft versichern, dass er keine Ahnung von Luisas Verbleib hat und dass sie ihm auch völlig egal ist und dass er sie nie wieder sehen will. Er sagte, sie hätte auch ihre Eltern nicht mehr kontaktiert. Daraufhin ist Harvey wohl etwas ausgerastet."

Mike warf dem Mann hinter dem Steuer einen Blick zu. Der stieß einen Knurrlaut aus, der alles bedeuten konnte. Sicher würde Harvey niemandem erzählen, was er mit Jonas gemacht hatte, sicher war diesem auch nichts passiert. Die Vorstellung, dass Harvey Jonas ein paar Ohrfeigen gegeben hatte, fand Mike jedoch ebenfalls ziemlich reizvoll.

„Harvey hat von Sarah erfahren, dass sie jetzt in einer schrecklichen Absteige in München wohnt und nur mit Burka das Haus verlässt."

„Großer Gott. Mit einer Burka?", vergewisserte er sich.

„Mit dem schwarzen Kittel, den die Frauen hier tragen."

„Also mit schwarzer abaya und Gesichtsschleier?", hakte Mike nach.

„Ja, genau."

„Warum hat sie das getan?"

„Weil sie unerkannt bleiben wollte? Woher soll ich

das wissen?", knurrte Frances. „Harvey ist in die Gegend gezogen und hat sie beobachtet. Nachts hat sie regelmäßig das Haus verlassen und ist in einem Park verschwunden. Doch als sie gestern oder vorgestern oder so zurückkehrte, war sie verletzt. Jemand hatte sie wohl mit einem Messer attackiert. Also hat Harvey sie nach Hause gebracht und ihre Wunden versorgt. Am Morgen ist er dann in die nächste Apotheke gegangen, um mehr Verbandszeug und etwas zu essen für sie zu besorgen, weil sie fast nichts da hatte. Als er zurückkehrte, war sie nicht mehr in ihrer Wohnung. Spurlos verschwunden. Aber unser Harvey ist schlauer als man denkt. Hier, sieh mal." Sie drückte Mike ein Smartphone in die Hand. Er blickte auf eine Karte. Ein Stadtplan von Beirut, stellte er fest, auf dem ein kleiner, roter Punkt leuchtete ... „Was ist das?", fragte er verwirrt.

„Das ist so ein Senderdingens, wie das, das Rick letztes Jahr Harvey implantiert hat, um den Ort aufzuspüren, an dem Royce ihn gefoltert hat."

„Luisa trägt einen Sender?"

„Ganz genau. Harvey hatte noch so ein Militärspielzeug, und er hat einen befreundeten ehemaligen Geheimdiensttechniker überreden können, ihm eine App zu programmieren, die den Sender nachverfolgen kann. So wusste Harvey, dass Luisa nach Beirut gebracht wurde. Und wir können sehen, dass sie noch immer hier ist."

„Wir hoffen natürlich, dass ihre Entführer den Sender nicht entdeckt haben", knurrte Danny. „Harvey hat ihn ihr wohl in den Rücken gepflanzt, hoffen wir mal das Beste."

„Und wo befindet sich Luisa jetzt genau?", fragte Mike. „Das hier ... Ist das die Küstenlinie? Sind das die Taubenfelsen?"

„Ja, da steht wohl seit Neuestem ein Luxushotel",

nickte Danny. „Gehört einem reichen Saudi. Wir können sehen, dass sie dort drin ist, aber leider nicht, wo genau. Es hätte schon vor Wochen fertig sein sollen, die offizielle Eröffnung ist bereits erfolgt, es stehen aber immer noch Kräne um die Anlage herum. Das Hotel wird gut bewacht, überall sind Security-Leute postiert."

Mike nickte. „Wo wohnen wir?"

„Nicht sehr weit weg, Harvey hat eine Wohnung über dieses Privatwohnungsvermittlungsportal gebucht. Vom Balkon aus kann man das Hotel sehen."

„Gut", murmelte Mike.

„Nicht gut!", schnappte Frances. „Mike, ist dir bewusst, das Luisa ganz allein wegen dir in diesem Schlamassel steckt?"

„Nun ja ..."

„Wieso hast du nicht selbst nach ihr gesehen?"

Mike starrte aus dem Fenster. „Ich habe Sarah vertraut", gab er zu. „Ja, es ist meine Schuld. Ja, ich werde alles tun, was nötig ist, um sie zu retten. Ich verspreche es dir."

„Wenn nicht, bringe ich dich um", knurrte sie und Mike ahnte, dass das mehr war als eine leere Drohung.

Eine Stunde später saß Mike mit einem guten Feldstecher auf dem Balkon und spähte im Licht der Nachmittagssonne zu dem Luxushotel hinüber, in dem Luisa gefangen gehalten wurde. Die spiegelnde Glasfassade erlaubte keinen Blick in das Innere. Hoffentlich ging es ihr gut. Oder jedenfalls nicht allzu schlecht ...

Beirut. Noch immer waren die Spuren zu erkennen, die der Bürgerkrieg hinterlassen hatte, zwar waren sie nicht mehr so viele und nicht mehr so augenscheinlich wie bei seinem letzten Besuch, aber sie waren dennoch da ... Zu gut erinnerte er sich daran, wie er mit seiner Mutter durch das Hamra-Viertel gestreift war. Wie westlich und modern ihm die Stadt damals vorgekommen war, trotz all der Ruinen aus dem Bürgerkrieg, jedenfalls kein Vergleich zum beschaulichen Plymouth in Cornwall oder zum eher traditionellen Tripoli im Norden des Libanon ...

Danny und Frances traten aus dem Wohnzimmer und ließen sich neben ihm nieder.

„Wenn dieser reiche Sack sie auch nur anrührt, schneide ich ihm die Finger ab und stopfe sie ihm in den Arsch", knurrte sie.

Mike lief es kalt den Rücken herunter. Er wollte sich nicht vorstellen, welches Martyrium Luisa dort möglicherweise gerade durchlebte. Und sie waren nur ein paar hundert Meter entfernt und konnten erst einmal nur abwarten ...

„Das mache ich auch mit dir, Mike", fuhr Frances fort.

Das hatte er verdient.

Danny sagte nichts dazu. Sicher war er ihrer Meinung. Verdammt, was hatte er da nur getan. Er hatte doch versprochen, sich um Luisa zu kümmern, er hatte es wirklich tun wollen, aber dann ... „Ich werde später zu den Taubenfelsen gehen und mich umsehen", krächzte er heiser. „Vielleicht ist es möglich, das Hotel zu besuchen, um dort essen zu gehen. Unter Umständen kann es auch ratsam sein, dort ein Zimmer zu nehmen ..."

„Die Frage ist, wie tief Sarah in der Sache steckt", seufzte Danny. „Wir sind zwar mit gefälschten Pässen angereist, die Überwachungskameras am Flughafen haben uns aber sicher dennoch aufgezeichnet. Wenn Sarah uns überwachen lässt, wird sie uns ziemlich sicher aufspüren, das ist nur eine Frage der Zeit, wenn es nicht schon längst geschehen ist."

„Wir haben Luisa nur wegen dem Sender gefunden, von dem Sarah vermutlich nichts weiß. Sie hat keinen Grund, zu glauben, dass wir hier sind", meinte Mike.

„Nun ja ...", murmelte Frances und starrte abwesend aus dem Fenster.

„Ich fürchte, sie weißt es", seufzte Danny und schilderte kurz die Begebenheiten im Kosovo. „Wenn Sarah gründlich ist, wird ihr dazu nicht entgangen sein, dass Harvey in den Libanon geflogen ist", fügte er hinzu. „Das wird ihr zu denken geben. Es ist sowieso auffällig, dass Luisa just in dem Moment entführt wurde, in dem Harvey ihr geholfen hat. Als ob Harveys Eingreifen Sarah dazu gezwungen hat, zu handeln ..."

„Was können die bloß von ihr wollen?", warf Frances ein.

„Beirut ist vielleicht nur eine Zwischenstation. Luisa ist ja verletzt, vielleicht wird sie hier gesundgepflegt, um ihre Aufgabe erfüllen zu können", meinte Mike.

„Und was soll ihre Aufgabe sein?"

„Das könnte etwas mit dem Syrienkrieg zu tun haben", meinte Mike düster.

„Und was genau?", fragte Frances. „Das ist doch nur ein Aufstand gegen das Regime von diesem Assad, oder nicht?"

Mike rollte mit den Augen. Er hatte überhaupt keine Lust, über die Ursachen des syrischen Bürgerkrieges diskutieren zu müssen. „Seit wann interessierst du dich für Politik? Du sagst doch selbst immer, es ist dir egal, wer sich warum massakriert."

„Normalerweise stimmt das", nickte Frances. „Aber jetzt steckt Luisa da mit drin. Und ich will verdammt noch mal wissen, warum."

„Kurz zusammengefasst, wird der Bürgerkrieg in

Syrien durch Machtinteressen von verschiedenen Staaten angeheizt", warf Danny ein. „Der Hauptkonflikt dabei, so sehe ich das, verläuft zwischen den Schiiten und den Sunniten."

„O Gott", seufzte Frances. „Die Schiiten sind doch im Irak und im Iran?"

"Genau."

„Aber sie sind trotzdem alle Muslime, oder?"

Danny sah Mike auffordernd an.

Er seufzte. „Es gibt zwei religiöse Hauptströmungen im Islam. Nach dem Tod des Propheten Mohammed hatten die Muslime Schwierigkeiten damit, sich auf einen Nachfolger einigen. Die einen wollten Mohammeds Schwiegersohn Ali als ihren Kalifen. Sie nannten sich Schiat Ali, die Partei von Ali – die heutigen Schiiten. Der mächtige Clan der Umayyaden war jedoch dagegen und versuchte, seinen eigenen Kandidaten Mu'awiya zum Nachfolger auszurufen. Tatsächlich wurde Ali zum Kalifen gewählt, doch seine Nachfolge war umstritten. Schließlich wurde er ermordet."

"Von den Sunniten", stellte Frances fest.

"Nein, eigentlich nicht. Die Anhänger von Ali hatten sich zerstritten, ein Teil von ihnen, die Kharijiten, grollten Ali, weil er ein Schiedsgericht einberufen ließ, um die Nachfolge zu klären. Einer dieser Abtrünnigen war es schließlich, der Ali ermordete. Zwei von seinen Söhnen spielten nach Alis Tod noch eine bedeutende politische Rolle. Alis Sohn Hasan folgte ihm im Frühjahr 661 im Kalifenamt, dankte dann aber im Sommer zugunsten von Mu'awiya I. ab. Alis zweiter Sohn Husain unternahm 680 einen Aufstand gegen die Umayyaden, fiel aber in der Schlacht von Kerbela im Kampf. Schiiten und auch Alawiten, eine weitere islamische Strömung, gedenken dieser Schlacht während des alljährlichen Aschura-Tages, bei dem sie durch viele Rituale symbolischer Trauer den Abfall der Anhänger Husseins von dessen Seite beklagen und beweinen. Das hast du sicher schon gesehen, diese Prozessionen, wenn sich die Schiiten geißeln."

„Bäh." Sie verzog das Gesicht. „Doch, das kenne ich. Also kann man sagen, der Grund für diesen Konflikt liegt schon ewig zurück."

Danny nickte. „Das ist an sich ja nichts Ungewöhnliches. Die Christen haben doch auch ewig um die Herrschaft gestritten. Denk nur an die katholische und die protestantische Kirche."

„Religion ist Schwachsinn", knurrte Frances. „Und wegen dem Mist von damals kämpfen die Leute heute in Syrien?"

„Unter anderem", nickte Danny. „Bashar al-Assad gehört zur Religionsgemeinschaft der Alawiten. Er herrscht als Diktator über Syrien. Unterstützung bekommt er dabei von verschiedenen christlichen Gruppierungen sowie von Schiiten und Minderheiten wie den Drusen und den Ismailiten. Fünfundsiebzig Prozent der Syrer sind jedoch Sunniten, von denen eine kritische Masse mit dem Regime nicht einverstanden ist und dagegen kämpft. Dazu ringen Saudi-Arabien und der Iran um Einfluss in der Region. Auch den USA und Israel ist es wichtig, den Iran zurückzudrängen. Du hast doch sicher den Streit um das Atomprogramm mitbekommen."

"Ja, kann sein." Sie nickte. „Und der IS?"

"Der sogenannte Islamische Staat hat das Machtvakuum ausgenutzt, das der Irakkrieg und der syrische Bürgerkrieg mit sich brachten. In der Region und auch in vielen anderen Ländern gab und gibt es eine kritische Masse an Menschen mit islamistischer Gesinnung, die sich einen Staat wünschen, der streng nach den Geboten des Islam lebt. Der sogenannte Islamische Staat behauptete von sich, dies umzusetzen. Deswegen fand er auch so viele Anhänger. Er konnte weitgehend zurückgedrängt werden, doch natürlich bleibt das islamistische Gedankengut in den Köpfen der Menschen. Und je schlechter es ihnen geht, je mehr sie unterdrückt werden, desto radikaler werden sie in aller Regel, wie man am Aufstieg der Hamas im Gazastreifen gut sehen kann. Natürlich stehen längst nicht alle Sunniten auf Seiten der Islamisten. Ein Teil unterstützt auch Assad, weil sie in ihn angesichts der Islamisten das kleinere Übel sehen. Ohne diese Sunniten könnte sich Assad wohl auch gar nicht halten."

„Hm", machte Frances.

„Dazu gibt es natürlich noch weitere Länder mit eigenen Interessen, zum Beispiel die Türkei, die die Kurden im eigenen Land unterdrückt und alles tun würde, um einen unabhängigen kurdischen Staat auf syrischem Boden zu verhindern."

„Und was hat das alles jetzt mit Luisa zu tun?", hakte Frances nach. „Wie kommt sie da ins Spiel?"

„Vielleicht versucht Sarah, sie undercover beim Islamischen Staat oder einer anderen islamistischen Gruppe einzuschleusen ...", murmelte Mike.

„Das kann ich mir auch vorstellen", nickte Danny.

„Großer Gott." Frances schüttelte den Kopf. „Was könnte das bedeuten? Soll sie etwa für die kämpfen? Vielleicht als Selbstmordattentäterin?"

„Das ist eine Möglichkeit. Sarah könnte sie jedoch auch dazu zwingen, einen ihrer Anführer zu heiraten, um an Informationen zu kommen. Als mutmaßliche Terroristin wäre sie bestimmt begehrt."

„Das heißt, sie müsste mit so einem Islamisten schlafen?"

Mike schwieg.

„Das sind doch alle perverse Drecksäcke, oder?",
fuhr sie fort.

Mike zuckte leicht die Schultern. Er hatte viel davon gehört, was manche Islamisten mit verschlepp-
ten Frauen und Kindern anstellten. In Syrien hatte
er es sogar teilweise mit ansehen müssen. Als Ehefrau würde Luisa vielleicht besser behandelt werden.
Doch das war auch nicht das schlimmste Szenario,
das Mike sich vorstellen konnte. Was, wenn ihr Ehe-
mann zum Beispiel herausbekam, dass sie Informationen an Sarah übermittelte? Oder was, wenn Sarah
das alles nur angezettelt hatte, um Luisa dafür zu be-
strafen, dass sie sich ihr widersetzt hatte? Was, wenn
die Männer sie als Sexsklavin missbrauchen wollten?
Was, wenn ihre Entführer Informationen aus ihr
pressen wollten, die sie nicht besaß? Was, wenn sie
Luisa folterten und ...

„Wir müssen sie schnellstmöglich da rausholen",
knurrte Frances.

„Das müssen wir", murmelte Mike und wusste
doch nicht, wie sie das bewerkstelligen sollten.

Luisa hatte keine Ahnung, wo sie sich befinden
mochte, und es war ihr auch egal. Sie lag auf einem
Bett und starrte zur Decke. Mit den Augen verfolgte
sie die Goldornamente, die darin eingelassen waren.
Die Spiralen und Kreise ließen sie beinahe schwin-
deln und doch konnte sie den Blick nicht von ihnen
wenden.

„Die ist doch sowieso völlig weggetreten von den
Betäubungsmittel", meinte der Mann, der am
Fußende des Bettes stand, auf Arabisch. „Der Alte
würde es überhaupt nicht bemerken."

„Sicher will er sie für sich", erwiderte der Mann
daneben.

„Nein, das glaube ich nicht. Er hat doch erst geheiratet, seine neue Frau soll ja noch sehr jung sein, habe ich gehört, erst vierzehn Jahre oder so, dazu ist sie natürlich wunderschön, das hat zumindest das Zimmermädchen erzählt. Warum sollte sich der Alte dann die Schlampe hier nehmen? Ich meine, ich würde sie natürlich knallen, als kleine Abwechslung im Dienst. Aber der hat das nicht nötig."

„Auch wieder wahr. Dazu ist er ja auch immer sehr bemüht, nach den Regeln des Islam zu leben ..."

„Genau."

Sie schwiegen.

Luisa verfolgte weiter die Ornamente an der Decke.

„Gefährlich sieht sie jedenfalls nicht aus, für so eine krasse Terrorschlampe, die sie sein soll ...", meinte der Zweite.

„Kein Wunder, ist ja auch völlig zugenebelt, mit all den Drogen ... Weißt du was, ich tue es einfach", meinte der erste Mann und trat neben Luisa ans Bett.

Sie blickte ihn müde an. Er versperrte ihr die Sicht auf die Ornamente.

Er setzte sich neben sie, zog die Bettdecke zur Seite, starrte auf sie herunter.

„Krass, diese Narben", murmelte der zweite Mann. „Hat ganz schön was abbekommen."

„Und wenn schon." Der Erste öffnete die Knöpfe von Luisas Morgenmantel, sie spürte die Kälte der Klimaanlage auf ihrer nackten Haut.

Der Mann stand auf, öffnete seine Hose.

In dem Moment hörte Luisa ein surrendes Geräusch.

„Verdammt." Er zog sein Handy aus der Hosentasche, warf einen kritischen Blick darauf. „Ja, Haj Abu Yusef?" Er lauschte. „Völlig benebelt. Rührt sich nicht, starrt nur die Decke an." Er lauschte weiter.

„Wir kommen." Er beendete das Gespräch. „Der Alte braucht uns unten", informierte er sein Gegenüber. Dann maß er Luisa mit kaltem Blick. „Um dich kümmere ich mich noch, keine Angst." Mit den Worten zog er schnell die Decke über sie und verschwand aus ihrem Blickfeld. Luisa hatte wieder freie Sicht auf die Ornamente über sich.

„Wir sehen uns die Taubenfelsen an", sagte Danny währenddessen kaum zweihundert Meter weit entfernt. Noch immer waren sie dabei, Pläne für die nächsten Tage zu schmieden. „Als ausländisches Paar erregen wir sicher keine Aufmerksamkeit, wenn wir da Fotos schießen. Dann gehen wir in das Burj Beirut und fragen, ob es möglich ist, dem Restaurant auf der Aussichtsterrasse einen Besuch abzustatten. So bekommen wir zumindest einen kleinen Überblick. Hoffen wir, dass Sarah noch nicht auf unserer Spur ist ..."

In dem Moment klopfte es an der Tür.

Die vier sahen sich an, stimmten sich wortlos ab. Danny, Frances und Harvey gingen im Wohnzimmer in Position, Mike blickte durch den Spion und erstarrte.

„Kommt, Jungs, macht schon auf", ertönte Sarahs Stimme. „Ich habe nicht ewig Zeit."

Verdammt, dachte Mike und prüfte noch einmal gründlich den Ausschnitt, den er einsehen konnte. Außer Sarah schien niemand dort draußen zu sein, doch man konnte natürlich nie wissen ...

„Ich bin allein!", rief sie.

„Ist das Sarah?", zischte Frances.

Mike nickte knapp, wandte sich fragend an Danny, der die Schultern zuckte. Da öffnete er die Tür. Sarah stöckelte an ihm vorbei ins Wohnzimmer. „Was für eine Überraschung", ätzte sie und ließ sich in einem

Sessel nieder. „Was tut ihr denn hier?"

Die vier starrten sprachlos auf die elegante Frau herunter.

„Ich meine das ernst. Wieso seid ihr hier?"

„Das weißt du ganz genau", zischte Frances. „Weil ..."

Danny packte seine Freundin am Arm, konnte sie jedoch nicht mehr stoppen.

„... Luisa hier in Beirut ist", beendete Frances den Satz.

„Ist das so?", fragte Sarah arglos.

Frances biss sich auf die Lippen.

„Meines Wissens befand sich Luisa in München. Doch als Harvey in ihre Wohnung gedrungen ist, hat sie fluchtartig das Weite gesucht. Warum wohl?"

Mike sah, wie Frances Harvey einen raschen Blick zuwarf. Er selbst bemühte sich, genau wie Danny, möglichst emotionslos auszusehen, während seine Gedanken rasten. Sie wussten nur durch Harvey, dass Luisa verschwunden war. Das rote Pünktchen auf der virtuellen Karte, das sich nicht bewegte, konnte von einem Militärsender herrühren, der in Luisa implantiert war. Einen Beweis dafür hatten sie allerdings nicht, erst recht nicht, dass es sich dabei wirklich um Luisas Aufenthaltsort handelte. Doch warum sollte Harvey sie sonst nach Beirut rufen?

„Habt ihr euch nicht gefragt, ob Luisa nicht vielleicht vor Harvey und euch fliehen wollte? Du hast ihr sehr weh getan, Mike."

Frances' Augen bohrten sich in die seinen.

„Und überhaupt, Frances ... Wann zum Teufel hatte ich dir den Schießbefehl gegeben? Wir hatten eine Agentin da drin, die uns noch mehr Informationen hätte übermitteln können. Und jetzt ..."

„Jetzt übermittelt sie eben Informationen über seinen Nachfolger", knurrte Frances. „Er war ein

Schwein, es ist gut, dass er tot ist."

„Du hast wissentlich eine wichtige Operation zum Scheitern gebracht", fuhr Sarah auf. „Tut mir leid, aber so läuft das nicht. Die Erfolgsprämie werde ich euch so sicher nicht auszahlen."

„Er ist tot!", brüllte Frances. „Was willst du noch?"

„Du hörst nie zu, oder, Frances? Danny, ich erwarte, dass du sie zur Vernunft bringst. Es wird sonst keine weiteren Aufträge für euch geben, das garantiere ich euch. Weder von uns noch von den Amis. Ihr werdet schon sehen, was ihr von euren eigenmächtigen Handlungen habt. Ihr solltet darüber nachdenken. Und auch darüber, dass ich euch beobachten lasse. Wenn euch Luisas Wohlergehen wichtig ist, solltet ihr die Füße stillhalten." Sie blickte auf ihre Armbanduhr. „Ich bleibe maximal fünfzehn Minuten bei euch, habe ich ihnen gesagt. Sollte ich dann nicht wieder auf der Straße stehen, werden sie die Wohnung hier stürmen. Natürlich wäre das unschön, natürlich würde es viel Aufmerksamkeit erregen, aber nun ... Die libanesischen Sicherheitskräfte würden euch im Falle eines Angriffs als Terroristen identifizieren und die fackeln nicht lange, wenn es darum geht, zu schießen. Also. Überlegt euch gut, was ihr tut." Mit diesen Worten stand sie auf. „Ich finde selbst hinaus."

Wenig später knallte die Tür.

„Wir hätten sie uns krallen sollen, verdammt", fluchte Frances. „Sicher hat sie geblufft."

„Sie hat nicht geblufft", erwiderte Danny und wandte sich abrupt vom Fenster ab.

Mike spähte nach draußen. Keine hundert Meter entfernt auf dem Dach des etwas höher gelegenen Nachbargebäudes entdeckte er eine schwarzgekleidete Gestalt, die deutlich erkennbar durch das Zielfernrohr eines Präzisionsgewehres in ihre Richtung blickte.

„Verdammte Scheiße", brüllte Frances los, der das ebenfalls nicht entgangen war.

Mike konnte nicht verhindern, dass er bei diesem plötzlichen Ausbruch zusammenzuckte.

„Was machen wir denn jetzt?", fügte sie etwas leiser hinzu.

„Noch versucht Sarah, uns untereinander zu entzweien", überlegte Danny. „Vermutlich hofft sie, dass keine aufsehenerregenden Maßnahmen notwendig sind, um uns davon abzubringen, Luisa zu retten. Vermutlich ahnt sie nicht, dass wir genau wissen, wo Luisa sich aufhält, sonst hätte sie uns sicher schon ausschalten lassen. Nein, ich glaube, es ist ihr tatsächlich wichtig, unter dem Radar zu bleiben ... Und sie kennt uns gut genug ... Sie hat sich wohl gedacht, dass wir nicht einfach auf sie losgehen und sie foltern würden, um mehr Informationen zu erhalten."

„Genau, wir sind einfach zu zurückhaltend", knurrte Frances. „Wir hätten der Schlampe die Pistole auf die Brust setzen sollen."

„Wir müssen aufpassen. Sie darf nichts vom Sender wissen", warnte Danny. „Sie darf noch nicht einmal ahnen, dass wir das Ding haben."

„Sie wird uns beobachten lassen", fügte Mike düster hinzu. „Sobald wir uns am Burj Beirut blicken lassen, wird sie gewarnt sein und entweder Luisa verlegen oder versuchen, uns auszuschalten. Luisa ist doch noch dort, oder, Harvey?"

Der legte nur sein Smartphone auf den Tisch. Das rote Pünktchen hielt unverändert seine Position.

„Wieso schnappen wir uns nicht einfach den Kerl, dem das Hotel gehört?", schlug Frances vor. „Vielleicht können wir sie so freipressen?"

„Oder wir warten ab, bis Luisa verlegt wird, und

schlagen dann zu", schlug Danny vor.

„Aber wer weiß, was sie in der Zwischenzeit alles erdulden muss?", warf Frances ein. „Nein, ich glaube, es ist besser, wir lassen es drauf ankommen, brechen nachts in das Hotel ein und ..."

„Und durchsuchen jedes Zimmer, bis wir sie finden?" Mike schüttelte den Kopf. „Das ist nicht praktikabel. Dazu müssen wir davon ausgehen, dass der Sicherheitsdienst dort Fotos von uns bekommen hat. Sie werden uns schnell enttarnen und dann wird es wirklich hässlich."

„Also warten wir ab?", fragte Frances.

„Das ist vermutlich am besten", seufzte Mike und fühlte sich so mutlos und schlecht wie schon lange nicht mehr.

„Wir können durchaus etwas tun", warf Danny ein. „Wir können zum Beispiel vorgeben, dass wir einer Spur folgen, die aber natürlich möglichst weit vom Burj Beirut entfernt ist. Sarah soll glauben, dass wir uns nicht einschüchtern lassen und dass wir weiter nach Luisa suchen. Zugleich sollten wir versuchen, so viele Informationen wie möglich über das Hotel und seinen Besitzer zu sammeln. Unter Umständen haben wir tatsächlich keine andere Wahl, als dort einzudringen. Darauf sollten wir vorbereitet sein."

Mike nickte. Das war ein guter Vorschlag. Er griff zu seinem Smartphone, um Mohammed anzurufen. Sein Freund aus Dubai würde ihm sicherlich weiterhelfen können.

Ein Mann in traditioneller arabischer Kleidung blickte auf Luisa herunter und runzelte die Stirn. Sie hatte ihn schon einmal gesehen, aber sie wusste nicht, wer er war und woher sie ihn kannte und es war ihr auch egal. Er zog die Decke ein Stück zur Seite und blickte auf sie hinunter.

„Die Dosis war wohl zu hoch", murmelte er. Das Stirnrunzeln blieb.

Fasziniert starrte sie auf die Furchen in seinem Gesicht.

Er zog die Decke ganz weg.

Sie spürte die kühle Luft auf ihrem nackten Körper.

Er zögerte, dann setzte er sich neben sie.

„Du bist nackt", stellte er fest.

Seine Lippen sehen sehr weich aus, dachte sie.

„Haben sie dich angerührt?"

So weiche Lippen.

Er hob die Hand, zögerte. „Sie sind schwach", sagte er. „Meine Männer sind schwach."

So rosa ...

„Doch wer kann es ihnen verdenken? Sie wissen, dass du mein Gast bist, aber welcher Mann könnte einer Gelegenheit wie dieser widerstehen?"

„Eins ... zwei ... drei ...", murmelte sie und zählte die weißen Haare in seinem ansonsten tiefschwarzen Bart.

„Ich mache ihnen keine Vorwürfe. Sie sind jung und nicht verheiratet und die Reize einer Frau ... Einer Frau, die nicht nach den Regeln des Islam aufgezogen wurde ... Eine Frau, die herumgehurt hat, eine schamlose Frau, die bei vielen Männern gelegen hat, ohne mit ihnen verheiratet zu sein ..."

„Vier ... fünf ..."

Er beugte sich über sie. „In meiner Jugend wäre ich schwach gewesen, wie meine Männer."

„Sechs ... sieben ..."

Er ergriff des Stoff ihres Morgenmantels und bedeckte sie damit. Behutsam schloss er den obersten Knopf. Seine Hand streifte flüchtig ihre Brust. Er hielt inne. „Eine schamlose Hure hat nichts anderes verdient, als dass sie von den Männern benutzt wird."

„Sieben ..." Sie hatte sich verzählt.

„Der Islam ruft zur Enthaltsamkeit auf, die Ehe und die Sklaverei sind die einzigen erlaubten Möglichkeiten für Männer, mit Frauen zu schlafen, wobei Musliminnen nicht versklavt werden dürfen."

„Eins ... zwei ..."

„Ich bezweifle, dass du wirklich eine Muslimin bist", fuhr er fort und musterte sie weiter. „Ich kann dich durchaus meine Sklavin nennen. Was bist du anderes als eine Kriegsbeute, eine Trophäe, errungen im Kampf gegen die Ungläubigen?"

„Drei ... vier ..."

„Auch meine Männer denken so. Und wer kann es ihnen verübeln?" Er atmete tief durch, dann knöpfte er langsam ihren Morgenmantel zu und zog die Decke über sie. „Gott wird sie richten, wie er uns alle richten wird." Er schüttelte den Kopf und verschwand aus Luisas Blickfeld.

Harvey lag auf dem Bett und starrte auf das rote Pünktchen auf seinem Handy, das Luisas Standort markierte. Es war die richtige Entscheidung gewesen, ihr den Sender einzusetzen, sonst hätten sie sie niemals in Beirut gefunden. Luisa ... Sie ließ ihm keine Ruhe, verfolgte ihn in seine Träume. Als Mike sie damals angeschleppt hatte, unter Schock stehend, schon da hatte sie sein Interesse geweckt. Und dann in der Hütte, als er ihr beibrachte, mit einer Pistole umzugehen ... Es war ihm falsch vorgekommen, sie als Köder für Royce zu benutzen. Er wusste nur zu gut, was sie in seinem Folterkeller erwartetet hätte. Deswegen hatte er sich schnappen und foltern lassen. Vielleicht hätte er es nicht getan, wenn er vorher gewusst hätte, dass Royce ihm dabei die Hand absägen würde, aber die Ärzte hatten es geschafft, sie wieder anzunähen und überhaupt war es ein angemessener Preis, wenn er überlegte, was er in der Armee unter Royces Kommando alles getan hatte ... Und ein kleiner Preis für das Leben von Luisa. In den Monaten im Krankenhaus hatte er sie ständig vor sich gesehen. Und als dann Jonas nicht wusste, wo sie sich aufhielt ... Sofort war er nach London zurückgeflogen, hatte sich einen App-Entwickler geschnappt, der für den Geheimdienst gearbeitet hatte, und ihn davon überzeugt, die passende App zu seinem Sender zu entwickeln.

„Aber ich mache mich des Hochverrats schuldig", hatte dieser gefleht.

Doch Harvey hatte ihn mit schlagkräftigen Argumenten davon überzeugen können, es trotzdem zu tun. Mit dem Sender und der App war er dann zurück nach München geflogen und hatte Sarah angerufen, wild entschlossen, Luisa nicht noch einmal zu verlieren ...

Ja, das war vielleicht etwas zu viel des Guten gewesen. Aber er hatte geahnt, dass Sarah keine Ruhe geben würde, er hatte geahnt, das Mike versagen würde ...

Hm. Wenn er ehrlich war ... Nein, er machte sich selbst etwas vor. Er hatte schon vorher überlegt, Luisa mit dem Sender auszustatten, noch als er im Krankenhaus lag. Er hatte sich vorgestellt, wie sie davon erfahren würde, dass er sie gerettet hatte, dass er sich für sie geopfert hatte, dass er sich freiwillig von Royce hatte überwältigen lassen, um ihn in den Hinterhalt zu locken und endlich unschädlich machen zu können.

Seufzend richtete Harvey sich auf und stellte sich im Badezimmer unter die Dusche. Wie sie in ihrer Wohnung in München auf dem Bett gelegen hatte, bewusstlos, hilflos, nackt ... Verdammt, er wollte sie und wusste doch zu gut, dass sie sich ihm niemals freiwillig hingeben würde. Sie würde in sein abstoßendes Gesicht blicken und vielleicht Mitleid mit ihm empfinden, aber sonst ... Nein, wenn er sich ihr nähern wollte, dann blieb ihm nur, Gelegenheiten wie in München zu nutzen.

„Wir haben alle touristischen Highlights abgeklappert und unzählige Fotos geschossen", berichtete Danny am Abend.

„Wenn man die so nennen kann", warf Frances naserümpfend ein.

„Wir haben den neuesten Reiseführer gekauft und waren am Place des Étoiles, an der Märtyrer-Statue und an den Ruinen des römischen Bades, später sind wir dann zu den Taubenfelsen und haben im Café dort einen Kaffee getrunken, wie es unzählige Touristen jeden Tag tun. Der Burj Beirut scheint noch nicht komplett fertig zu sein, aber es gibt wohl schon Gäste; jedenfalls haben wir mehrere Taxis und Limousinen gesehen, die dorthin gefahren sind. Es ist auch möglich, auf die Aussichtsplattform zu gelangen und dort im Restaurant zu essen. Das machen wir morgen."

„Gut", nickte Mike. „Ich habe Mohammed angerufen, er kommt mit seiner Jacht nach Beirut und hilft uns. Und ich habe noch ein paar Leute kontaktiert, die ich kenne und mich vorsichtig nach Sarah und einigen bekannten Terroristen umgehört, und mich natürlich auch nach Luisa erkundigt. Das Burj Beirut habe ich dabei komplett außen vor gelassen. Hoffen wir, dass das als Ablenkung erst einmal reicht."

„Etwas Auffälliges?", fragte Frances.

„Auffällig ist vor allem, dass niemand etwas über Luisa zu wissen scheint. Die meisten haben nie von ihr gehört."

„Nun ja, sie war ja vor allem in Europa aktiv", meinte Frances.

„Eigentlich war sie ja überhaupt nicht aktiv", knurrte Danny.

„Das stimmt", seufzte Mike. „Aber ich bin davon ausgegangen, dass Sarah Luisas Promibonus, wenn man das so nennen will, nutzen würde, um sie irgendwo einzuschleusen. Dafür sollte ja bekannt sein, dass Luisa hier im Nahen Osten ist. Das scheint jedoch entweder nicht der Fall gewesen zu sein oder nicht zu funktionieren."

„Hm." Danny zuckte die Schultern.

„Was kann Sarah nur mit ihr vorhaben?", überlegte Frances laut. „Warum ist sie so wichtig? Oder ist sie überhaupt nicht wichtig und Sarah versucht, uns eins auszuwischen? Oder ... Nun ja, sie weiß, dass wir Luisa retten würden, oder? Vielleicht hat sie Luisa hierher verschleppen lassen, um uns hierherzulocken?"

„Sie weiß nicht, dass wir den Sender haben", widersprach Mike.

„Aber es ist schon auffällig, dass sie uns in den Kosovo beordert hat, auf eine Mission, die darin bestand, einen Kriminellen zu beobachten, während Luisa entführt wird. Sie hat uns ja auch verboten, ein Mobiltelefon mitzunehmen, nur das olle Satellitending hat sie uns aufgedrängt."

„Und uns strengstens verboten, die Nummer weiterzugeben." Danny nickte langsam. „Gut, dass ich mich nicht daran gehalten habe." Er atmete tief durch. „Es ist sehr interessant, dass Sarah in Beirut ist. Ich fürchte, sie könnte wirklich etwas mit Luisas Entführung zu tun haben. Die Aktion im Kosovo muss eine Ablenkung gewesen sein. Nun, finden wir besser heraus, warum sie hier ist und wie wir Luisa helfen können."

Luisa saß in einem Sessel und blickte auf Beirut. Direkt unter dem Hotelturm, der auf den Klippen gebaut war, donnerten die Wellen tosend gegen die Steilküste und die vorgelagerten Taubenfelsen, die die fordernden Wogen des Meeres sogar schon untertunnelt hatten. Im Hintergrund erhoben sich majestätisch die Gipfel des Libanon-Gebirgszuges und zwischen Meer und Bergen standen unzählige Häuser. Wolkenkratzer, einer höher als der andere, streckten sich in den Himmel, und die weißen Villen der Reichen und Schönen sowie mehrgeschossige Wohnhäuser zogen sich an den Berghängen nach oben. Doch der Anblick ließ sie kalt. Früher hätte sie gekreischt über diese Aussicht, sie hätte gelacht und sich nicht sattsehen können, sie hätte Geld gezahlt, um diesen Blick für wenige Minuten zu genießen. Jetzt hockte sie schon mindestens zwei Tage hier oben, und wenn sie nicht auf den Fernseher starrte, dann starrte sie stumpf auf die Stadt. Dumpf dachte sie an die Stunden, die sie hier verbracht hatte, wie sie im Virgin Megastore eine CD der Bananafishbones gefunden hatte, wie beeindruckt und geschockt sie von den Narben des Bürgerkrieges gewesen war, der den Libanon fünfzehn Jahre lang ausgeblutet hatte, bis keine der Kriegsparteien mehr Kraft zum Kämpfen gehabt hatte. Wie ein mahnender Warner hatte sich die Ruine des alten Holiday Inn über der Stadt erhoben, die leeren Fenster blicklos wie tote Augen, die unzähligen Löcher in der Fassade stumme Zeugen von den brutalen Kämpfen, die das Hotelgebäude über Jahre erschüttert hatten. Von dort hatten Scharfschützen auf alles gelauert, was sich auf der Straße bewegte, bereit, jeden zu erschießen, der sich zeigte, egal ob Mann, Frau oder Kind.

Bei ihrem letzten Besuch hatte sich dann bereits einiges getan gehabt, Wolkenkratzer waren entstanden und verdeckten das alte Holiday Inn weitgehend. Sie hatte die Ruinen der römischen Bäder im Stadtzentrum besucht und an der Place des Étoiles, dem Sternenplatz mit dem Uhrturm, Kaffee getrunken, sie war über den herrlich grünen Campus der amerikanischen Universität geschlendert und an der Corniche, der Strandpromenade, entlangspaziert und hatte auch die berühmten Einkaufszentren und die Geschäfte in der Hamra-Straße besucht.

Und natürlich war sie nicht nur in Beirut geblieben, sie hatte auch die prachtvollen Tempelruinen in Baalbek in der Bekaa-Ebene bestaunt, den mächtigen Zedern des Herrn und dem tief eingeschnittenen Wadi Qadisha einen Besuch abgestattet. Mit einem Boot war sie auf dem unterirdischen Flusslauf des Nahr al-Kalb in der Jeita-Grotte gefahren und hatte unzählige Tropfsteine bewundert, danach war es zum Palast Beit ed-Din im Chouf gegangen, einer bergigen Gegend südlich von Beirut, in dem die Drusen lebten, eine Religionsgemeinschaft, die offiziell zum Islam gezählt wurde, sich aber in vielen Dingen in ihrem Glauben davon unterschied. Auch Tripoli im Norden hatte sie besucht und war durch den Basar mit seinen vielen Khans geschlendert, ehemalige Handelsplätze, die zugleich als Gasthaus fungierten. Und natürlich hatte sie es sich nicht nehmen lassen, auch den Süden zu bereisen. Die kleine Kreuzfahrerburg Sidon hatte sie beeindruckt, vor allem wegen der Lage auf einer kleinen Insel vor der Küste. Und auch der Besuch der antiken Ruinen in Tyros war sehr interessant gewesen, jene Stadt, die jahrelang von Alexander dem Großen belagert und schließlich durch den Bau eines gewaltigen Dammes erobert worden war. Eigentlich waren es schöne Tage im Libanon gewesen. Doch das alles ließ sie gerade kalt. Sie ahnte, dass sie unter dem Einfluss von Drogen stand, doch auch das war ihr egal, eigentlich war es dadurch sogar leichter, alles zu ertragen. Seit sie hier war, hatte sie keine Albträume mehr, und die Gedanken an Jonas und Mike erschienen ihr weitaus weniger quälend als in den letzten Monaten in München.

Einer der Wachmänner kam herein und musterte sie kalt. Sie blickte ihm in die Augen. Er kam ihr bekannt vor ... Sie glaubte, sich daran zu erinnern, ihn schon einmal gesehen zu haben, wie er sich über ihr Bett gebeugt und sich an ihrem Morgenmantel zu schaffen gemacht hatte ...

Sein Blick klebte an ihrem nackten Oberschenkel. Mühsam richtete sie sich auf, zog den Stoff weiter nach unten.

Er trat auf sie zu, packte sie an den Haaren, zog sie auf die Füße. „Kleine Schlampe", zischte er auf Arabisch. „Du wirst mir jetzt einen blasen."

Sie griff nach seiner Hand und krallte die Finger hinein, gleichzeitig versuchte sie, nach ihm zu treten, doch sie war langsam und schwach. Mühelos rang er sie auf die Knie und riss an ihrem Morgenmantel. Drei Knöpfe sprangen ab und entblößten ihre Brüste.

Er öffnete seine Hose, drückte ihr seinen Schwanz auf die Lippen, presste seine Finger auf ihre Kehle und würgte sie. Sie öffnete den Mund, um nach Luft zu schnappen, und er schob ihr den Penis in den Mund.

Es widerte sie an. Sie konnte sich nicht wehren, fühlte sich zu schwach, um ihn abzuschütteln. Aber es gab eine andere Möglichkeit. Sie biss zu.

Metallischer Geschmack füllte ihren Mund, der Mann brüllte wie am Spieß, verpasste ihr einen Faustschlag ins Gesicht. Sie öffnete den Mund, ließ ihn los und fiel zu Boden, während der Mann seine Leibesmitte hielt. Hellrotes Blut quoll zwischen seinen Händen hervor.

„Sie ist ein Werkzeug Gottes", ertönte eine sanfte Stimme.

Der Leibwächter blickte mit Tränen in den Augen zu dem Neuankömmling und seinen beiden Begleitern hin. Abu Yusef, so hieß er, erinnerte sich Luisa. Der Mann aus dem Flugzeug und der Mann von neulich, der sie zugedeckt hatte.

Er blickte sie kurz an und wandte sich dann an ihren Angreifer. „Sie ist mein Gast und ein Werkzeug Gottes. Lass dich verbinden. In Zukunft wirst du an den Fahrstühlen Wache halten." Dann trat er auf Luisa zu und streckte ihr seine Hand hin. „Kommen Sie." Er zog sie auf die Füße, führte sie zum Bett und half ihr, sich hinzulegen. „Männer sind eben Männer", dozierte er sanft. „Ihre Reaktion jedoch, Luisa, nun ... Sie könnte als angemessen bezeichnet werden. Abdallah, besorge mir etwas zum Kühlen für unseren Gast."

Wenig später brachte ein Begleiter Abu Yusefs ihr einen Beutel mit Eiswürfeln und ein Handtuch. Schwach drückte sie es gegen ihr brennendes Gesicht.

Abu Yusef seufzte. „Ich neige nicht dazu, viel in die Handlungen der Menschen zu interpretieren, doch was Sie getan haben ... Ich glaube, Sie sind wahrhaft ein Werkzeug Gottes. Gott hat Sie geleitet, damit Sie seinen Willen erfüllen. Ich werde dafür sorgen, dass Ihnen in meiner Obhut niemand mehr ein Haar krümmen wird. Nun ruhen Sie sich aus und sammeln Sie Kraft für das, was auf Sie wartet. An Ihrem großen Tag werden wir uns wiedersehen."

Er nickte ihr zu und schritt aus dem Raum, während Abdallah sich mit verschränkten Armen neben der Tür aufbaute und ins Leere starrte. Luisa kehrte mit ihrem Kühlbeutel wieder in ihren Sessel zurück und kapitulierte wenig später vor der Müdigkeit und den Beruhigungsmitteln.

Alles bedeutete Schmerz. Jeder Schluck Wasser, den sie Mike einflößten. Jede Bewegung, jede Berührung.

„Halten Sie durch, Boss", zischte Sergeant Baker ihm zu.

Mike brachte nur ein Stöhnen hervor.

„Sie kommen", meldete Corporal Jackson.

Mike krampfte sich zusammen. Er wusste, was ihn erwartete. Wenig später schlugen die ersten Gewehrkugeln ein. Sie drangen durch die Wände der Hütte wie durch Papier. Die Taliban feuerten aus allen Rohren.

Corporal Jackson schrie auf, brach stöhnend neben Mike zusammen.

„Ich bin getroffen", meldete wenig später Baker mit schmerzverzerrter Stimme.

„Geben Sie mir ein Gewehr", keuchte Mike.

„Bleiben Sie liegen, Boss. Wir schaffen das schon", antwortete Corporal Snyder und beugte sich über ihn. „Noch mehr Morphium?"

Da brach die Hölle über sie herein. Die Taliban feuerten Granaten. Und als Snyders blutiger, zerfetzter Körper auf Mike fiel, wusste er: Das war das Ende.

„Halten Sie durch, Junge." Eine fremde Stimme unbestimmte Zeit später. „Wir bringen Sie zum Heli. Sie sind in Sicherheit."

„Die Jungs?", presste Mike unter großen Anstrengungen hervor. „Haben sie es geschafft?"

Alles war Schmerz.

„Es wird gut. Bleiben Sie ruhig."

„Sind sie raus?"

„Ja. Keine Sorge."

Eine Lüge. Er wusste, dass es eine Lüge war, und öffnete den Mund, um zu schreien. Doch es ging nicht. Da lag etwas Großes, Schweres auf seiner Brust, der Körper von Snyder ...

Mike schreckte hoch. Schweiß tropfte ihm von der Stirn. Nur ein Traum. Der Traum. Den er lange nicht mehr gehabt hatte und der jedes Mal gleich schrecklich war.

Ach ja. Er war in Beirut. Und Luisa war entführt worden. Kein Wunder, dass die Schrecken der Vergangenheit ihn wieder eingeholt hatten. Das passierte immer dann, wenn er unter extremem Druck stand.

Zu gerne hätte er sich jetzt einen Whiskey eingeschenkt, doch erstens hätte er dazu ins Wohnzimmer gehen müssen, wo die Chance bestand, dass er auf seine Freunde treffen konnte, die ihn nicht so sehen sollten, mit zitternden Händen, das Wrack, das aus ihm geworden war. Und außerdem hatte er sich geschworen, nie wieder einen Tropfen zu trinken. Nach Isabellas Tod hatte er die Kontrolle verloren. Er hätte sich fast zu Tode gesoffen. Dazu hatte der Alkohol ihn extrem aggressiv gemacht. Nicht auszudenken, was passiert wäre, wenn er jemanden wirklich schwer verletzt oder gar umgebracht hätte. Nie wieder, hatte er sich damals geschworen. Nie wieder. Er hatte gerade noch rechtzeitig vor einer wirklichen Alkoholabhängigkeit damit aufgehört, das wusste er.

Doch jetzt ... Ein Schluck würde wohl nicht schaden ... Doch nein. Nein, er würde sich auch ohne Alkohol beruhigen. Atmen, sagte er sich. Wenn er Luisa retten wollte, musste er sowieso nüchtern und fit sein.

Einatmen. Ausatmen. Es half, er wurde ruhiger.

Der Schlaf wollte sich allerdings nicht mehr einstellen. Müde lauschte er auf den Straßenlärm, auf das Geschrei von zwei Männern, die sich zu streiten schienen, auf das Einsetzen des Muezzins, der die Gläubigen zum Gebet rief. Tagesanbruch, dachte er. Und wusste, die Nacht war noch lang. Und wieder einmal hoffte er, dass Luisas Entführer gnädig zu ihr waren.

„Ich hoffe, Ihr Aufenthalt in meinem Haus ist zu Ihrer Zufriedenheit verlaufen", lächelte Abu Yusef.

„Hm", murmelte Luisa. Heute ging es ihr besser, sie fühlte sich so klar im Kopf wie schon lange nicht mehr, von den dumpfen Kopfschmerzen, die sie ständig begleiteten, einmal abgesehen.

„Sie haben jeden erdenklichen Komfort erhalten." Mit einer weiten Geste wies Abu Yusef auf das Wohnzimmer mit Zimmerbrunnen, Whirlpool und den Blick aus der Suite des Wolkenkratzers über die halbe Stadt ... „Sie sind mein Gast", betonte er noch einmal. „Gastfreundschaft ist eine wesentliche Tugend, die noch aus der Zeit stammt, in der meine Vorfahren in der Wüste wohnten."

Sie dachte an den Vorfall mit seinem Leibwächter. Noch immer glaubte sie, den Geschmack von Metall in ihrem Mund zu spüren, und wollte sich übergeben. Irgendwie war ihr das schon wieder alles zu viel, sie wollte sich eigentlich nur auf dem Bett zusammenrollen und schlafen.

Er schien ihre Gedanken lesen zu können. „Ich bedaure den Vorfall von neulich zutiefst. Aber der Arzt hat bestätigt, dass Sie alles gut überstanden haben. Sicher können Sie sich denken, warum ich heute zu Ihnen komme."

Nein, eigentlich nicht ... Sie wünschte sich mehr Konzentration.

„Der große Tag ist gekommen. Heute werden Sie Ihre Tat vollbringen."

Sie nickte stumpf.

„Sie werden den libanesischen Ministerpräsidenten töten."

Sie blickte ihn trübe an. Die Information sickerte ganz langsam in ihre Bewusstsein. Sie würde ... „Was?", stieß sie mühsam hervor.

Er lächelte sein sanftes Lächeln. „Sie werden den amtierenden libanesischen Ministerpräsident Ayub al-Khury töten."

Sie schüttelte leicht den Kopf. Die Worte wollten irgendwie keinen richtigen Sinn ergeben ...

„Sicher fragen Sie sich, warum Sie das tun werden?"

Sie sollte einen libanesischen Politiker töten. Ja. Warum? Gute Frage.

„Vielleicht erinnern Sie sich an Rafiq al-Hariri?"

Das Bild eines Mannes mit gewaltigem Schnauzbart erschien vor ihrem Auge.

„Gerne helfe ich Ihnen auf die Sprünge. Rafiq al-Hariri war Unternehmer, Selfmade-Millionär und libanesischer Politiker. Mit seinen Investitionen gelang es ihm, Beirut nach dem Bürgerkrieg wieder aufzubauen. Zwei Mal führte er als Ministerpräsident insgesamt fünf Regierungen, zuletzt bis 2004. Wenige Monate nachdem er sein Amt aus Protest gegen die politische Einflussnahme des Nachbarlandes Syrien niedergelegt hatte, kam er bei einem Bombenattentat in Beirut ums Leben."

Ja, das mochte sein.

„Sein Tod blieb nicht ohne Folgen. Schnell war Syrien als der Schuldige ausgemacht worden. Das Land hatte im Libanon nach dem Bürgerkrieg noch immer eine militärische Präsenz gezeigt. Doch dies änderte sich mit der Ermordung al-Hariris. Millionen Menschen demonstrierten in der sogenannten Zedernrevolution friedlich gegen die syrische Besetzung des Landes und zwangen Syrien damit zu Zugeständnissen und schließlich sogar zum späteren Abzug aus dem Libanon. Hariris politisches Erbe trat sein Sohn Saad al-Hariri an, der ebenfalls Ministerpräsident des Libanon wurde, jedoch vor einigen Monaten aus gesundheitlichen Gründen, so heißt es offiziell, sein Amt niederlegen musste. Nachfolger ist Ayub al-Khury, ein politischer Neuling, der aber aus einer mächtigen Familie stammt. Es heißt, durch sein Betreiben soll al-Hariri Junior zum Rücktritt gezwungen worden sein. Al-Khury ist ein Hardliner, der das syrische Regime und die Hizbullah wiederholt verbal angegriffen und herausgefordert hat. Können Sie mir noch folgen?"

Luisa nickte müde. Am liebsten wollte sie sich zusammenrollen und schlafen.

„Wie Sie sicher wissen, ist das politische System im Libanon ein Proporzsystem. Politische Ämter werden nach Religionszugehörigkeit vergeben. Staatsoberhaupt ist der Präsident, der für sechs Jahre sein Amt innehat. Er wird vom Parlament gewählt und muss maronitischer Christ sein. Eine unmittelbare Wiederwahl des Staatspräsidenten ist nicht möglich. Die Exekutive liegt bei der Regierung unter Vorsitz des Ministerpräsidenten, der sunnitischer Muslim sein muss. Der Ministerpräsident wird vom Präsidenten ernannt und vom Parlament bestätigt. Alle Entscheidungen des Präsidenten bedürfen der Zustimmung des Kabinetts, welches wiederum seinerseits dem Parlament verantwortlich ist. Die personelle Zusammensetzung soll ebenfalls nach dem Grundsatz der Konfessionellen Parität die religiös-konfessionelle Zusammensetzung des Landes widerspiegeln. Der Oberbefehlshaber der Streitkräfte muss wiederum Christ sein."

Ja, sie konnte sich dunkel daran erinnern, das einmal gelesen zu haben.

„Als der Libanon 1943 von Frankreich unabhängig wurde, einigte man sich im Nationalen Pakt auf die Verteilung der Sitze für die religiösen Gruppen im Parlament im Verhältnis sechs Christen zu fünf Muslimen, wobei Christen nach der Volkszählung im Jahr 1932 mit zweiundfünfzig Prozent die Mehrheit der Bevölkerung im Land stellten. Da jedoch die Muslime eine weit höhere Geburtenrate als Christen hatten und gleichzeitig zahlreiche Christen aus dem Land auswanderten, sank der Bevölkerungsanteil der Christen mit der Zeit. Schließlich wurde die Tatsache deutlich, dass die Christen überproportional in der Politik vertreten waren. Dies war eine Ursache des Libanesischen Bürgerkriegs, der 1975 begann. Zum Ende des Krieges im Jahr 1989 einigten sich die Parteien auf eine erneute Verteilung der Konfessionen im Parlament, diesmal im Verhältnis eins zu eins für beide Hauptreligionen."

Luisa gähnte herzhaft.

„Luisa, ich verstehe, dass Sie müde sind, aber ich rate Ihnen dennoch, zuzuhören." Er lächelte sanft. „Sie sollten doch wissen, welche große, verantwortungsvolle Aufgabe Ihnen zugedacht ist."

Irgendwie hatte er ja recht. Sie setzte sich aufrecht hin.

„Das libanesische Proporzsystem ist fragil. Noch immer versuchen die Religionsgruppen im Libanon, weiter an Einfluss zu gewinnen. Eine der stärksten Kräfte ist dabei nach wie vor die schiitische Hizbullah, die auch noch vom Iran und vom syrischen Regime unterstützt wird. Die Hizbullah hasst al-Khury. Denken Sie an den Tod von Rafiq al-Hariri. Durch

165

seine Ermordung erhoben sich die Libanesen und warfen die syrischen Truppen aus dem Land. Wenn nun Ayub al-Khury ebenfalls ermordet wird, und zwar an einem symbolträchtigen Ort ... Wer kann schon sagen, was dann passiert?"

Luisa nickte vor sich hin. „Sie wollen die Hizbullah vernichten."

Er lächelte. „Natürlich. Das ist eins meiner Ziele. Doch nicht nur das. Überlegen Sie. Denken Sie weiter. Das Attentat von Sarajevo am 28. Juni 1914 auf den Thronfolger Österreich-Ungarns, Erzherzog Franz Ferdinand, löste den ersten Weltkrieg aus. Das Attentat auf al-Khury könnte ganz ähnliche Folgen haben. Die Christen und die Sunniten werden seine Ermordung sicherlich zum Anlass nehmen, um gegen die Hizbullah vorzugehen. Das syrische Regime und vor allem der Iran werden das nicht so einfach hinnehmen. Wenn der Iran im Libanon interveniert, dann wird sich Israel einschalten. Das wird einen Flächenbrand zur Folge haben. Und die Arabische Welt wird dem Westen die Schuld geben, da der Attentäter eine bekannte Terroristin aus dem Westen sein wird ..."

„Ich", stellte Luisa fest.

„Ganz genau."

Sein sanftes Lächeln flößte ihr zunehmend Angst ein. Fieberhaft rang sie um Argumente. „Aber ... Aber ... al-Khury ist doch Moslem und Sunnit, oder?", stammelte sie.

„Richtig."

„Warum ... Warum wollen Sie denn den Tod eines Moslems?"

„Er ist kein wahrer Gläubiger."

„Woher wissen Sie das?"

„Ich kenne ihn gut genug, um das zu wissen."

„Und wenn Sie sich irren?"

„Dann wird er als Märtyrer in den Himmel gehen."

„Und Sie aber nicht."

„Luisa." Sein sanftes Lächeln machte sie wahnsinnig. „Wir wissen doch beide, dass alle Politiker Dreck am Stecken haben. Ich denke aber auch, dass ich mit meiner Tat viel Gutes bewirken werde, das den Tod unschuldiger Menschen überwiegen wird. Der Iran, das syrische Regime und die Hizbullah werden eine westliche Verschwörung vermuten. Vielleicht werden sie versuchen, zu deeskalieren, doch das wird ihnen nichts nützen, der Zorn des Volkers, der Zorn der Muslime wird zu groß sein und sie einfach hinwegfegen."

„Hm", murmelte Luisa schwach. Das verstand er ernsthaft unter „Gutes tun"?

„Dazu wird der Anschlag auf al-Khury in einer renommierten Schule stattfinden, die viele Kinder libanesischer Politiker besuchen. Es handelt sich um ein ganz besonderes Fest, bei dem auch einige christliche Kinder ausgezeichnet werden, aber keine schiitischen Kinder."

„Kinder", wiederholte Luisa.

Er lächelte weiter. „Sie bekommen dazu eine Sprengstoffweste von uns."

Ein Selbstmordattentat also. Ihr wurde schlecht.

„Keine Sorge, den Zeitpunkt der Auslösung bestimme ich."

Sie wollte sich übergeben. Sie würde also mit einer Weste voller Sprengstoff herumlaufen und explodieren, wenn Abu Yusef auf den Knopf drückte.

„Es wird viel Sprengstoff darin sein", versprach er. „Und zwar ein ganz Besonderer mit hoher Durchschlagskraft. Der jüngste Sohn des Ministerpräsidenten erhält eine Auszeichnung an dieser Schule. Al-Kury wird also selbstverständlich anwesend sein.

Die Detonation wird so groß sein, dass die gesamte Aula zerstört wird. Nur wenige Menschen werden diesem Inferno entkommen."

„Aber ... Dann werden Kinder sterben", murmelte Luisa. „Viele Kinder ..."

Er lächelte sein sanftes Lächeln. „Anders Breivik hat es vorgemacht. Ein Anschlag, der bewusst tote und verletzte Kinder mit einschließt ... Das wird eine politische Sprengkraft haben, die ihresgleichen sucht, vor allem im Libanon."

„Nein", murmelte sie. „Nein. Das kann ich nicht tun. Das ist unmöglich."

„Ich kann verstehen, dass Sie das an Ihrem Glauben zweifeln lässt, Luisa. Aber die Kinder werden alle als Märtyrer direkt zu Gott gehen und Sie werden das Werkzeug für diese große Tat sein."

„Nein", murmelte sie.

„Diese Reaktion habe ich befürchtet", seufzte Abu Yusef. „Auch der standhafteste Gläubige benötigt manchmal einen Schubs in die richtige Richtung. Sehen Sie." Er winkte seinem Leibwächter, der ein Tablet hervorzog, anschaltete und vor Luisa auf den Tisch legte. Ihr wurde noch übler als zuvor, als sie das Haus sah, in dem ihre Eltern wohnten.

„Sehen Sie sich ruhig alle Bilder an, Luisa."

Sie wischte weiter, sah das Haus, in dem Jonas wohnte, ein Bild seines Wagens, einen Kellerraum, der ihr vage bekannt vorkam ... O Gott, war das nicht das Haus von Martin? Plötzlich fühlte sie sich ganz klar im Kopf. Der Plan von Abu Yusef war völlig wahnsinnig. Er konnte mit diesem Anschlag wirklich einen Flächenbrand auslösen ...

„Eine kleine Gasexplosion lässt sich leicht arrangieren", fuhr Abu Yusef fort. „Auch und gerade zu einem Zeitpunkt, an dem Ihre Eltern und Jonas dort sein werden ... Wenn Sie Ihren Auftrag nicht erfüllen, werden ebenfalls viele Menschen sterben, allerdings in Deutschland. Das verspreche ich Ihnen. Ich persönlich werde dafür Sorge tragen, egal, ob Sie dann bereits tot sind oder nicht. Sie können Ihre Familie nur retten, wenn Sie einen Haufen reicher Politiker und ihre Kinder umbringen. Einen Haufen Ungläubiger. Einen Haufen Menschen, mit denen Sie nichts verbindet. Sie werden Gottes Willen erfüllen und mit Ihrer Tat in die Geschichtsbücher eingehen, wenn Ihnen das wichtiger ist."

„Als Terroristin, die unzählige Kinder ermordet hat." Und die vielleicht den dritten Weltkrieg auslösen konnte ... Sie schüttelte fassungslos den Kopf.

„Natürlich haben Sie keine Wahl", lächelte er. „Wir bringen Sie in die Schule, legen Ihnen den Sprengstoffgürtel an und Sie erfüllen Ihren Auftrag. Wir werden es Ihnen so leicht wie nur möglich machen, keine Sorge. Und wenn Sie doch noch einmal zweifeln sollten ... Denken Sie an Ihre Familie."

„Aber ... Sie sagen, dass Sie ein gläubiger Mann sind. Wie können Sie so etwas zulassen?" Es wollte nicht in ihren Kopf. „Der Islam verbietet es doch, Menschen zu töten."

„Der Islam fordert von seinen Gläubigen, zu kämpfen. Und wenn nun die heiligen Monate abgelaufen sind, dann tötet die Ungläubigen, wo immer ihr sie findet, greift sie, umzingelt sie und lauert ihnen überall auf! So steht es in der surat at-tauba, der Sure der Umkehr, im fünften Vers."

Luisa erinnerte sich noch gut an das, was sie in ihrem Studium darüber gelesen hatte, damals, in einem früheren Leben, so schien es ihr. „Aber das bezieht sich doch auf den Stamm der Qureisch in Mekka, der einen Waffenstillstand mit dem Propheten Mohammed aushan..."

„Gottes Wohlgefallen auf ihm", unterbrach Abu

Yusef.

„Gottes Wohlgefallen auf ihm", wiederholte Luisa. „Die Qureisch hatten einen Waffenstillstand abgelehnt und sind sie es nicht, die in diesem Vers ..."

„Natürlich nicht", schnaubte Abu Yusef. „In allen klassischen Korankommentaren gehen die Gelehrten davon aus, dass alle Ungläubigen vernichtet werden sollen."

„Aber in all den Jahrhunderten haben islamische Herrscher niemals gezielt Ungläubige aufgrund der Religion getötet", warf Luisa ein. „Die Muslime haben zum Beispiel Teile Indiens erobert, es ist aber nicht zu Massakern wegen der Religion gekommen. Stattdessen wurden die Hindus zu Monotheisten erklärt, zu ahl al-kitab, zu den Gemeinschaften, die ebenfalls göttliche Schriften erhalten hatten und die somit lediglich eine Kopfsteuer zu zahlen hätten, wie Christen und Juden."

„Die Herrscher waren fehlbar, geleitet von den falschen Interessen, von der Gier nach Macht, Ruhm und Geld und nicht vom wahren Glauben an den einen Gott", zischte Abu Yusef.

„Aber es ist doch unbestreitbar, dass Christen und Juden als ahl al-kitab, als Besitzer göttlicher Schriften, nicht getötet werden dürfen", wandte Luisa ein. „Und Schiiten glauben doch auch ..."

Seine Augen verengten sich zu Schlitzen. „In der surat an-nisa', Vers achtundachtzig, steht geschrieben: Und weshalb seid ihr hinsichtlich der Heuchler zwei Parteien, wo Allah sie für ihr Tun umgekehrt hat? Wollt ihr recht leiten, wen Gott irregeführt hat? Und wen Gott irreführt, nimmer findest du für ihn einen Weg? Sie wünschen, dass ihr ungläubig werdet, wie sie ungläubig sind, und dass ihr ihnen gleich seid. Nehmt aber keinen von ihnen zum Freund, ehe sie nicht auswanderten in Gottes Weg. Und so sie den

Rücken kehren, so ergreift sie und schlagt sie tot, wo immer ihr sie findet; und nehmt keinen von ihnen zum Freund oder Helfer." Er räusperte sich. „So steht es geschrieben. Die Schiiten, die Sie in Schutz nehmen, diese unsäglichen Ketzer sind vom Glauben abgefallen! Als solche sind sie Ungläubige, sie sind Ketzer, sie sind Leugner und somit viel schlimmer als unwissende Christen oder Juden. In ihren sogenannten Moscheen beten sie angebliche Heilige und falsche Propheten an, dabei kann Erlösung und der Weg ins Paradies nur durch Gott allein und durch die sunna, die Tradition unseres geliebten Propheten Mohammed, Gottes Wohlgefallen auf ihm, erlangt werden."

„Im Koran ist aber doch die Rede von einem barmherzigen und gnädigen Gott", wagte Luisa noch einmal einzuwerfen. „Das steht doch über nahezu jeder Koransure. Gott ..."

Abu Yusef hatte sich beruhigt und lächelte wieder sanft. „Wollen Sie ernsthaft mit mir über den Islam sprechen? Wissen Sie, wie lange ich die Lehren Gottes studiert habe?"

Nein, das wusste sie nicht.

„Mein Leben lang habe ich versucht, Gott auf die bestmögliche Art und Weise zu dienen. Er hat mir Reichtum geschenkt und die besten Kontakte, die man sich in meiner Position wünschen kann. Er hat sie mir geschenkt, damit ich sie nutze und seinen Plan erfülle. Und das werde ich."

Luisa beschloss zu schweigen. Was sollte sie versuchen, mit einem Islamisten und Terroristen zu diskutieren? Dieser Wahnsinnige war bereit, den Nahen Osten in Brand zu setzen. So viele Menschen würden wegen ihm sterben. Er wusste das und nahm es in Kauf. Was konnte sie da schon mit bloßen Worten ausrichten?

„Ich werde Ihnen Ihre Worte verzeihen. Ich weiß, dass Sie in einem Land der Ungläubigen aufgewachsen sind. Ich gebe Ihnen die Chance, etwas Gutes für unseren Glauben zu tun und werde voller Hochachtung von Ihnen sprechen, wenn Sie Ihr Werk vollbracht haben." Er nickte gnädig und blickte auf seine protzige Armbanduhr, dann winkte er dem Leibwächter neben sich.

Der Bodyguard trat hinter Luisa. Sie fuhr herum, doch zwei starke Hände hielten sie fest und sie spürte, wie eine Nadel in ihre Schulter drang. Nahezu sofort überkam sie wieder jene große Trägheit, die sie in den letzten Tagen nur allzu oft verspürt hatte.

„Kommen Sie", lächelte Abu Yusef. „Stehen Sie auf, ich helfe Ihnen, die abaya anzulegen."

Gehorsam stellte sie sich hin und ließ zu, dass er ihr das schwarze Gewand sowie den niqab anlegte, dazu reichte er ihr auch noch schwarze Handschuhe.

„Ich werde die Explosion von der Dachterrasse aus verfolgen", ergriff er erneut das Wort. „Ich werde Ihre Tat und Ihren Mut preisen, sodass er nie vergehen möge. Und ich beneide Sie, denn in wenigen Stunden werden Sie bei Gott sein. Nun kommen Sie." Er stand auf. Sie folgte ihm aus der Suite durch einen mit rotem Teppich ausgelegten Gang. Mit dem Aufzug ging es endlos nach unten, direkt in die Tiefgarage, wo sie in eine große schwarze Limousine verfrachtet wurde, flankiert von Leibwächtern.

Teilnahmslos starrte sie auf die Betonwände der Hotelausfahrt, auf die gewaltigen, in der Nachmittagssonne leuchtenden Wolkenkratzer, bis sie schließlich an einer hohen Mauer hielten.

Ein Mann im Anzug schloss auf. „Folgen Sie mir." Sie gehorchte, während zwei Leibwächter ihnen folgten. Sie gingen durch ein großes Tor und passierten am Eingang einen Metallscanner wie an einem Flughafen. Der Mann im Anzug nickte einem der Security-Mitarbeiter zu, der den Gruß kaum merklich erwiderte. Die Leibwächter nahmen ihre Waffen ab, marschierten durch den Detektor und nahmen danach ihre Waffen wieder an sich.

Der Mann im Anzug schloss zu Luisa auf, packte sie am Arm und führte sie durch einen Innenhof voller Menschen. So viele Kinder, dachte sie müde. So viele ...

Die Leibwächter bahnten ihnen einen Weg durch die Masse. Sie betraten das Schulgebäude, das ebenfalls voller Menschen war. Ein schwarz gekleideter Security-Mann ließ sie in einen dunklen Korridor treten. Zu viert marschierten sie strammen Schrittes zu einem Raum und öffneten die Tür und schoben Luisa hinein. Ein Klassenzimmer mit typischen Schulbänken, aber auch mit Laptop, Beamer, Whiteboard.

„Zieh die abaya aus", befahl der Anzugträger, doch sie beachtete ihn nicht weiter, blickte nur stumm um sich. Das hatte eine Bedeutung, fiel ihr ein, sie war nicht zufällig hier, und wusste doch nicht, was sie hier eigentlich tun sollte ...

Die Leibwächter zogen ihr die abaya über den Kopf und legten ihr dafür eine schwere Weste an, aus der ein paar Drähte herausschauten, die sie vor ihrem Bauch und ihrer Brust zusammensteckten. Sie ließ es mit sich geschehen.

„Wenn du versuchst, die Weste auszuziehen, wird sie explodieren" warnte der Mann mit dem Anzug. „Verstanden?"

Sie nickte langsam.

Schon zogen die Männer ihr eine neue, deutlich weitere abaya an und richteten ihren niqab.

„Komm." Der Anzugträger packte ihren Arm und

führte sie durch das Schulgebäude. Die Aula stand voller Stühle, er platzierte sie in der Mitte. Die Leibwächter zogen sich zurück. Nur wenige Reihen befanden sich zwischen ihnen und der Bühne. Langsam füllte sich der Raum mit Menschen. Der Mann neben ihr begann stark zu schwitzen. Immer wieder blickte er sich um. „Er ist nicht da", murmelte er von Zeit zu Zeit.

Ein paar Schüler betraten die Bühne und stimmten ein Lied an. Anschließend erklomm ein Mann die Bühne, er stellte sich als Schuldirektor vor, lobte die Leistungen der Schüler. „Unser Ministerpräsident hat seinen Besuch angekündigt, er wird allerdings erst in etwa zwei bis drei Stunden kommen. Deswegen werden wir die Auszeichnung der Erstklässler nach ganz hinten verschieben."

Der Anzugträger stöhnte halblaut auf. „Nun gut. Egal." Er stand auf. „Du bleibst hier sitzen", zischte er Luisa zu. „Egal, was passiert, du bleibst hier. Denk an deine Familie." Dann bahnte er sich einen Weg durch die Reihen und verschwand.

Und Luisa blieb gehorsam sitzen, wo sie saß.

Mike lag wach auf dem Bett und starrte an die Decke. Es war früher Nachmittag. Frances und Danny hatten die Wache übernommen. Er musste sich ausruhen, doch der Schlaf wollte und wollte sich nicht einstellen. Was Luisa wohl gerade tat? Ob es ihr gut ging? Was diese Mistkerle wohl mit ihr vorhatten?

Die Tür wurde aufgerissen, Danny platzte ins Zimmer.

Mike schreckte hoch. „Was ist los?"

„Luisa bewegt sich!"

Mike nickte. Rasch zog er Jeans und Hemd an und folgte seinen Freunden hinunter in die Tiefgarage des Wohnhauses.

„Sie fährt die Küstenstraße entlang, die Général de Gaulle", zischte Frances.

Harvey vor ihm stoppte so abrupt, dass Mike beinahe in ihn hineingelaufen wäre.

„Was ist los?", fragte Danny halblaut.

Mike folgte Harveys Blick. Dort vorne stand ihr Wagen, den sie in den letzten Tagen nicht gefahren hatten. Der Verkehr in Beirut und gerade die Parksituation war an vielen Stellen ein einziger Albtraum, mit dem Taxi kam man in der Regel schneller voran.

„Die Überwachungskameras", knurrte Harvey.

Mike sah nach oben zur nächsten Kamera und suchte vergeblich den verräterischen roten Punkt. „Nicht eingeschaltet", stellte er fest. „Beim letzten Mal waren sie noch an."

Harvey näherte sich vorsichtig dem Wagen, legte sich in einigen Metern Entfernung auf den Boden und blickte darunter. Dann stand er wieder auf.

„Drähte", knurrte er.

Danny nickte und wandte sich nach links, einem dunklen, aber deutlich älteren SUV-Modell zu, der rundum getönte Scheiben besaß.

„Luisa fährt die Saeb-Salman-Straße entlang", zischte Frances.

Danny zog sein Schweizer Taschenmesser hervor, das er um einige interessante Upgrades hatte erweitern lassen. Er benötigte keine Minute, um den Wagen zu öffnen, und nur eine weitere, um ihn kurzzuschließen.

„Ich fahre", sagte Mike. „Wenn etwas sein sollte, kann ich dank meiner Arabischkenntnisse am schnellsten reagieren. Harvey, kommst du?"

„Warte an der Einfahrt auf mich."

Frances und Danny stiegen ein, Mike fuhr vor und sie warteten. „Was hat Harvey vor?", fragte Frances.

Im gleichen Moment war das Aufheulen eines Motorrads zu hören, ein lautes Krachen. Dann bebte die gesamte Tiefgarage und ein Geräusch wie ein Donnerschlag dröhnte in ihren Ohren. In dem Moment kam Harvey um die Ecke gerannt, riss die Beifahrertür auf. Mike fuhr schon los, bevor Harvey ganz eingestiegen war. Dicker Rauch quoll durch die Gänge, Mike gab Gas und schaffte es gerade noch aus der Ausfahrt, ohne dass der dicke, beißende Rauch sie verschluckte. Seine Ohren klingelten, doch er riss sich zusammen und hielt auf die Küstenstraße zu. Im Rückspiegel sah er den Qualm aus der Tiefgarage aufsteigen.

„So", stellte Frances fest. „Damit sind wir tot, was?"

„Hoffentlich", nickte Danny. „Hoffentlich wird es auch dauern, bis sie bemerken, dass wir diesen Wagen geklaut haben. Wo geht es hin?"

Mike krallte seine Hände um das Lenkrad, während ihm der Schweiß über die Stirn lief. Einatmen, ausatmen, sagte er sich. Einatmen, ausatmen. Nicht schlapp machen. Es ist ein Einsatz, wir sind im Krieg, wir haben keine Zeit für eine Panikattacke.

Den Wagen, der an ihm vorbei schoss, sah er erst im letzten Augenblick, sodass nichts blieb als eine Vollbremsung. Die schwarze Limousine fuhr hupend an ihm vorbei.

„Hoppla", kommentiere Frances, dann verstummte sie abrupt. Sicher Dannys Werk. Er blickte nicht in den Rückspiegel. Verdammt, konzentrier dich, schalt er sich. Sein Fuß zitterte, als er erneut Gas gab. Denk an Luisa, sagte er sich. Halte durch, für sie. Du musst fahren, du bist der Einzige, der Arabisch spricht, und du kannst im Zweifelsfall am schnellsten reagieren.

Da, eine rote Ampel. Er hielt, atmete tief durch. Es

wird, dachte er. Ich werde mich beruhigen. Ich muss mich beruhigen.

Ein Wagen hinter ihm hupte, er zuckte heftig zusammen. Die Fahrzeuge um ihn herum stimmten in das Hupkonzert ein. Ein ganz normales Verhalten im Orient, fiel ihm ein. Sobald die Ampel grün wird, wird gehupt. Als ob es dann schneller geht ...

Frances begann unmittelbar zu singen. „No need to chill, I feel the thrill, it's time to kill ...“

Halt die Klappe, dachte Mike entnervt. Wieso konnte man diesem verdammten Song einfach nicht entkommen?

„Komm, Frances, lass es“, murmelte Danny.

„Es passt aber“, meinte Frances. „Und sie tritt hier auf. Sieh mal, die halbe Stadt ist gepflastert mit No-Savior-Plakaten!“

Mike warf einen flüchtigen Blick auf das bleiche Gesicht und die kalten blauen Augen der Sängerin, die ihn tatsächlich von überall anzustarren schienen. Dann wandte er sich wieder dem Straßenverkehr zu.

Durch den starken Verkehr und die vielen Ampeln kamen sie nur quälend langsam voran. Zum Glück ging es dem roten Luisa-Pünktchen ähnlich.

„Dieser verdammte Verkehr“, fluchte Mike. Er hatte vergessen, wie sehr er Beirut hasste, wie sehr er überhaupt orientalische Großstädte hasste mit ihrem lauten Geschrei, dem Verkehrslärm, dem Gehupe, der stickigen Luft ... Immerhin ging es jetzt besser. Bloß nicht noch einmal einen Nervenzusammenbruch kriegen, schalt er sich. Reiß dich zusammen.

„Sie haben anscheinend angehalten“, informierte Frances ihn.

„Wo?“, schnappte Mike.

„Nebenstraße von Furn al-Hayek.“

„Wie weit noch bis dahin?", fragte Mike.

„Etwa fünfzehn Minuten. Richtung Emil Lahoud Highway, auf jeden Fall. Das Viertel heißt Mar Mitr oder so ähnlich."

„Okay." Mike wusste ungefähr, wo das lag. „Und der Punkt regt sich nicht?"

„Doch, aber nur sehr langsam. Für mich sieht das eher danach aus, als wäre sie zu Fuß unterwegs."

Etwa zwanzig Minuten später hielten sie in zweiter Reihe in einer Seitenstraße.

„Gesperrt", stellte Mike fest und runzelte die Stirn. „Sieht so aus, als ob wir nicht direkt vorfahren können."

„Sie bewegt sich noch immer nicht", tönte Frances vom Rücksitz.

„Wir scheinen der Sache näherzukommen", nickte Danny. „Oh ... Verdammt. Mike. Sieh da drüben."

Ein schwer bewaffneter Mann mit Maschinengewehr steuerte auf sie zu.

Sofort ließ Mike das Fenster ein Stück herunter. „Hey, was ist denn los hier?", rief er. „Ich möchte zum Emil-Lahoud-Highway."

„Hier kommen Sie nicht durch, wenden Sie am besten", antwortete der Polizist. „In der Schule findet heute eine Veranstaltung statt."

„Danke!" Mike wendete.

„Eine Schule?", stellte Danny verblüfft fest. „Was soll sie denn in einer Schule?"

„Ist auf jeden Fall viel los", stellte Frances fest.

Mike nickte und beobachtete mit einem mulmigen Gefühl die Familien, die mit ihren Kindern durch die gesperrte Straße liefen und um die nächste Ecke bogen.

„Was denkst du?", fragte Danny.

„Es gibt einige vollverschleierte Frauen, also sind

das wohl Sunniten. Schiitische Frauen dürfen nach ihrem Glauben ihr Gesicht nicht komplett verhüllen. Vielleicht trifft Luisa hier eine Kontaktperson?"

„Was schlägst du vor, Mike?"

„Ihr bleibt am besten hier. Ich werde mir das Ganze mal aus der Nähe ansehen. Wenn ich einen Parkplatz finde ... Verdammt."

„Was ist los?" Frances spähte an ihm vorbei.

„Siehst du den dunklen SUV dort?"

„Ja. Großer Gott, ist das nicht ..."

„Sarah." Mike nickte grimmig und war so froh wie nie, einen Wagen mit komplett getönten Scheiben zu fahren. „Hier wird also etwas passieren. Und ich kann nicht so einfach in das Gebäude hinein. Wenn sie uns sieht ... Ich fahre noch einmal um das Gebäude herum und versuche, in der Nähe zu parken. Wir können wohl erst wieder etwas unternehmen, wenn sich Luisa wieder bewegt. Es sei denn, wir gehen in die Schule."

Der Schuldirektor redete, ein Junge von vielleicht zwölf Jahren kam auf die Bühne. Der Schulleiter schüttelte ihm die Hand und überreichte ihm einen kleinen Pokal. Die Menge klatschte Beifall. Der Junge verbeugte sich und ging ab. Ein Mädchen von vielleicht zwölf Jahren schritt auf die Bühne.

Luisa starrte trübe vor sich hin. Der Mann im Anzug war nicht wiedergekommen und das Schauspiel auf der Bühne zog sich endlos, dafür verspürte sie langsam ein gewisses Bedürfnis. Der Mann hatte befohlen, zu warten, aber war es auch in seinem Sinn gewesen, dass sie hier, im Saal ...

Die Frau neben ihr hielt ein kleines Kind auf dem Arm, das erst leise weinte und dann lauter schrie und noch lauter. Die Frau murmelte eine Entschuldigung und quetschte sich durch die Reihe nach draußen und Luisa stand auf und folgte ihr. Dabei stolperte sie über unzählige Füße. Diese verdammte abaya ... Schließlich hatte sie jedoch das Ende der Füße erreicht und folgte den WC-Hinweisen bis zu einer Damentoilette.

Rasch suchte sie eine der Kabinen auf und blieb dort sitzen.

Gut, dachte sie. Ich bin hier, weil ... Ihre Gehirnzellen schienen sich ausgeschaltet zu haben oder weigerten sich, mitzuspielen. Und diese Weste war so verdammt schwer, ihre Haut juckte ... Moment. Die Weste. Die war überhaupt an allem Schuld. Doch sie durfte sie nicht abnehmen, weil sie dann explodieren würde. Wenn die Weste aber hier drin explodierte, dann würden all die Kinder ... Bei dem Gedanken fühlte sie sich schlagartig etwas klarer im Kopf. Nein, das wollte sie nicht. Sie wollte nicht für den Tod von so vielen Kindern verantwortlich sein. Sie musste sehen, ob sie nicht eine andere Lösung ... Irgendwie ...

Sie atmete tief durch, rappelte sich auf, richtete abaya und niqab und verließ die Kabine. Mittlerweile hatte eine kleine Gruppe von Frauen das WC geentert. Zwei richteten ihre Kopftücher, eine zog ihren niqab vom Gesicht und schüttelte ihr schwarzes Haar. Luisa sah ihr fasziniert dabei zu, bis die Frau ihr einen irritierten Blick zuwarf.

Sofort senkte sie den Kopf und quetschte sich um sie herum nach draußen.

Oh. Beinahe wäre sie mit einer Frau zusammengestoßen, die ebenfalls einen niqab trug und ein Kleinkind in den Armen hielt. „Pass doch auf", zischte die Fremde und eilte einem Mann in einem schwarzen Anzug hinterher, der einen kleinen Jungen im Anzug an der Hand hielt, der stolz einen kleinen Pokal an die Brust drückte. Luisa folgte ihr mit zwei Schritten Abstand. Sie würden schon wissen, wo es lang ging. Doch die Familie wandte sich nicht nach rechts in Richtung Aula, sondern nach links, durchquerte einen Gang, in dem mehrere Menschengrüppchen miteinander plauderten und Kinder lautstark brüllten und Fangen spielten. Sie marschierten durch den Innenhof und durch ein von grimmig dreinsehenden Security-Leuten bewachtes Drehkreuz und Luisa stellte fest, dass sie sich nun vor der Schule befand.

Gut, dachte sie. Gut. Jetzt nur noch die Weste …

„Denken Sie an Ihre Familie." Abu Yusef hatte das gesagt. Sie erinnerte sich an das Bild aus Martins Keller. Er hatte gedroht, ihn zu töten, wenn sie nicht explodierte. Oh. Sie wandte sich noch einmal zur Schule um, sah ein kleines Mädchen mit einem Pokal … Nein, diesen Weg durfte sie nicht einschlagen.

Vielleicht sollte sie zur Küste gehen und vor den Taubenfelsen ins Meer springen? Dann würde die Bombe explodieren, ohne großen Schaden anzurichten. Auch wenn das für ihre Familie bedeutete … Nun ja, vielleicht, mit etwas Glück, würde auch das Hotel explodieren … Das Hotel. Hatte Abu Yusef nicht gesagt, er würde auf der Terrasse sitzen und sich die Explosion ansehen? Wenn sie es nur schaffte, auf die Terrasse zu kommen, bevor er die Bombe auslöste … Ja, das war gut. Allerdings … Wie sollte sie dorthin gelangen? Eigentlich gab es nur eine Möglichkeit. Sie zuckte die Achseln und marschierte geradewegs drauf los, in die nächstbeste Richtung, und hoffte, dass sie so irgendwann am Meer ankommen würde.

Kapitel 5

Die Sonne brannte erbarmungslos vom Himmel durch die schwarze abaya hindurch, langsam stellte sich brennender Durst ein, doch sie durfte nicht halten, sie durfte kein Aufsehen erregen, sie musste weiter, immer weiter, zum Meer. Sie lief und lief und ahnte, dass sie es nicht schaffen würde, vor allem, da vom Meer nichts zu sehen war. Lief sie etwa in die falsche Richtung? Gut möglich. Wie sollte sie das wissen, wo die Wolkenkratzer nahezu jede Sicht auf die Berge versperrten, anhand derer sie sich hätte orientieren können ... Sie blickte um sich, offenbar befand sie sich in einer durchaus belebten Seitenstraße, es waren einige Autos unterwegs, auch Familien mit Kindern, viel zu viele Leute. Was, wenn sie hier explodierte?

Ein dunkler Wagen mit getönten Scheiben bog um die Ecke und stoppte abrupt auf der anderen Straßenseite. Das darf nicht sein, dachte sie sich. Was, wenn Abu Yusefs Leute sie entdeckt hatten? Nicht umdrehen, immer geradeaus, auf das Ziel zu. Sie musste es schaffen, sie musste das tun, für ihre Eltern, für Martin, für Jonas ...

Eine Türe schlug zu, Schritte ertönten hinter ihr. Nein, bitte nicht, dachte sie. Bitte, ich kann das nicht, bitte ... Ich bin zu erschöpft, um zu kämpfen.

„Luisa", zischte eine Stimme.

Sie lief trotzdem weiter, Tränen stiegen ihr in die Augen. Es war vorbei, aber vielleicht konnte sie es noch etwas hinauszögern, vielleicht würde sie ja gleich explodieren ...

„Luisa?" Eine Hand legte sich auf ihre Schulter, ein Mann baute sich vor ihr auf. Sie blickte in zwei braune Augen und glaubte, den Boden unter den Füßen zu verlieren.

„Luisa?", fragte der Mann noch einmal. „Bist du das? Bitte, sag doch etwas."

Luisa starrte ihn an, blinzelte, starrte noch einmal. Wenn ihre Augen sie nicht trogen, stand da Mike vor ihr und blickte sie wild an. Mike?

„Sag etwas, bitte. Du trägst diesen Schleier ... Bist du das?"

Sie konnte sich nicht rühren. Mike war hier? Hier?

„Verdammt." Er packte sie am Arm und setzte sich in Bewegung und sie folgte ihm mechanisch. Mike ...? Er führte sie über die Straße zu einem Van, öffnete die Tür zum Fond. „Steig ein!", zischte er.

„Luisa!" Frances saß auf dem Rücksitz und musterte sie durchdringend. „Bist du das?"

„Sie ist jedenfalls mitgekommen, vielleicht steht sie unter Schock", knurrte Mike. „Los, rein da. Frances, mach Platz." Er schob Luisa in das Innere des Wagens, knallte die Tür zu, klemmte sich hinter das Steuer und fuhr langsam los.

Frances zog Luisa den niqab vom Gesicht. „Gott sei Dank! Du bist es wirklich." Sie drückte ihre Schulter.

Luisa konnte es kaum fassen. Mike war hier? Und Frances auch?

Frances legte die Stirn in Falten. „Du fühlst dich komisch an. Was zur Hölle trägst du denn da drunter?"

Oh. Das ... „Sprengstoffweste", krächzte Luisa.

„Verdammte Scheiße!", kreischte Frances entsetzt.

„Luisa, kannst du das Ding ablegen?" Danny beugte sich vor.

Danny war auch da ... Mühsam versuchte sie, sich zu konzentrieren.

„Luisa, kannst du die Weste ausziehen?", fragte er

noch einmal.

Sie sammelte sich. Die Weste. Das war wichtig. „Sie explodiert beim Ausziehen."

„Und der Auslöser? Wie wird das Ding gezündet?"

„Abu Yusef. Der macht das, wenn der Ministerpräsident in der Schule ist."

„Ministerpräsident? Was zum ..."

„Wann wird das sein?", unterbrach Danny Frances.

„So in zwei bis drei Stunden."

„Frances, hilf ihr aus der abaya", befahl Danny ruhig. „Wir müssen sehen, was sie da trägt."

Mit Frances' Hilfe streifte Luisa den schwarzen Kittel ab.

Mike hielt den Wagen am Straßenrand an, drehte sich zu ihr um. Der Mann auf dem Beifahrersitz tat es ihr gleich. Harvey war auch da. Dann waren sie ja vollzählig.

„Wir brauchen Werkzeug", stellte Danny fest. „Wir müssen sie irgendwo verstecken und von dem Ding befreien."

Plötzlich sah Luisa alles ganz klar vor sich. „Ich muss Abu Yusef töten", sagte sie.

„Du musst erst einmal die Sprengstoffweste loswerden", widersprach Danny.

„Wenn ich den Anschlag nicht ausübe, wird er meine Familie töten", erwiderte Luisa. „Er hat mir aktuelle Fotos von zuhause gezeigt. Er wird es tun." Sie wusste jetzt, was sie tun musste. Ruhig packte sie den Griff zu ihrer Rechten, riss die Autotür auf und schwang die Beine aus dem Wagen.

„Was zur ..." Frances schlug sie auf den Arm, langte an ihr vorbei, knallte die Tür wieder zu. Luisa konnte gerade noch die Füße zurückziehen.

„Bist du irre?", schnauzte Frances. „Du gehst nirgendwohin, jedenfalls nicht allein."

„Wenn ich hier bleibe, werde ich uns umbringen", stellte Luisa sachlich fest. Sie fühlte sich merkwürdig ruhig und gefasst. „Ich werde jetzt aus dem Wagen steigen, das Hochhaus von Abu Yusef suchen, da reinspazieren und alles in die Luft jagen."

„Dann werden viele Unschuldige sterben." Dannys Stimme klang eindringlich.

„Es werden in jedem Fall viele Unschuldige sterben", nickte Luisa. „In der Schule oder hier oder in München oder im Hochhaus. Er ist vollkommen irre, er wird einen Krieg entfesseln, wie ihn der Nahe Osten noch nicht erlebt hat."

„Dieser Abu Yusef?", hakte Danny nach.

„Ja. Und wir verlieren Zeit", nickte Luisa. „Lasst mich gehen."

„Wir brauchen noch eine Tiefgarage", knurrte Danny. „Wir bringen dich dahin und entschärfen die Weste, dann kümmern wir uns um Abu Yusef."

„Ich besorge rasch das Werkzeug." Mike hielt vor einem Einkaufszentrum, stieg aus dem Wagen und verschwand im Gebäude.

„Kann man dich nicht mal eine Minute allein lassen, ohne dass du in Gefahr gerätst und wir dich retten müssen?", schnauzte Frances los, dann packte sie Luisa und drückte sie fest an sich.

„Frances, reiß dich zusammen", schnarrte Danny. „Denk an die verdammte Weste. Luisa. Hab keine Angst. Wir werden den Mistkerl stoppen. In Ordnung? Ich verspreche es dir."

Sie nickte verzagt. Sie musste hier raus, und dann ...

Wenig später kehrte Mike zurück. Er klemmte sich hinter das Steuer, drückte Harvey zwei große Einkaufstüten in die Hand und trat aufs Gas.

„Dieser Abu Yusef", fragte Danny. „Was weißt du über ihn?"

„Er spricht Hochsprache, keinen Dialekt. Er trägt traditionelle arabische Kleidung, mit Kopftuch und Kordel, wie in Saudi-Arabien. Er muss reich sein."

„Was genau hat er vor?"

Luisa erzählte alles, was sie wusste.

„Kinder?", fragte Danny und schüttelte fassungslos den Kopf. „Er ist bereit, unschuldige Kinder zu töten?"

„Ein Flächenbrand im Nahen Osten", stellte Mike fest. „Aber warum um alles in der Welt würde Sarah das wollen?"

"Ich kann mir gut vorstellen, dass das keine offizielle Geheimdienstmission ist", knurrte Danny. „Sarah hat oft Dinge getan, die ihr in den Kram gepasst haben, aber sicher nicht immer im Sinne der Regierung waren."

„Aber was nützt das Sarah?", fragte Frances.

„Keine Ahnung", seufzte Mike. „Es muss ihr einen Vorteil bringen. Wer weiß, hinterher geht es um finanzielle Interessen, um massive Börsenspekulationen zum Beispiel."

„Oder könnte das ein Plan von Israel sein? Die Hardliner hätten wohl nichts gegen die Vernichtung des Iran und der Hizbollah im Libanon einzuwenden", überlegte Danny. „Aber die Situation hier wäre dann unberechenbar und unbeherrschbar, das könnte schnell völlig außer Kontrolle geraten. So weit ist Israel schließlich nicht weg."

„Vielleicht ist der Abu einfach irre", stellte Frances fest. „Genau wie Sarah."

„Egal, warum er das tut – wir müssen ihn aufhalten", sagte Mike.

„Das werden wir", nickte Danny. „Keine Sorge, Luisa, wir werden ihn daran hindern, so viele Unschuldige zu töten. Und wir werden auch dafür sorgen, dass deiner Familie nichts geschehen wird."

Sie nickte und hoffte, dass sie ihm glauben konnte.

Ein paar Minuten später bog Mike in die Einfahrt einer Tiefgarage eines weiteren Einkaufszentrums und suchte sich die am tiefsten gelegene Ebene, auf der nahezu kein Wagen parkte. „Gut. Raus mit dir, Luisa", knurrte er. „Ich ..."

„Ich mache das", schaltete Harvey sich ein und öffnete die Beifahrertür.

„Schon in Ordnung", sagte Mike ruhig. „Ich ..."

„Nein." Harveys Stimme klang hart. „Ich mache das. Komm, Luisa."

Er stieg aus und hielt, ohne sich umzudrehen, auf das Treppenhaus zu. Luisa blickte die anderen unsicher an.

„Geh schon", seufzte Frances. „Harvey kriegt das hin. Er hat auf jeden Fall die ruhigste Hand für so etwas. Hoffe ich."

Danny nickte.

Luisa stieg ebenfalls aus und folgte ihm.

Im Treppenhaus zweigte eine Tür ab. Harvey zog einen Wagenheber hervor, brach sie auf und schaltete das Neonlicht ein. Luisa folgte ihm in einen Wirtschaftsraum mit Rohren, Leitungen und rot und grün leuchtenden Schaltern. „Der ideale Ort für eine Explosion", stellte sie fest. „Dann fliegt das ganze Hochhaus direkt in die Luft."

„Stell dich da hin", knurrte Harvey und deutete auf eine Stelle, die besonders gut ausgeleuchtet war.

Sie gehorchte.

Er packte das Werkzeug aus. Offenbar hatte Mike eine große Auswahl an Zangen und Schraubenziehern besorgt sowie eine große Taschenlampe und noch mehr. Fasziniert starrte sie auf seine Hände. Eine von ihnen sah gräulich aus, fand sie. Sie war übel vernarbt, dazu schien sie nicht so beweglich zu sein wie die andere ...

„Stell dich gerade hin", knurrte Harvey. „Ganz ruhig atmen. Keine hektischen Bewegungen." Mit einer kleinen Schere schnitt er vorsichtig den schwarzen Stoff entzwei. Darunter erschienen viele Drähte sowie viele flache, glänzende Scheiben. „Umdrehen", knurrte Harvey.

Sie gehorchte, hörte, wie er weiter an der Weste herumschnitt. „Schaffst du es?", fragte sie.

Er machte sich nicht die Mühe, zu antworten.

„Ihr könnt mir nicht dabei helfen." Fest blickte Mike Danny und Frances an. „Und Harvey auch nicht. Ich mach das allein. Ich werde mir einen thawb besorgen und den Bart stutzen, dann wird mich hoffentlich niemand erkennen, wenn ich dort bin."

„Wenn Harvey die Bombe entschärfen kann", murmelte Frances.

„Das wird er", bekräftigte Danny.

„Was ist ein Tab?", fragte Frances.

„Du meinst thawb? Das ist das traditionelle arabische Gewand im Orient."

„Und wo willst du die Bombe platzieren?"

„Wir müssen eine große Tasche kaufen und ein paar Alltagsgegenstände, sodass alles auf den ersten Blick ganz normal aussieht. Tasche und Kleidung müssen teuer sein, sodass niemand etwas vermuten wird. Aber daran herrscht hier ja kein Mangel." Er blickte sich in der Mall um – ein sündhaft teures Geschäft reihte sich an das andere.

„Und die Tasche willst du dann ganz zufällig da oben vergessen?", fragte Danny. Er wirkte skeptisch.

Mike fasste sich an den Hinterkopf. „Ja", sagte er entschlossen. „Luisa wird mich begleiten und ..."

„Nein", sagte Danny. „Mike, das kannst du nicht

machen."

„Es ist die beste Option", entgegnete dieser ruhig und überlegt. „Luisa weiß, wie Abu Yusef aussieht, und war schon einmal in dem Hotel, im Gegensatz zu uns allen. Dazu werden wir als arabisches Paar weniger Aufsehen erregen als ihr beide. Dazu müsste sich Frances zum Beispiel ordentlich in Schale werfen. Nein. Wir packen die Bombe in die größte Handtasche, die wir finden können, und die vergessen wir dann ganz zufällig irgendwo auf der Dachterasse."

„Bei deinem Plan werden viele Menschen sterben", warf Danny ein.

„Natürlich weiß ich das." Mike hätte das Ganze lieber mit einem Scharfschützengewehr erledigt, doch wo sollte er so schnell eine solche Waffe herbekommen, ohne Aufsehen zu erregen? Natürlich könnte er sich auch eine Pistole besorgen, aber dann würde es mit der Flucht schwierig ...

„Du weißt das, aber was ist mit Luisa? Sie wird sich schuldig fühlen. Sie ist da nur zufällig reingestolpert. Wir können das nicht zulassen", sagte Danny eindringlich.

„Sie ist unsere beste Option für diese Mission." Mike hob die Schultern.

„Wenn du eine Frau brauchst, komm ich mit", meinte Frances. „Ich verstecke mich unter dem schwarzen Kittel, niemand wird mich erkennen und ..."

„Auf keinen Fall", schnappte Mike.

„Wieso nicht? Ich habe keine Angst davor, viele Menschen zu töten."

„Nein." Das kam schärfer heraus, als Mike es beabsichtigt hatte. „Nein, weil es völlig unnötig ist, dass du dich in Gefahr begibst." Er warf Danny einen beschwörenden Blick zu.

Frances schnaubte. „Weil du denkst, dass ich eine

Frau bin, die beschützt werden muss und ..."

„Frances", warf Danny ein. „Mike hat vorgeschlagen, Luisa mitzunehmen."

„Dann denkt er wohl, dass ich mich nicht gut genug benehmen kann oder was?", fuhr Frances auf.

„Das glaube ich ebenfalls nicht, auch wenn diese Befürchtung durchaus begründet wäre", zischte Danny.

Frances warf ihm einen bitterbösen Blick zu.

Danny atmete tief durch. „Nein. Mike tut das nicht wegen dir, sondern wegen mir. Ist es nicht so?"

Mike nickte. Niemals würde er Frances ohne Danny in eine solche Gefahr bringen. Was, wenn Frances starb? Er konnte die beiden nicht auseinanderreißen. Das würde er seinem besten Freund niemals antun. Luisa hingegen ... Nun ja. Das war etwas anderes.

„Verstehe ich nicht", schnappte Frances.

„Ich werde vorschlagen, dass ich allein gehe", beschloss Mike. „Wenn Luisa anbietet, mitzukommen, dann soll es so sein. Genug davon. Wir haben nicht viel Zeit. Ich werde ein paar Dinge besorgen müssen. Frances, vielleicht kannst du eine große Damenhandtasche für Luisa kaufen."

„Also hoffen wir, dass Harvey Luisa von der Sprengstoffweste befreit, damit sie sich damit später gegebenenfalls im Hotel in die Luft jagt?", knurrte Frances.

Mike nickte knapp. Dann stand er auf und begab sich in das nächste Bekleidungsgeschäft, während er sich dabei ertappte, auf eine Explosion zu warten.

Luisa starrte die Wand an, wartete, lauschte auf die Geräusche hinter sich, das Rascheln der Plastiktüte, das Schneiden der Schere.

„Umdrehen."

Sie gehorchte.

Harvey kniete vor ihr, zog vorsichtig den Stoff an ihrer Hüfte weiter zur Seite, nahm eine kleine Zange in die Hand. Schweiß stand ihm auf der Stirn und er roch etwas streng, stellte sie fest. Sie aber sicher auch, nach dem Marsch unter der Sonne in der schwarzen abaya mit der schweren Weste ...

„Nicht bewegen", zischte er.

Sie erstarrte erneut.

Er zog eine Pinzette aus der Tüte und nahm sie in die linke Hand, während er mit rechts noch immer die kleine Zange hielt.

Sie sah ihm zu, wie er mit der Pinzette langsam und vorsichtig einen der Drähte zur Seite schob, um die Zange zu nehmen und einen Draht zu durchtrennen.

Er atmete tief durch. „Still!", zischte er gleich wieder, nahm sich einen weiteren Draht vor. Wieder atmete er tief durch, dann rutschte er nach rechts und wiederholte sein Prozedere.

Schnipp! Ein vierter Draht war gekappt.

Er stand auf.

„War es das?", fragte Luisa.

„Still", schnauzte er wieder, dann schnitt er die Weste an ihrem Hals auf. Noch mehr Drähte, stellte Luisa fest.

„Bleib ruhig stehen!", fuhr er sie an, packte die Zange, näherte sich ihr damit. Sie stand ganz still, wie er es von ihr verlangte.

Sein Atem streifte ihr Kinn. Er atmete tief und ruhig, stellte sie fest, doch der Schweiß und die zusammengekniffenen Augen zeigten ihr, dass er das alles nicht auf die leichte Schulter nahm.

„Heb dir Arme", befahl er.

Sie gehorchte.

Er packte die Weste. „Nicht bewegen."

Sie stand wie erstarrt, während Harvey das schwere Stück zentimeterweise nach oben schob. Er atmete jetzt schwer, stellte sie fest, und er hatte die Zähne zusammengebissen, während er die Weste über ihre Brüste, ihren Kopf, über ihre Arme streifte und sie schließlich behutsam neben ihr auf den Boden legte.

„Das war's?", fragte Luisa.

Er würdigte sie keines Blickes.

Sie lümmelte sich auf einen Drehstuhl und beobachtete träge, wie Harvey vorsichtig weiter an der Bombe herumschraubte. Schließlich packte er die Weste vorsichtig in eine Plastiktüte, in die andere Tüte steckte er das Werkzeug.

„Zieh das an", bellte er und wies auf die abaya.

Er stierte sie an, während sie den schwarzen Kittel über den Kopf zog und setzte sich dann abrupt in Bewegung.

Luisa dackelte ihm hinterher, durch die Tiefgarage zu ihrem Wagen. Die Türen öffneten sich, Danny, ein Mann in arabischer Kleidung und Frances mit einer großen Tasche traten heraus.

„Gott sei Dank!" Frances rannte auf Luisa zu, umarmte sie kräftig und drückte sie fest. „Mein Gott, du glaubst nicht, wie mir zumute war." Sie streifte Luisas Schleier aus dem Gesicht. „Wie geht es dir?"

„Gut", stellte Luisa fest und blickte an ihr vorbei zu dem arabischen Mann. War das .. Konnte es sein ... Das war Mike, stellte sie fest.

„Gut?", fragte Frances. „Gut? Harvey hat gerade eine Sprengstoffweste entfernt, die euch beide in Stücke gerissen hätte und dir geht es gut?"

„Ja."

„Hat Harvey dich niedergeschlagen?"

„Nein, wieso?" Was sollte denn diese Frage.

192

„Sie hat stillgehalten", knurrte Harvey.

„Wie das?" Frances schüttelte fassungslos den Kopf. „Wer bist du, Luisa? Superfrau? Gott, ich wäre gestorben, mit so einer Weste und Harvey ..." Sie schüttelte sich.

„Wir müssen Abu Yusef töten", stellte Luisa fest.

„Das sagst du so einfach?" Frances schüttelte den Kopf. „Luisa, du machst mir Angst."

„Sie haben ihr wohl ein starkes Beruhigungsmittel verabreicht", mutmaßte Mike. „Vermutlich über einen längeren Zeitraum. Ich habe das in Syrien schon einmal erlebt ... Egal. Harvey, was ist mit der Weste?"

„Konnte die Sprengkraft nicht reduzieren, zu gefährlich", entgegnete dieser.

Mike nickte. „Gut. Dann los."

„Wohin?", fragte Luisa.

„Eine Bombe platzieren", erwiderte er ruhig.

„Ich mache das allein."

„Nein. Das ist zu gefährlich."

„Ich trage die abaya und den niqab."

„Eine vollverschleierte Frau alleine? Das würde viel zu viel Aufmerksamkeit erregen." Mike schüttelte den Kopf. „Wir können das nur gemeinsam schaffen."

„Ich will auch mitkommen", schaltete Frances sich ein. „Wäre es mit zwei Frauen nicht authentischer?"

„Nein, auf keinen Fall", schnaubte Mike. „Wir haben darüber gesprochen. Wir bringen so wenig wie möglich in Gefahr." Er steckte die Sprengstoffweste in die riesige braun-weiß gemusterte Handtasche mit Ledergriff, die Frances gekauft hatte. Gucci stand darauf. Die Tasche ließ sich gerade so schließen.

„Gucci? Ist die echt?", fragte Luisa beklommen.

„Ja. Zur Tarnung." Mike nickte knapp. Er warf ihr einen durchdringenden Blick zu. „Luisa, du wirst nicht reden", schärfte er ihr ein. „Du kannst vielleicht ab und zu ein eh für ja oder so etwas einwerfen, das war es dann aber auch. Ist das klar?"

„Eh."

Frances seufzte schwer. „Mach's gut, Luisa."

„Du auch."

Mike und Luisa saßen in einem Taxi, das sie zum Burj Beirut bringen würde. Sie starrte aus dem Fenster auf die Hochhäuser der Stadt und hielt die Tasche fest. Was, wenn jemand hineinsehen wollte? Was, wenn die Bombe genau jetzt explodierte? Was würde dann mit ihrer Familie geschehen? Dort vorne, das Gebäude direkt an der Felsküste, das musste es sein. Sie hatte den gewaltigen Hotelturm noch überhaupt nicht von fern gesehen. Da, ein Kran, es war noch nicht fertig.

Das Taxi hielt direkt vor den Eingangstoren. Mike zahlte und stieg aus, sie tappte eilig hinter ihm her in eine gewaltige Lobby, in der ein Zweifamilienhaus Platz gefunden hätte. Das Hotel strahlte Luxus pur aus mit seinen samtenen roten Vorgängen und den Goldornamenten an der Decke ... Sie kniff die Augen zusammen. Da war doch etwas gewesen ... Mike war schon ein Stück voraus, zielstrebig wandte er sich nach links zu den Aufzügen. Acht Stück gab es. Die Türen öffneten sich automatisch, als sie herantraten.

Mike schritt hinein und drückte den Knopf „Dachterrasse". Luisa folgte ihm, blickte sich in der großzügigen Kabine um. Doch, sie erinnerte sich an den großen Spiegel und die rote Samtverkleidung. Das hier war das Hotel, in dem sie gewesen war. Mike zupfte prüfend an ihrem niqab. Sie atmete tief durch.

Schon waren sie oben angekommen, die Türen

schwangen auf und sie sahen sich zwei schwarz gekleideten Security-Männern gegenüber. Die beiden musterten Mike intensiv, der völlig unbeeindruckt an ihnen vorbeimarschierte und nach draußen auf die Terrasse schritt.

Ein ernst dreinblickender, dürrer Kellner trat heran und wies ihnen einen Tisch direkt an der Glasbrüstung zu. Luisa blickte rasch um sich. Die Sonne war schon untergegangen. Tief unter ihnen erstreckte sich das dunkle Meer. Von Abu Yusef war nichts zu sehen. Nur wenige Menschen befanden sich hier, neben dem Kellner nur ein Barmann, die Leibwächter und ein Pärchen, das leise miteinander tuschelte. Verdammt, dachte Luisa beklommen. Wo mochte er nur stecken? Dann besah sie sich die beiden, die hinter Mike saßen und sich leise etwas zuraunten. Die Frau trug Kopftuch und es war deutlich zu sehen, dass ihre gesamte Kleidung verdammt teuer gewesen sein musste.

Ich habe eine Gucci-Tasche, fiel Luisa ein. Zum ersten und vermutlich letzten Mal in meinem Leben.

„Ich wünsche einen Tisch mit Blick auf die Stadt", knurrte Mike.

Der Kellner runzelte die Stirn. „Einen Moment." Er verschwand um eine Ecke, kam kurz darauf wieder, nickte ihnen zu. „Bitte folgen Sie mir."

Luisa und Mike traten hinter ihm auf eine weitere Terrasse. In wenigen Metern Entfernung befand sich ein Pavillion, in dem ein Mann mit traditioneller arabischer Kleidung saß, der ihnen allerdings den Rücken zuwendete. „Bitte."

Mike nickte und nahm Platz.

Der Kellner rückte Luisa den Stuhl zurecht und dann saß sie mit ihrer riesigen Tasche auf der Terrasse eines sündhaft teuren Luxushotels.

„Schön hier, nicht wahr?", raunte Mike ihr auf

Arabisch zu. „Hast du ihn schon gesehen?"

Natürlich meinte er nicht den Sonnenuntergang. „Ich bin nicht sicher", murmelte sie.

Der Kellner trat heran, Mike bestellte arabischen Kaffee. „Trink besser nicht davon, wenn du nicht weißt, wie", raunte er ihr zu – ein guter Hinweis, hatte sie doch keine Ahnung, wie sie das mit dem niqab bewerkstelligen sollte. Auch in München hatte sie mit niqab niemals gegessen oder getrunken.

Luisa starrte an Mike vorbei auf den Mann mit dem weißen Gewand, der sich angeregt mit einem Anzugträger unterhielt. Diesen erkannte sie auf Anhieb und zuckte zusammen.

Mike griff nach ihrer Hand. Sie drückte die seine fest. Sie war sich sicher. Jetzt drehte er sich auch noch halb ins Profil. Ja, diese Gesichtszüge würde sie niemals vergessen.

Der Kaffee kam, Mike ließ sie los, stellte die Tassen nebeneinander und nippte an einer von ihnen.

„Er ist es", murmelte Luisa.

Mike beugte sich vor. „Zieh die Weste aus der Tasche und lege sie auf den Boden", murmelte er. Dabei setzte er sich gerade und aufrecht hin, versuchte, so viel wie möglich von Luisa zu verdecken. Ihre Hände zitterten, als sie die Tüte mit der Weste aus der Tasche zu Boden gleiten ließ und sie zuckte zusammen, als das Stück mit einem dumpfen Geräusch hart auf den Boden schlug. Mike zuckte ebenfalls leicht zusammen, fasste sich jedoch sofort wieder. „Gut", raunte er und ergriff wieder ihre Hand. „Das machst du gut, Luisa. Versuche jetzt, die Weste mit dem Fuß möglichst weit in meine Richtung zu schieben. Aber vorsichtig."

Großer Gott. Was, wenn die Bombe jetzt explodierte? Was, wenn …

„Ganz ruhig, alles wird gut", murmelte er. „Tief

durchatmen. Du machst das richtig gut."

Sie riss sich zusammen und verpasste der Weste einen leichten Stoß. Mike drückte noch einmal ihre Hand. „Es ist etwas kühl hier, nicht wahr?", fragte er laut.

Sie nickte. Tatsächlich zog es hier oben etwas.

„Vielleicht sollten wir doch besser auf die andere Seite gehen? Oder nach drinnen?"

„Eh", murmelte sie.

Mike stand auf, streckte sich und gab dabei der Weste noch einen Stoß. Wieder zuckte Luisa zusammen, doch die Weste rutschte auf dem glatten Boden tatsächlich zwei Tische weiter vorwärts und blieb keine drei Meter von Abu Yusef und dem Anzugträger entfernt liegen.

Mike legte einen großen Schein unter die Kaffeetasse, trank Luisas Kaffeetasse leer und dann gingen sie zurück zum Restaurant.

„War etwas nicht zu Ihrer Zufriedenheit?", fragte der Kellner besorgt.

„Es ist doch etwas zugig", meinte Mike knapp und legte so viel Arroganz in den Tonfall, als ob er den Kellner dessen beschuldigen wollte.

Der murmelte tatsächlich auch eine Entschuldigung und deutete eine halbe Verbeugung an. Mike und Luisa verließen das Restaurant und wandten sich den Aufzügen zu. Einer der Sicherheitsleute drückte für sie auf den Aufzugknopf. Luisa sah das Gesicht des Kellners vor sich, wie er sich verbeugt hatte. Wie stark die Bombe wirklich sein mochte? Dort oben würde sie doch wohl nur Abu Yusef und seine Leute treffen?

Im dem Moment glitten die Aufzugtüren auf, sie schritten hinein und Mike drückte auf den Knopf für das Erdgeschoss. Die Türen gingen zu und der Aufzug setzte sich in Bewegung.

Mike lehnte sich an die Wand und versuchte, Ruhe auszustrahlen. Luisa stand neben ihm, schwarz verhüllt. Sie hatte ihre Sache erstaunlich gut gemacht. Er war sicher, dass sie noch immer unter dem Einfluss irgendwelcher Drogen stand. Wieder wanderte sein Blick zur Schalttafel. Aufzug im Brandfall nicht benutzen, stand da. Er wusste, es war eine schlechte Idee, jetzt den Aufzug zu nehmen. Doch es hätte viel zu viel Aufmerksamkeit erregt, wenn er vorgeschlagen hätte, zu laufen ... Wir werden es schaffen, sagte er sich. Es ist bisher alles gutgegangen. Wir werden den Aufzug in der Lobby verlassen und dann ... Oder vielleicht sollten wir jetzt stoppen und den Rest laufen? Er machte einen Schritt nach vorn.

In dem Moment erschütterte ein heftiges Beben den Aufzug, sogleich folgte ein gewaltiger Knall. Sofort fingen seine Ohren an zu klingeln. Der Aufzug stoppte abrupt, was Mike beinahe von den Füßen riss. Dunkelheit umfing sie. Eine Welle von Panik durchfuhr ihn. Es war passiert. Seine größte Furcht hatte sich bewahrheitet. Die Bombe war explodiert, während sie hier im Fahrstuhl steckten. Sie würden jämmerlich verrecken, während das Gebäude ausbrannte oder gar in sich zusammenstürzte ... Flackernd schaltete sich die Notbeleuchtung ein. Sein Blick fiel auf das schwarze Bündel Mensch zu seinen Füßen. Luisa war gestürzt und lag auf dem Boden, vielleicht war sie verletzt ... Er hatte sie in das alles hineingezogen. Um ihretwillen musste er es hier herausschaffen.

„Reiß dich zusammen", zischte er zwischen zusammengebissenen Zähnen.

Er atmete tief durch, stieg dann über Luisa hinweg und stemmte die Fahrzugtüren auf. Gott sei Dank, die Aufzugtüren des nächsthöheren Stockwerks begannen etwa auf Kopfhöhe. Sie konnten es schaffen.

Luisa blinzelte durch den Schleier. Die Aufzugtüren standen offen, sie blickte auf eine massive Wand, die voller Kabel hing.

„Das wird gehen." Mike packte sie am Handgelenk, zog sie auf die Füße und riss ihr den Schleier vom Gesicht. „Wir passen da durch", knurrte er und deutete nach oben. In etwa zwei Metern Höhe sah sie eine Lücke, durch die ein matter Lichtschein hereindrang.

„Ich hebe dich da hoch, hinausklettern und die Tür aufstemmen musst du selbst. Das schaffst du."

Eine Erschütterung ließ den Aufzug erneut erbeben.

„Bereit?" Ohne ihre Reaktion abzuwarten, hob er sie in die Höhe. Sie krallte sich an der Aufzugschwelle fest und zog sich mühevoll hoch. Die Tür war schwer und ließ sich nicht so einfach aufstemmen.

„Feste drücken", knurrte Mike.

Sie warf sich mit ihrem Gewicht dagegen, dann endlich schwang sie auf. Luisa kroch durch die Spalte zwischen Kabine und Etagenöffnung auf einen mit einem roten Teppich bedeckten Fußboden. Der Geruch von Rauch lag in der Luft. Hustend krabbelte sie noch ein Stück weiter und blickte zurück in die Kabine zu Mike. Der zog sich hoch, steckte den Kopf hindurch, hielt inne, ließ sich zurückgleiten.

„Lauf", befahl er.

„Und du?", fragte sie und musste erneut husten.

„Ich komme nach."

Er würde sterben. Der Spalt war zu schmal, er passte nicht hindurch. Seine Statur war um einiges breiter als die von Luisa. Er wollte schreien, aber konnte nicht, schwarzer Rauch drang ihm in die Nase, raubte ihm den Atem. Reiß dich zusammen, dachte er sich. Noch einmal zog er sich hoch, versuchte, sich durch den Spalt zu quetschen. Nein, es war zu eng, er steckte fest, er kam nicht vor und nicht zurück. Wenn der Aufzug jetzt in die Tiefe stürzte, würde er halbiert, in zwei Teile gerissen ... Er rutschte ab, stürzte zurück in die Aufzugkabine. Er blickte zur Decke. Doch die wirkte massiv. Notfallluken gab es in den wenigsten Aufzügen, und selbst wenn es sie gab, waren sie in der Regel fest zugeschraubt. Er war gefangen. Er war in der Kabine gefangen ...

„Mike", rief Luisa.

„Lauf", brüllte er.

Sie steckte den Kopf zu ihm hinunter, verlor wertvolle Zeit.

„Verschwinde, Luisa! Bring dich verdammt nochmal in Sicherheit", brüllte er noch einmal, doch sie schüttelte nur den Kopf und machte keine Anstalten, sich zu rühren.

Die Beruhigungspillen, dachte er. Oder sie hat einen Schock. Die Erkenntnis traf ihn wie ein Schlag. Sie würde es ohne ihn nicht schaffen ...

Noch einmal versuchte er, sich hochzustemmen, die Kante des Aufzugs drückte sich in sein Kreuz, er atmete tief ein. Ich schaffe das, sagte er sich und quetschte sich in den Spalt. Es war eng, zu eng, er war gefangen, er steckte fest, der Aufzug bebte ...

„Mike!", kreischte Luisa.

Er drehte sich leicht seitwärts, so gut es ging, er hatte etwas Platz ...

Wenig später lag er keuchend auf einem Teppichboden und Luisa streckte ihm die Hand entgegen.

Mike sprang auf, ohne ihre Hilfe anzunehmen,

packte sie fest am Arm und begann zu laufen.

Mike hielt Luisas Arm fest umklammert und zog sie hinter sich her. Immer wieder stolperte sie und fiel beinahe hin, sie hatte Schwierigkeiten damit, ihre Füße zu koordinieren.

Mike zerrte sie weiter unbeirrt hinter sich her, spähte aus einem Fenster, um sie durch einen weiteren Gang zu schleifen. Eine Mann rannte mit weit aufgerissenen Augen an ihnen vorbei, irgendwo hörte Luisa ein Kind schreien.

Mike stoppte bei einem Fenster, öffnete es und blickte in die Tiefe, dann nickte er, packte Luisa und hob sie auf die Fensterbank.

"Spring", knurrte er.

Sie blickte in die Tiefe und konnte nichts erkennen, da verpasste Mike ihr einen harten Stoß.

Sie fiel in die Tiefe, endlos, so schien es ihr, und sie wusste, sie würde sterben.

Dann landete sie mit dem Rücken auf einem weichen, nachgiebigen Untergrund, um mit dem Kopf gleich darauf dumpf auf etwas Hartem aufzuschlagen. Benommen blieb sie liegen, blickte nach oben und sah gewaltige Flammen, die aus den oberen Stockwerken schlugen. Etwas Großes, Schweres fiel ihr entgegen. Sie konnte nicht ausweichen. Ein menschlicher Körper landete halb neben ihr, halb auf ihr. Stechender Schmerz durchfuhr ihr Bein, alles um sie herum verschwamm.

„Luisa!" Mike schüttelte sie. „Komm, los, wir müssen ..."

Da kam noch etwas von oben!

Mike packte sie, riss sie zur Seite, kurz darauf schlug ein gewaltiger Trümmerblock direkt neben ihnen ein. Ein scharfkantiger Metallstab, der darin steckte, kratzte Luisas Bein auf , riss ein Loch in den weichen Untergrund und schlug mit einem dumpfen Geräusch unter ihnen auf dem Boden auf.

„Schnell", rief Mike, packte sie und schob sie dicht an das Loch heran, dann glitt er vorsichtig selbst hindurch und hielt sich am dunkelroten Stoff des Baldachins fest, auf dem sie gelandet waren. Der Stoff riss, er fiel in die Tiefe.

„Mike!", schrie sie entsetzt.

„Alles gut!", drang seine Stimme von unten herauf. „Jetzt du." Er streckte seine Hände nach oben. Sie nahm allen Mut und alle Kraft zusammen und streckte ihre Beine durch das Loch und ließ sich langsam hindurchgleiten. Zwei starke Arme packten sie und fingen sie auf, schon wurde sie wieder auf die Füße gezerrt.

„Wir müssen weg!", brüllte Mike und schleifte sie hinter sich her. Ein gewaltiges Trümmerteil landete nur wenige Meter rechts von ihnen und ließ den Boden beben.

Als Luisa versuchte, aufzutreten, knickte ihr Bein einfach unter ihr weg, ein scharfer Schmerz durchfuhr ihren gesamten Körper und alles wurde schwarz.

Als Luisa erwachte, fühlte sie sich, als wäre sie gerade aus einem schwarzen Loch gekrochen, in dem sie ewig gefangen gewesen war. In ihrem Kopf pochte und hämmerte es dumpf, ihr ganzer Körper kam ihr unglaublich schwer vor, als wäre er in Beton gegossen.

Zwei Arme hielten sie, zwei dunkle Augen blickten auf sie herunter.

„Sie kommt zu sich, Gott sei Dank." Frances' Stimme schien weit entfernt zu sein.

Luisa konnte den Blick nicht von diesen dunklen Augen wenden und von diesem Gesicht, das erst hell angestrahlt wurde, um wieder im Dunkel zu verschwinden. „Mike", murmelte sie.

„Hey. Alles gut", sagte er, sanft wie selten. „Das wird schon wieder. Danny war gleich zur Stelle und hat uns aufgegabelt, wir fahren jetzt zu einem sicheren Ort."

Sie konnte seinen Worten kaum folgen, Erinnerungsfetzen stürmten auf sie ein. Royce, der ein Messer zückte ... Royce, der sie mit dem Messer zeichnete ... Mike, der ihr sagte: „Deine Schilderung erinnert mich an den Vorfall in Dubai", und der in der Dunkelheit verschwand. Es war endgültig gewesen. Er würde nie wiederkehren, das hatte sie in seinen Augen gesehen.

„Träume ich?", fragte sie.

„Nein, du bist in Sicherheit." Mike drückte ihre Hand.

„Aber du bist nicht real."

„Doch, natürlich bin ich real." Er runzelte die Stirn.

Zu gut wusste sie noch, was er zu ihr gesagt hatte. Er hatte ihr nicht geglaubt, dass die Männer sie entführen wollten, sie stattdessen für verrückt erklärt und sie ganz allein zurückgelassen. „Du bist weggegangen", murmelte sie.

„Ja, aber ich bin wiedergekommen."

Konnte das wirklich sein? Nach all dem ... „Vielleicht träume ich", murmelte sie noch einmal. „Vielleicht bilde ich mir das alles nur ein ..."

„Nein. Keine Angst. Ich bin da", erwiderte er sanft. „Überhaupt, warum solltest du dir das auch alles einbilden?"

„Weil ich dich liebe", murmelte sie.

Die dunklen Augen ließen ab von ihr, sein Brustkorb hob und senkte sich stärker als zuvor. „Es wird gut", murmelte er leise. „Alles wird gut."

Der Wagen schnurrte weiter, das Licht der Gebäude flackerte im Inneren, niemand sprach.

Luisa dämmerte weg, wachte allerdings wieder auf, als Danny sie aus dem Wagen hob und in die Arme nahm. Sie lehnte ihren Kopf an seine Brust und schloss die Augen. Behutsam trug er sie über schwankenden Untergrund und sie verlor erneut das Bewusstsein.

Als sie erwachte, befand sie sich in einem schönen Zimmer, das komplett mit dunklem Holz verkleidet war, von dem sich zwei strahlend weiße Sessel und ein Tisch abhoben. Sie hörte ein leichtes Summen und hatte das Gefühl, dass das Bett leicht vibrierte. Weiße Vorhänge verdeckten große Fenster. Wo war sie denn jetzt schon wieder gelandet?

In ihrem Kopf pochte es dumpf. Sie setzte sich auf und versuchte eine Bestandsaufnahme. Sie trug ein weites, weißes Nachthemd, das ihr etwas zu groß war. Ihre Beine steckten in blauen Kompressionsstrümpfen, eines davon war zusätzlich geschient. Auch ihre Arme und ihr Kopf waren von Verbänden umwickelt.

Mühsam zog sie den Vorhang zur Seite und starrte staunend auf einen unglaublich hellblauen Himmel und auf dunkelblaue Wellen. Sie befand sich auf einem Schiff? Mühsam erinnerte sie sich zurück. Das Hotel. Die Explosion. Die Trümmer. Und Mike ... Hieß das, er steckte ebenfalls hier irgendwo?

Langsam krabbelte sie aus dem Bett und hangelte sich an der Wand entlang bis zu einer Tür. Dahinter verbarg sich ein großzügiges Badezimmer. Auch nicht schlecht! Sie warf einen Blick in den Spiegel. Zahlreiche Schrammen im ganzen Gesicht, stellte sie fest. Bleich war sie dazu, fand sie. Oder lag das nur an der Beleuchtung?

Langsam tat sie, was sie tun musste, und trat dann

wieder heraus in das Schlafzimmer, wo eine schlanke Gestalt in einem langen, schwarzen Morgenmantel schon auf sie wartete.

„Aziza!", stellte Luisa überrascht fest. „Du hier? Das bedeutet ..."

„Das bedeutet, dass du wieder einmal bei meinem Vater zu Gast bist." Die junge Frau lächelte freundlich. „Und dass du schon wieder verletzt bist. Geht es dir besser?"

„Ja, danke." Luisa humpelte sicherheitshalber trotzdem zum Sessel und ließ sich vorsichtig darauf nieder.

„Ich habe darum gebeten, mich um den weiblichen Gast meines Vaters kümmern zu dürfen", erklärte Aziza. „Er weißt natürlich nicht, dass wir uns schon kennen."

„Natürlich", nickte Luisa. „Wer ist noch alles an Bord? Von meinen Freunden, meine ich?"

„Drei Männer und eine Frau."

Luisas Herz schlug einen nervösen Purzelbaum. Mike war noch immer da. Außerdem hatte er sie aus dem Wolkenkratzer gerettet. Aber in Pullach hatte er ihr nicht geglaubt ...

„Hast du Hunger?"

„Oh, ja."

„Warte, ich lasse dir etwas bringen." Sie griff zum Haustelefon.

Wenig später huschte eine junge Frau in Dienstmädchentracht herein und stellte ein Tablett auf den Tisch vor Luisa, mit einer Flasche Wasser, einer Tasse Kaffee, arabischem Fladenbrot, Käse, Rührei und Orangenmarmelade. Luisa stellte fest, dass sie wirklich hungrig war.

„Vater hat mir erzählt, dass du entführt worden bist?", fragte Aziza.

„Ja, das stimmt."

„Haben sie dir etwas getan?"

„Nein, eigentlich ..." Sie verstummte, sah einen Mann vor sich, der kalt auf sie herunterstarrte, an seiner Hose nestelte und sagte: „Die ist doch sowieso völlig weggetreten." Er hatte ihr die Decke weggezogen und ihren Morgenmantel aufgeknöpft und dann ... An mehr konnte sie sich nicht mehr erinnern. Oder? Einmal war Abu Yusef gekommen und hatte nach ihr gesehen. Dann hatte sie sich langsam etwas besser gefühlt und war in der Lage gewesen, aufzustehen. Aber in der Zwischenzeit ... Was war passiert, als sie geschlafen hatte?

„Ich hatte leider keine Gelegenheit, mit deinen Freunden zu sprechen", unterbrach Aziza ihre Gedanken. „Drei von ihnen sind ja Männer."

„Hm", murmelte Luisa.

„Dieser Mike ... Damals bist du vor ihm geflohen." Aziza setzte sich auf das Bett und blickte Luisa aufmerksam an.

„Ja. Ich weiß nicht, was ich von ihm halten soll", seufzte Luisa. „Ich glaube, er versucht wirklich, mir zu helfen, aber ..." Sie dachte an die Wohnung in Pullach und schüttelte verzagt den Kopf.

„Er sieht gut aus, nicht wahr?", fragte Aziza.

Luisa spürte, wie ihr das Blut in die Wangen stieg. Ja, verdammt.

„Ich finde ihn ziemlich heiß." Aziza benutzte das englische Wort hot dafür. „Für das, was ich gesehen habe."

„Er ist ... Es ist ... er ist kompliziert", murmelte Luisa.

„Hat er eine Freundin oder eine Frau?"

„Nicht, dass ich wüsste."

Aziza seufzte tief. „Ich wünschte, ich hätte so aufmerksame Freunde wie du. Sie haben bereits mehrmals nach dir gefragt. Moha hat sich schon länger nicht mehr gemeldet ..."

„Hm", machte Luisa.

„Das Smartphone, das du mir überlassen hast ... Es hat uns sehr geholfen, in Kontakt zu bleiben, wir haben stundenlang reden können ... Ich wünschte, er wäre hier bei mir."

„Vielleicht passiert das ja bald", meinte Luisa lahm. Sie tat sich schwer, die passenden Worte zu finden.

Aziza nickte eifrig. „Er sagt, er wird kommen und mich holen."

„Das freut mich für dich."

„Aber jetzt spricht er seit mehreren Wochen nicht mehr mit mir ... Hoffentlich ist ihm nichts zugestoßen."

„Was macht er nochmal genau?", fragte Luisa mühsam.

„Er arbeitet für das Handelsunternehmen seines Vaters."

In dem Moment klingelte es.

Aziza nahm den Hörer eines Telefons in die Hand, das an der Wand neben der Tür befestigt war. „Nein, sie ist wach", sagte sie. „Nein, es scheint ihr ganz gut zu gehen, sie ist sogar aufgestanden." Sie lauschte in den Hörer. „In Ordnung." Sie legte auf. „Dein Mike kommt gleich, um nach dir zu sehen."

„Oh."

„Möchtest du etwas überziehen?"

„Hm ..."

Aziza öffnete bereits einen Schrank, zog einen schwarzglänzenden, fließenden Stoff heraus und half Luisa, den Morgenmantel anzulegen.

"Danke", murmelte sie.

"Gerne."

In dem Moment klopfte es. „Wer ist da?", rief Aziza.

"Mike!", drang es durch die Tür.

"Einen Moment!" Aziza zog sich die Kapuze über den Kopf und wandte sich Richtung Fenster. „Herein!"

Mike humpelte herein, warf einen flüchtigen Blick auf die Gestalt, die ihm den Rücken zukehrte, und setzte sich dann Luisa gegenüber, mit dem Rücken zur geöffneten Tür. Er musterte sie merkwürdig intensiv, als wollte er herausfinden, was sie dachte ...

Währenddessen entschwand Aziza lautlos nach draußen.

„Wie geht es dir?", fragte Mike.

„Gut", murmelte sie und starrte stirnrunzelnd auf sein dick verbundenes Bein. Er war verletzt! Auch in seinem Gesicht sah sie Kratzer, dazu trug er einen Verband an seinem linken Arm. Dennoch hatte er es irgendwie geschafft, sie aus dem Gebäude zu schleifen, während sie einfach in Ohnmacht gefallen war ...

„Was ist mit Frances und den anderen?", fragte sie.

„Sie genießen die Sonne. Wenn du dich fit genug fühlst, bringe ich dich nach oben."

„Und wo fahren wir hin?"

„Mal sehen, gegebenenfalls bis nach Südfrankreich. Danny hat dort Kontakte und Mohammed, unser Gastgeber, besitzt eine Villa nahe Marseille. Seine Tochter Aziza hast du ja schon kennengelernt." Er musterte sie intensiv.

„Hm, ja ..."

„Hast du Schmerzen?"

Sie zuckte die Schultern. „Es geht, wenn ich mich nicht bewege ..."

„Hier." Er zog ein Päckchen Ibuprofen aus der Tasche. „Versuche es mit denen, maximal zwei auf einmal. Rühr dich, wenn es nicht reicht. Mohammed hat auch noch Stärkeres da. Hoffen wir, dass es nicht nötig sein wird."

Sie nickte zerstreut. Da gab es etwas, das sie ihn fragen wollte ...

„Meine Eltern!", fiel ihr ein. Die Bilder enterten alle gleichzeitig ihr Bewusstsein. Abu Yusef, der auf der Terrasse des Hotels saß, die Explosion, die Trümmer, die zu Boden gestürzt waren, und ihre Eltern in Deutschland ...

„Es geht ihnen gut", meinte Mike mit Nachdruck. „Ich habe mit Jonas telefoniert."

„Wirklich?", fragte sie zaghaft. Mit Jonas?

Mike nickte energisch. „Es geht ihm gut."

„In Ordnung." Gott sei Dank. Sie atmete tief durch. Was war nicht alles in den letzten Tagen passiert. Sie war entführt worden, um Schüler und Politiker in die Luft zu jagen ... „Und al-Khury?", fragte sie.

„Der Ministerpräsident ist unverletzt", lächelte Mike, doch seine Augen lächelten nicht mit, dazu taxierte er sie noch immer merkwürdig, so wie damals, in der Hütte ...

„Da ist noch etwas, oder?", fragte sie zaghaft.

„Was meinst du?", fragte Mike vorsichtig.

„Abu Yusef ... Ist er tot?"

„Mit sehr hoher Wahrscheinlichkeit", nickte Mike.

„Was soll das bedeuten?", fragte sie.

„Die Explosion hat die oberen Stockwerke des Turms komplett zerstört. Er kann eigentlich nicht überlebt haben."

„Das heißt ..." Der Kellner fiel ihr ein. Und der Barmann. Und die Security-Leute. Und der Mann auf dem Gang, das schreiende Kind ... „Wie viele sind tot?", fragte sie tonlos.

„Das Hotel war ziemlich leer, da es sich noch immer in der Bauphase befand, besonders in den oberen Stockwerken", sagte Mike.

„Wie viele sind tot?"

„Man kann es noch nicht genau sagen."

„Aber ..."

„Etwa dreißig Menschen werden vermisst."

„Dreißig Menschen."

Mike schwieg, blickte sie ernst an.

„Das heißt, ich habe ..."

„Nein." Er ergriff ihre Hand. „Denk das nicht."

„Wie viele Verletzte?", flüsterte sie. „Gott, Mike, was habe ich getan? Was habe ich nur getan? Was habe ich mir nur dabei gedacht?"

„Du hast nichts getan", sagte Mike und hielt ihre Hand noch etwas fester. „Abu Yusef hat dich entführt und er hat dir eine Bombe umgeschnallt, damit du unschuldige Kinder tötest. Er hat dir gedroht, deine Familie auszulöschen und das hätte er sicher getan, wenn er überlebt hätte. Er wollte einen Krieg anzetteln und den ganzen Nahen Osten in Brand stecken. Unsere Operation im Hotel ... Das war wie ein Luftangriff, wie ein gezieltes Bombardement, um einen Verbrecher, Mörder und Kriegstreiber zusammen mit seinen Helfershelfern auszuschalten. Es war sein Hotel und es waren seine Leute, die darin gearbeitet haben."

„Aber der Kellner ..." Sie hatte sein Gesicht deutlich vor Augen. „Und der Barmann ..."

„Auch sie waren seine Leute. Der Barmann hat ein Schulterhalfter getragen, sicher gehörte er auch zur Security."

„Irgendwo hat ein Kind geschrien ..."

„Ja, aber in der unteren Etage. Das Gebäude steht noch, es ist nicht einmal vollständig ausgebrannt ..."

„Wie viele Unschuldige sind unter den Vermissten? Wie viele Frauen und Kinder?"

Er schwieg.

„Wie viele?", schluchzte sie auf.

„Bisher werden wohl vier Kinder vermisst."

Sie schüttelte entsetzt den Kopf.

„Vielleicht haben sie ja überlebt!", versuchte er ihr Mut zu machen.

„Wie wahrscheinlich ist das wohl?", fragte sie verzweifelt.

Er schwieg, starrte zu Boden, hielt ihre Hand noch immer fest umklammert.

„Vier Kinder", murmelte sie. „Vier Kinder tot wegen mir."

„Luisa." Mike stand auf, humpelte um den Tisch herum, quetschte sich zu ihr in den Sessel und nahm sie in die Arme.

Sie konnte sich nicht rühren, nicht weinen, nicht schreien. Sie bemerkte kaum, wie Mike sie auf die Füße stellte, zum Bett führte und sie ins Bett steckte. Sie hatte mindestens vier unschuldige Menschen umgebracht. Nun war sie wirklich zur Terroristin geworden.

Mike stand an Deck und atmete tief durch. Einen Drink, dachte er. Ich brauche einen Drink, verdammt noch mal. Ich halte es nicht aus. Das alles ist meine Schuld. Was habe ich nur getan? Wie konnte ich sie nur mitnehmen, sie dieser Gefahr aussetzen und sie mit dieser Schuld leben lassen? Danny hatte recht. Was habe ich mir nur gedacht? Er rieb sich die Stirn. Wieder war sie verletzt, wieder hatte er den Moment verpasst, sie zu beschützen, wieder war er zu spät zur Stelle gewesen, konnte nur noch das aufsammeln, was andere von ihr übrig gelassen hatten.

Es war Sarahs Schuld. Wieso hatte sie Luisa da mit hineinziehen müssen? Und in erster Linie war es natürlich Royces Schuld gewesen. Wenn der sie nicht entführt hätte ... Ich hätte sie trotzdem nicht mit auf die Hotelterrasse nehmen dürfen, dachte er. Sie war so ruhig, so gefasst, hatte ihr Ziel klar vor Augen, aber natürlich konnte sie nicht wissen, wie es danach sein würde, und sie stand unter dem Einfluss von Medikamenten, da habe ich mich blenden lassen ... Warum habe ich das getan, warum nur? Wenn ich nur die Zeit zurückdrehen könnte ... Ich bringe ihr Unglück, ich mache alles noch viel schlimmer. Ich sollte verschwinden. Danny, Frances und Harvey - die machen das schon. Die können gut mit ihr.

Doch natürlich wusste er, dass er bleiben musste, dass er es aushalten musste. Und wohin hätte er sich auch sonst wenden sollen?

„Was ist mit der jungen Frau?", fragte Mohammed Mike am nächsten Abend. „Meine Tochter hat mir berichtet, dass sie nicht essen möchte und kaum mit ihr spricht."

„Schlechte Nachrichten", murmelte er.

„Von ihrer Familie?", fragte Mohammed mitfühlend.

„So ähnlich", antwortete er ausweichend. Mohammed hatte ihn nicht gefragt, warum er schon wieder auf der Flucht war. Vielleicht konnte er es sich denken. Aber wenn, dann trug er es mit Fassung.

„Ich habe Aziza gebeten, sie zum Abendessen einzuladen, doch sie hat ausgeschlagen", erklärte Mohammed.

Einen Moment lang fühlte Mike Erleichterung in sich aufsteigen in dem Wissen, dass er sie nicht würde sehen müssen. Die Gewissheit schmerzte, dass er an all dem Elend Schuld war. So überließ er es weitgehend Frances und Aziza, sich um sie zu kümmern.

„Seid ihr zusammen?", fragte Mohammed.

„Was? Luisa und ich? Nein. Sie hat einen Verlobten in Deutschland." Zu gut erinnerte er sich daran, was sie im Wagen zu ihm gesagt hatte, bleich, mit blutverschmiertem Gesicht ... Doch nein. Sie war nicht ganz bei sich gewesen, sonst hätte sie nie ...

Sein Freund nickte wissend. „Also bist du auf der Suche nach einer Frau?"

„Was? Nein." Alles, nur das nicht.

„Meine Tochter. Sie interessiert sich sehr für dich."

„Tut sie das?", fragte Mike verwirrt und fragte sich, wie dieser Themenwechsel zustande gekommen war.

„Ja. Natürlich tut sie das. Du bist ein gutaussehender Mann in der Blüte seiner Jahre."

Mike verkniff es sich, laut aufzulachen. Er fühlte sich gerade, als wäre er hundert Jahre alt und hätte schon viel zu lange gelebt.

„Ein Mann sollte nicht ohne eine Frau sein."

„Vielleicht." Er dachte an Isabella, hingeschlachtet von Royce ...

„Azizas Mann hat sich von ihr scheiden lassen, weil sie kein Kind von ihm empfangen hat. Doch sie hat mir erzählt, dass er sie darum bat, die Pille zu nehmen, und dann hat er sie wegen Kinderlosigkeit verstoßen."

„Schlimm", murmelte Mike und hoffte, Mohammed würde nicht mehr weitersprechen.

„Sie ist noch jung genug, um erneut zu heiraten, und sie wäre eine gute Ehefrau."

„Sicher wäre sie das", murmelte Mike.

Mohammed seufzte. „Mike."

„Ja?" Er blickte auf, dann verstand er endlich, worauf sein Freund hinauswollte. „Ich?", fragte er verblüfft. „Du meinst, ich soll ..."

„Warum nicht? Du bist im besten Alter, alleinstehend und Moslem."

„Äh ..."

„Meine Tochter braucht einen starken Mann, der sie führen, beschützen und bändigen kann. Sie hat Temperament, aber sie ist auch wunderschön. Und das sage ich nicht nur, weil ich ihr Vater bin. Du kannst Luisa fragen."

Mike starrte ihn an, schüttelte dann den Kopf. Luisa würde er das sicher nicht fragen. „Ich ... Ich danke dir für dein Angebot", sagte er fest. „Doch ich kann es nicht annehmen."

„Du kannst es dir ja überlegen", lächelte Mohammed.

Zur gleichen Zeit starrte Luisa müde auf das Meer hinaus. Wie gerne hätte sie mehr von dem Beruhigungsmittel genommen, das Abu Yusef ihr im Libanon verabreicht hatte. Auch einer Überdosis fühlte sie sich nicht abgeneigt. Ihre Gedanken kreisten immer und immer wieder um das Hotel, insbesondere um den Kellner, um den Barmann, um das schreiende Kind, das sie gehört hatte. Kellner und Barmann und Koch und wer auch immer sich oben aufgehalten hatte – sie waren mit Sicherheit gestorben. Sie hatte Bilder der Hotelruine gesehen – die obersten Stockwerke waren komplett verwüstet. Wäre am Bau übermäßig gepfuscht worden, so hatte es der Nachrichtensprecher ausgedrückt, hätte das ganze Hotel wohl auch komplett in sich zusammenfallen können ... Vierundzwanzig Menschen hatten ihr Leben verloren, das war der aktuelle Stand, darunter fünf Frauen und fünf Kinder, über sechzig Menschen waren darüber hinaus verletzt worden, zwanzig davon schwer. Und es war ihre Schuld.

Ja, natürlich hatte Abu Yusef es verdient gehabt zu sterben. Sie hatte ihre Familie in Deutschland und unter Umständen auch weitere Menschen gerettet. Vielleicht hatte sie auch eine weitere Eskalation im Nahost-Konflikt für einige Zeit verhindert, der unzählige Menschen zum Opfer gefallen wären. Aber sie hatte zumindest einige der Opfer gesehen, sie hatten Gesichter, die sie nicht so einfach vergessen konnte. Sie, Luisa, hatte vierundzwanzig Menschen ermordet, darunter fünf Kinder. Und sie wusste nicht, wie sie damit leben sollte. Vielleicht sollte sie sich in der Nacht einfach ins Meer stürzen. Vielleicht war es das Beste für sie alle.

„Hey." Danny setzte sich zu ihr.

Luisa stöhnte innerlich auf. Nicht noch mehr gute Ratschläge, wie sie damit leben sollte, eine Mörderin zu sein. Doch er schwieg, blickte nur in die Ferne.

Irgendwann hielt Luisa sie es nicht mehr aus. „Ich komm klar", knurrte sie. „Du musst dir keine Sorgen machen."

„Ist das so?" Er seufzte. „Ich möchte dir etwas erzählen."

Bitte nicht, dachte Luisa.

Er wartete nicht auf ihre Zustimmung. „Ich war bereits ein paar Monate in der Armee, ich hatte bereits Kampferfahrung, ich hatte bereits Menschen getötet, die auf mich geschossen hatten. Dann sollte ich in Afghanistan einen Zielpunkt für eine Bombardierung markieren. Eine Woche lag ich versteckt in den Bergen und beobachtete ein Dorf durch das Fernglas. Ich sah, wie die Jungen die Tiere hüteten, ich sah Männer und Frauen Tee trinken und arbeiten. Ich sah die Talibanführer kommen, auf die unsere Operation abzielte, und ich markierte die Moschee, in der sie ihr Treffen nach dem Freitagsgebet abhielten. Ich ging, als die Flugzeuge ihre Fracht abgeworfen hatten. Dreißig Menschen sind an diesem Tag gestorben, fünfzig wurden schwer verletzt. Quasi die ganze Dorfbevölkerung war betroffen – wegen zwei Taliban-Kommandanten."

Luisa musste schlucken.

„Ich hatte sofort danach den nächsten Kampfeinsatz, und danach noch viele weitere und nicht so viel

215

Zeit, um darüber nachzudenken. Dann bekam ich das Angebot, eine Offizierslaufbahn einzuschlagen. Man gab mir zu verstehen, dass ich es weit bringen könne. Ich habe lange überlegt, aber schließlich abgelehnt. Ich habe an dieses Dorf in Afghanistan gedacht. Ich möchte diese Entscheidung nicht treffen, wer lebt und wer stirbt, wie viele Leben ein toter Anführer kosten darf. Ich habe dann lieber Mike geholfen, Royce zur Strecke zu bringen. Diese toten und verletzten Kinder verfolgen mich noch heute bis in den Schlaf. Ich denke, der einzige Weg, damit zu leben, ist es, zu beschließen, es in Zukunft besser zu machen und so viele Menschen wie möglich zu retten, ganz egal in welcher Situation. Und zu akzeptieren, dass man nicht alle retten kann."

Sie nickte müde.

„Ich glaube, jeder Soldat kommt irgendwann an diesen Punkt."

„Ich bin kein Soldat", murmelte sie.

„Nun ja ... Du wurdest zwangsrekrutiert", murmelte Danny. „Auch das ist eine Sache, die ich sehr gerne verhindert hätte. Glaub mir."

Sie nickte.

„Worüber redet ihr?" Frances platzte dazwischen, in den Händen drei Gläser und einen Krug frisch gepresster Orangensaft.

„Nichts", murmelte Luisa.

Frances und Danny wechselten einen Blick.

„Komm schon, dieser Abu war ein Arschloch", wies Frances Luisa zurecht, während sie den Saft ausschenkte. „Hör auf zu grübeln."

Luisa versuchte ein Lächeln. „Natürlich", murmelte sie.

„Gott, ich kann dich nicht anschauen", schnauzte Frances. „Du mit deiner sauertöpfischen Miene verdirbst uns den Aufenthalt. Wir sind auf einer Jacht, verdammt! Die kostet mehr als ein Haus in London, ach was, mehr als ein ganzer beschissener Vorort!"

Luisa atmete tief durch. „Tut mir leid."

„Ach, nun ja, ist ein bisschen langweilig", schob Frances gleich hinterher. „Und wisst ihr, was mich wirklich ankotzt auf diesem Schiff?"

„Was denn?", fragte Luisa.

„Dass es hier keinen Alkohol gibt. Nichts! Keinen Tropfen!" Sie wedelte mit dem leeren Krug in der Luft herum. „Soll man das glauben? Auch der Kapitän behauptet, nichts zu haben. Er meint, Mohammed als muslimischer Hausherr lässt nicht zu, dass auch nur eine Flasche an Bord kommt. Dabei könnte ich jetzt wirklich ein paar ordentliche Drinks vertragen. Wir bleiben aber auch nicht mehr so lange hier. Oder?"

„Mohammed geht in Montenegro vor Anker, um aufzutanken", sagte Danny. „Wir verlassen da das Schiff. Unser Gastgeber hat ein paar Kontakte, die helfen uns, eine sichere Unterkunft zu finden und an Waffen zu kommen. Vermutlich werden wir einige Zeit in den Bergen untertauchen."

„An Waffen? Das ist ja interessant", ätzte Frances. „Der integre Geschäftsmann ist strikt gegen Alkohol, aber er weiß, wie man an Waffen kommt. Wie passt das zusammen?"

„Jeder zieht die Grenze zwischen erlaubt und verboten auf andere Weise", warf Danny ein. „Wenn man sich allein einmal ansieht, wer alles behauptet, ein gläubiger Christ zu sein …"

„Du hättest mal Abu Yusef hören sollen", murmelte Luisa. „Dessen Ansichten waren richtig gruselig." Ein weiterer Gedanke ließ sie zusammenfahren. „Ihr habt gesagt, Sarah steckt mit drin. Was, wenn sie schon etwas Neues plant? Was, wenn …"

Danny nickte. „Eine sehr berechtigte Frage. Ich

habe Kontakte zu einem anderen Geheimdienst, Mohammed wird in Marseille ein paar Informationen weiterleiten. Hoffen wir, dass es denen gelingt, gegen Sarah vorzugehen."

„Ich würde mich nicht darauf verlassen", knurrte Frances.

„Lass uns wissen, wenn dir etwas besseres einfällt", schnaubte Danny ungehalten.

In dem Moment erschien Mike an Deck. Sofort verspürte Luisa einen Stich in ihrem Magen.

„Heute Nacht legen wir an", sagte er ruhig.

Frances hob ihr Glas Orangensaft. „Auf Montenegro! Und auf den Schnaps in Montenegro! Die haben doch hoffentlich welchen?", schob sie besorgt hinterher.

„Auf jeden Fall!" Danny schüttelte lachend den Kopf und stieß mit ihr an.

„Auf Montenegro!", murmelte Luisa und hob ebenfalls ihr Glas. Ganz toll, dachte sie. Also hocken wir bald alle zusammen in einer Berghütte in Montenegro. Lange nicht gehabt. In dem Moment merkte sie, dass Mike sie ein paar Schritte entfernt beobachtete. Sofort begann ihr Herz, schneller zu schlagen. Mike war wieder da, stellte sie fest. Er hat mir schon wieder das Leben gerettet. Und ich bin nach wie vor rettungslos in ihn verknallt. Und er will bestimmt nach wie vor nichts von mir wissen. Das kann ja heiter werden ...

„Schau nicht so trüb drein, Luisa", knurrte Frances. „Bald gibt es was Vernünftiges zu trinken. Und ich verspreche dir eins. Wenn wieder jemand so einen kranken Mist mit dir abziehen will ... Ich werde ihn oder sie in kleine Scheibchen schneiden und an die Haie verfüttern. Versprochen. "

Luisa lächelte schwach. Frances schaffte es aber auch wirklich immer, sie aufzuheitern. Sie hatte ihre

Familie und ihr altes, geregeltes Leben verloren, aber sie hatte auch Freunde gefunden. Freunde, die sie nicht im Stich lassen würden.

Das war der Hoffnungsschimmer, an den sie sich klammern konnte.

Es geht weiter! Teil 3 der Reihe Ausgeliefert:

Entführt in Marseille

Nach den Ereignissen im Libanon ist Luisa schwer traumatisiert. Mike macht sich deswegen große Vorwürfe.

In den Calanques nahe Marseille finden sie zunächst einen sicheren Unterschlupf, doch die Gastgeber haben ihre eigenen Pläne. Als Mike eine folgenschwere Entscheidung trifft, überschlagen sich die Ereignisse ...

Mehr von Miriam Malik:

Webseite: miriam-malik.de
Instagram: @miriammalikautorin

Bisher erschienen:

Die Reihe „Ausgeliefert" in drei Bänden

- Entführt in die Highlands
- Entführt in den Orient
- Entführt in Marseille

Vorgeschichte: Green Park – tödliches Trauma

Kurzgeschichte: Rocking Hard – der Preis des Ruhms

Roman:

Liebe, Lust & Sehnsucht